TÃO PURA, TÃO BOA

Outros títulos desta série

Bellini e o demônio — Tony Bellotto
Bellini e a esfinge — Tony Bellotto
Bilhete para o cemitério — Lawrence Block
O ladrão que achava que era Bogard — Lawrence Block
Uma longa fila de homens mortos — Lawrence Block
Nó de ratos — Michael Dibdin
Vendetta — Michael Dibdin
Edições perigosas — John Dunning
Impressões e provas — John Dunning
Jogo de sombras — Frances Fyfield
Achados e perdidos — Luiz Alfredo Garcia-Roza
O silêncio da chuva — Luiz Alfredo Garcia-Roza
A noite do professor — Jean-Pierre Gattégno
Neutralidade suspeita — Jean-Pierre Gattégno
Continental Op — Dashiell Hammett
Pecado original — P. D. James
Domingo o rabino ficou em casa — Harry Kemelman
O dia em que o rabino foi embora — Harry Kemelman
Sábado o rabino passou fome — Harry Kemelman
Sexta-feira o rabino acordou tarde — Harry Kemelman
Dinheiro sujo — Ross Macdonald
Também se morre assim — Ross Macdonald
É sempre noite — Léo Malet
O labirinto grego — Manuel Vázquez Montalbán
Os mares do Sul — Manuel Vázquez Montalbán
O diabo vestia azul — Walter Mosley
Aranhas de ouro — Rex Stout
Clientes demais — Rex Stout
Cozinheiros demais — Rex Stout
Mulheres demais — Rex Stout
Ser canalha — Rex Stout
Casei-me com um morto — Cornell Woolrich
A noiva estava de preto — Cornell Woolrich

FRANCES FYFIELD

TÃO PURA, TÃO BOA

Tradução:
LUCIANO VIEIRA MACHADO

COMPANHIA DAS LETRAS

Título original:
Perfectly pure and good

Capa:
Ettore Bottini

Foto de capa:
Heloisa Mesquita

Preparação:
Magnólia Costa
Maria Suzette Casellato

Revisão:
Ana Maria Barbosa
Beatriz de Freitas Moreira

Dados Internacionais de Catalogação na Publicação (CIP)
(Câmara Brasileira do Livro, SP, Brasil)

Fyfield, Frances
Tão pura, tão boa / Frances Fyfield; tradução Luciano Vieira Machado. — São Paulo : Companhia das Letras, 1998.

Título original: Perfectly pure and good.
ISBN 85-7164-853-0

1. Ficção policial e de mistério (Literatura inglesa) 2. Romance inglês I. Título.

98-5542 CDD-823.0872

Índice para catálogo sistemático:
1. Ficção policial e de mistério : Literatura inglesa 823.0872

1999

EDITORA SCHWARCZ LTDA.
Rua Bandeira Paulista, 702, cj. 72
04532-002 — São Paulo — SP
Telefone: (011) 866-0801
Fax: (011) 866-0814
e-mail: coletras@mtecnetsp.com.br

Ao estimado
Charles William Fyfield OBE,*
também conhecido como
o tio que enriquece a vida.
De sua sobrinha, com amor.

(*) Order of the British Empire (Ordem do Império Britânico), condecoração dada pela rainha da Inglaterra em reconhecimento a serviços prestados em campos diversos como esportes, política, cultura etc.

PRÓLOGO

Era um lugar como outro qualquer. Ali as pessoas viviam e morriam. No verão, nas manhãs de sol, alguns dos homens que moravam por perto se juntavam no cais para falar da vida alheia. Não se dava muita importância a notícias de morte; a vida era encarada com certa indiferença. Para muitos, assim como para o novo pai de Stonewall, que só ia aos pubs quando a barulheira de sua casa estava pior do que de costume, aquelas ocasiões traziam um certo alívio. Todos agiam como se tivessem se encontrado por acaso. Quando dispersavam, não combinavam voltar a se encontrar no mesmo lugar e horário. Isso seria reconhecer que precisavam uns dos outros. O que era verdade, mas ninguém admitia.

A aldeia de Merton on Sea crescera demais e orgulhava-se de ter uma população de oito mil, dezesseis mil no verão. A rua de comércio formava a sinuosa coluna dorsal da aldeia, flanqueada por alamedas e casas de veraneio distribuídas irregularmente, espalhando-se como galhos retorcidos. A via principal, estreita demais para deixar passar o caminhão de lixo, serpenteava colina acima, começando no cais e chegando a uma praça que quase se podia dizer elegante, com um gramado no centro. Aqui, onde os comerciantes de lã e de cereais viveram há um século, as casas eram grandes e sólidas, dominadas pelo Crown, o único hotel de Merton. O casario da aldeia, disperso numa área grande o bastante para conter uma metrópole nessa pouco habitada extensão da plana costa leste, começava a rarear à medida que se afastava do mar, para além da igreja e do conjunto habitacional da Prefeitura, onde os últimos chalés davam lugar a ricas glebas, sem nenhuma colina à vista.

Merton se desenvolvera com base no comércio e na pesca, vivera um retrocesso e voltara a crescer sem a ajuda de planejadores ou conservacionistas, dando ao visitante uma impressão mais de tenacidade que de beleza, mais de encanto natural que de estilo. Se Merton tinha aspirações, elas eram modestas: antes um desejo de estabilidade que de mudança, um orgulho moderado que jamais admitia o gosto pelas novidades, um senso de ordem sempre capaz de desafiar o caos e uma auto-suficiência forçada pelo isolamento. Os habitantes guiavam-se pelo bom senso, cumpriam as promessas que faziam uns aos outros, falavam da vida alheia e exploravam os veranistas apenas o bastante para levar uma vida simples. Não percebiam ou não os incomodava a espalhafatosa vulgaridade do cais, que contrastava com o esplendor vitoriano das construções a sua volta, a ponto de afastar qualquer pessoa de bom gosto. O povo que vivia em Merton gostava do cais da forma como era.

O mesmo se podia dizer dos veranistas e dos proprietários de casas de veraneio. Os menos afortunados, que não sabiam como lidar com a floresta de cartazes anunciando pousadas com café da manhã, onde as proprietárias não faziam nenhuma concessão aos hábitos dos forasteiros, alugavam um trailer num camping a dois quilômetros do centro, para onde se podia ir a pé por uma trilha elevada que corria paralela ao quebra-mar. Esse caminho escondia a estrada situada do lado oposto ao mar, circundava a vasta baía que levava à movimentada praia pública, ao posto salva-vidas, ao pinheiral e aos quilômetros e quilômetros de areia imaculada que se estendiam a oeste. Por vezes, no ponto em que o mar avançava sobre a baía, viam-se focas brincando. Havia cabanas de praia ladeando o pinheiral, muitas delas velhas e carcomidas.

Na maré-cheia, Merton se tornava parte do mar. A baía enchia tanto que permitia a passagem dos pequenos barcos a vapor que vez por outra ancoravam, assim como dos pesqueiros e de um número cada vez maior de barcos de lazer baratos — mais para botes do que iates — que combinavam com a tradicional falta de estilo do lugar. Com a maré baixa, a vista se alterava radicalmente. Olhando-se em direção ao mar, da porta do fliperama, depois do estacionamento de carros, só se viam barcos meio inclinados e bancos de areia encimados por uma vegetação escassa num panorama verde puxando para marrom, cheio de detalhes fora do alcance da vista. As pessoas paravam os carros no estacionamento ao lado do cais, davam uma olhada nos barcos ancorados, viam a mesma paisagem plana a oeste e comiam os hambúrgueres com cebola do fliperama, ou peixe com batatas fritas de um dos três bares locais. Era o que se tinha para fazer em julho. A sofisticação dos divertimentos de Merton não ia muito além disso.

Os homens que se viam nas manhãs de domingo no cais só se reuniam no verão: no inverno mal se podia pôr o nariz para fora de casa. Os mexericos dos homens eram muito mais discretos que os das mulheres; apenas os mais jovens aventuravam-se a fazer uma gracinha com as moças que passavam, reservando as grosserias para as pessoas de fora. O padrasto de Stonewall nunca se sentia totalmente à vontade ali, à beira da água, principalmente na maré baixa, quando tudo o que se estendia diante dele eram os estranhamente convidativos canais cheirando a terra e areia que corriam em direção ao mar. Ele nunca se demorava ali sem se sentir uma espécie de impostor, um homem que tinha coisas a esconder. Quando um dos rapazes soltava um longo uivo de lobo, ele tremia embaraçado, pensava na mulher que vira, dois anos antes, embriagada e cheia de cicatrizes, cambaleando em seu trôpego passeio matinal ao descer para os "riachos" — como era conhecido aquele trecho da orla. Ou melhor, não foi ele quem viu, mas o menino que o acompanhava, o pequeno Stonewall, que a apontara sorrindo e levou um tapinha na orelha por causa daquela grosseria. Eles a viram descer a rua principal, passar ao largo do posto de saúde, embora parecesse estar precisando de um médico, e a viram rir da própria imagem grotesca refletida primeiro nas vitrines das lojas, depois na água. Mais uma vez o homem riu ao pensar naquilo e estremeceu ao lembrar-se do que acontecera depois que foram para o barco. O pobre Stonewall tinha fobia de água; mas teria de aprender a gostar dela à força, porque ninguém que vivesse tão perto do mar poderia se dar ao luxo de ignorá-la.

"É um bom dia", costumava dizer um dos homens, sem dar maiores explicações e sem nunca ser questionado a respeito, enquanto o padrasto de Stonewall desejava que o mar voltasse e encobrisse o que via com os olhos da mente. Primeiro aquela mulher com sua vasta cabeleira ruiva, a senhora Tysall, como mais tarde viria a saber, tão bêbada e cansada, ziguezagueando pela areia lamacenta com sapatos inadequados, um verdadeiro bicho de cidade; depois a mesma mulher, sem sapatos nem vida, jazendo com as mãos enroscadas na urze marinha, a boca cheia de areia, os cabelos ruivos encharcados e amarfanhados, o corpo começando a cheirar mal, embora o cheiro dominante fosse de mar, que ele associava a sexo. Viu-a bem viva um dia, achou-a morta no dia seguinte, quando saíra em outro passeio com aquele menino infeliz, aquele saco de ossos asmático que viera de contrapeso a sua bela mãe viúva, e a quem precisava ensinar a entender as marés.

Stonewall gritava sempre que o colocavam num barco e o levavam para os riachos, à procura do lugar em que a água formava lagoas rasas e seguras; uma vez ali, entretanto, o menino mudava completamente e ficava calmo, pronto para brincar e cantar durante horas, deixando o homem que ele ainda não chamava de pai livre para cavoucar a terra em busca das minhocas que usava como isca. Ele sempre sentia um extraordinário alívio quando o menino parava de gritar. Os gritos, que eram na verdade gemidos arquejantes, sempre provocavam mal-estar em seu padrasto. Se ele não desse um jeito naquele garoto, seu casamento iria por água abaixo; ele estava tão certo disso quanto conhecia as horas do dia e aquele trecho de mar. A calma perfeita, uma sensação de contentamento e o indício de um certo entendimento com o garoto: paz.

E então ele olhou para um lado, viu a massa ruiva com as pernas compridas e morenas abertas e a saia grossa empastada de lama. Dois anos de domingos se passaram e ele ainda sentia o mesmo pânico, uma sensação semelhante a um gole de água salgada. Lembrava de ter pensado: "Sua cadela maluca, como pôde fazer isso com um menino? Morrer ali, uma morte repugnante, a cabeça semi-enterrada na areia, as mãos levantadas, enroscadas nas urzes como se estivesse ancorada entre elas. Esperando que um menino a visse e recomeçasse a ter aqueles pesadelos terríveis".

Nenhum habitante de Merton saía de casa desprevenido; quanto a ele, viera preparado para cavar minhocas. Ao cabo de quinze desesperados minutos, usando a pá e fechando os ouvidos para o som da areia lamacenta e da carne morta, ele acabou de enterrá-la no fundo do banco de areia, no exato momento em que o menino voltava de sua piscina de água salgada. Não fizera aquilo por mal, mas na melhor das intenções. Que outros a encontrem, alguém que não carregue nas costas o peso de uma criança histérica e de uma mulher grávida. Que a maré esconda essa cadela ruiva até amanhã, quando estaria no trabalho e o menino a salvo. Que a esconda, de preferência para sempre.

Desde aquele dia, porém, Stonewall parara de gritar, ia para a água como um pato. Parecia que, em algum lugar, um deus qualquer aprovara seu gesto.

"Ouvi dizer que encontraram outro corpo perto de Stookey", disse um dos homens, interrompendo o silêncio que se fizera na conversa, enquanto um fio de fumaça subia de seu cigarro. O padrasto de Stonewall sacudiu as moedas que tinha no bolso para disfarçar o embaraço. A aprazível orla marítima entregava três ou quatro corpos todo ano, trazidos sabe Deus de onde. A maioria homens, caídos de algum cargueiro a vapor; homens grandes, raramente identificados, os sem-teto do mar. Um cadáver sempre dava o que falar, mas dificilmente constituía novidade — e não era assunto para se discutir na presença de crianças. Às vezes era difícil dizer por quanto tempo um homem ficara na água ou apodrecendo na areia onde fora encontrado. Pelo que se sabia, a esposa de Charles Tysall levara um ano para vir à superfície. Ao contrário dos marinheiros indigentes, ela fora identificada; sua morte tinha sido motivo de muita especulação, e seu estranho reaparecimento, assunto para longas discussões nos bares e cabeleireiros. O padrasto de Stonewall nunca disse nada a ninguém: por prudência ou por estar muito abalado. Um corpo era apenas um corpo. E ele tinha sua própria família para cuidar.

A culpa só o acometia aos sábados, dia em que pensava no marido que viera vê-la quando o corpo foi encontrado. Abatido pela dor, andando na areia para identificar o lugar onde ela estivera, para nunca mais voltar. Devia ter sido uma bela mulher, antes de ter o rosto lacerado. Alguém certamente a amou, sofreu e suspirou por ela durante aquele ano em que permanecera enterrada, antes que a inesperada tempestade desfizesse o banco de areia, trazendo-a à tona.

Que Charles Tysall realmente a amara, do seu jeito terrível e obsessivo, era algo de que sua esposa Elisabeth nunca duvidara, mas a natureza desse amor fora tão cruel quanto a maré, exigindo a mesma posse integral de tudo o que tocava, punindo a insubordinação com violência. Ela gostava de galanteios, não entendia a loucura do marido, e ostentava seus cabelos ruivos e o corpo perfeito. Como resultado, e em perfeita coerência com sua lógica, ele considerara inteiramente justificável bater nela, a começar pelo rosto, para reduzi-la à submissão.

Os homens do cais não sabiam nada sobre isso, nem então nem agora. Nada se sabia sobre o que Elisabeth poderia ter pensado enquanto jazia ali com as mãos enroscadas nas urzes, esperando que as pílulas e o gim começassem a fazer efeito, acreditando assim vingar-se dele, e considerando, tarde demais, o que estava deixando para trás. Pensara também que não devia estar fazendo aquilo, morrer sem um gemido ou um aviso. Era muita falta de consideração para quem quer que viesse depois. Ela, que nunca fora amiga de mulheres, de repente começou a sentir compaixão por suas semelhantes, tomando plena consciência daquilo a que dera origem. Sem ela, Charles simplesmente procuraria uma outra obsessão, outra ruiva para atormentar. Elisabeth murmurou uma prece por sua sucessora e deixou que esse pensamento aos poucos se esvaísse, fechou os olhos à espera do mar e finalmente mergulhou no esquecimento por que ansiara durante tanto tempo. Esperou pela maré-cheia, mas não chegou a senti-la.

Um corpo era apenas um corpo, o homem do cais pensou novamente. Desde que aquela mulher morrera, punindo-o depois com sua volta, ele fora pai de gêmeos e sua mulher estava grávida outra vez. E simplesmente pelo fato de amar tanto a própria mulher, ele se sentia culpado em relação àquele outro marido. Se ele ao menos soubesse que esse sentimento de culpa não tinha razão de ser. Enquanto o mar desenterrava os despojos de Elisabeth Tysall, seu marido Charles refestelava-se num divã em sua luxuosa residência londrina, lendo seu poeta predileto, Browning, evocando a mulher no tempo em que ela era absolutamente pura, obediente e boa.

Feliz e orgulhosa; finalmente descobri
Que Porphyria me adorava: a surpresa
encheu meu coração, e ainda cresceu

Eu te amo, minha Porphyria, dissera ele para si mesmo. Você não sabia? Volte, antes que eu encontre outra.

Uma morte não muda nada e muda tudo. Enquanto os cabelos de Elisabeth Tysall emergiam da água, o antigo proprietário de sua casa de veraneio sentia os primeiros sinais da própria mortalidade. Numa ampla casa situada um quilômetro além da extremidade do cais, na direção oposta à praia pública, o senhor Henry Pardoe, empresário bem-sucedido de hábitos frugais e de grandes ambições jogava mexe-mexe com a esposa, tímida e franzina; para sua surpresa, aquilo o divertia. Ela o deixava ganhar, naturalmente, algo de que ele desconfiava, mas evitava saber com certeza.

Ele esfregava o peito, onde uma dorzinha fraca mas incômoda a toda hora o lembrava de que deveria fazer seu testamento sem mais demora, apesar de não acreditar seriamente no conceito de morte e ficar furioso por ter de pagar àquele velho trapaceiro do Ernest Matthewson os altos honorários londrinos que sempre tivera de desembolsar. Um assalto em plena luz do dia. Mas Ratinho o ajudaria a esboçar um testamento. Ele observou com afeto sua beleza já um tanto esmaecida.

A vida continuava seu curso e a sôfrega maré voltou pelos canais e cobriu a terra. A orla marítima mudava com as estações, inundava-se na maré alta, secava na maré baixa. O que significava que tudo continuava igual, a despeito de quem vivia ou morria.

Os homens do cais dispersaram. Despediram-se laconicamente e entraram em suas casas para o prazer inocente de um almoço de domingo.

1

Malcolm Cook, procurador da Coroa, honesto mas um tanto cínico, vigilante da justiça, era um homem de trinta e cinco anos, moreno e muito magro. O único peso que parecia carregar era o excesso de conhecimento. Ele sabia mais sobre a desumanidade do homem contra o homem — e muito menos sobre a harmonia doméstica — do que gostaria. Seu trabalho era um mero reflexo da perfídia humana e seu próprio reflexo no espelho, algo que ele procurava evitar. Essa aversão aos espelhos fazia com que muitas vezes saísse de casa usando meias trocadas.

Naquela manhã ele não pôde evitar a própria imagem no espelho enquanto se barbeava e, como de costume, sentiu-se perturbado. Um espelho é um objeto cruel. O contraste entre sua antiga figura, gordo como um palhaço, e o que era atualmente, depois de se ter modelado por seus próprios esforços e conquistado uma silhueta de atleta, era algo que vez por outra o divertia. Ele balançava a cabeça, sorrindo, à espera de que o velho eu voltasse, pois sabia que o novo não passava de uma ficção, que não se encaixava naquela descrição de "bonito", por mais que lhe repetissem isso. Nesses dias, o contraste que ele via na própria expressão era imediato. Ele parecia velho e angustiado, como seu pai adotivo nos estertores da doença. A comparação entre aquilo e a pessoa que cantava enquanto fazia sua higiene matinal o aborrecia. Ele estava perdendo alguma coisa, e, com isso, sua frágil auto-estima. Era como se estivesse perdendo os dentes.

"Desça daí, sua maluca", murmurou ele sem tirar os olhos do espelho. Pelo menos a cadela, com sua necessidade de estar sempre por perto, nunca vacilava em sua afeição; seguira-o do quarto para o banheiro como uma sombra felpuda e vermelha, tão grata por sua presença que não conseguia ficar longe dele. Não era o caso de fazer comparações entre essa criatura afetuosa e Sarah, nem de esperar que a gratidão de uma inspirasse a mesma devoção na outra, mas ainda assim ele as comparou com um humor melancólico, recriminando-se um pouco por isso. Afinal de contas, salvara ambas. Um par de beldades ruivas precisando de um defensor.

E quem cuida de mim?, pensou Malcolm num súbito acesso de autocomiseração, que ele só reprimiu quando viu no espelho, horrorizado, os olhos marejados de lágrimas. Ele tinha razão em evitar espelhos: sempre fora sentimental demais para um homem, mesmo um homem gordo, já dizia Ernest Matthewson. Ernest usava de seu direito de dizer tudo o que pensava desde que se casara com a mãe de Malcolm, tornando-se a partir daí uma influência benigna, porém tirânica. Era estranho como os papéis se alteravam sem que ninguém percebesse. Quem cuidava de quem naquela época? Eis um ponto a esclarecer. Ernest Matthewson, sócio majoritário, homem de princípios antiquados e de uma terrível e irracional lealdade para com os clientes do escritório, por mais detestáveis que fossem, era também o complacente patrão da Sarah, companheira de Malcolm, mas toda a sua autoridade degenerara numa débil irritabilidade nos últimos doze meses. Qualquer um que tivesse Charles Tysall como cliente corria o risco de ficar doente.

Malcolm bufou, acenando para o espelho. Não tinha nada a invejar na carreira do pai. Ernest tinha um escritório luxuoso e um salário condizente, mas Malcolm sentia que levava uma certa vantagem moral. Isso não fazia com que ele ficasse indiferente à opinião de Ernest. Malcolm gostava de Ernest, o que era inegável, mesmo que brigassem feito cão e gato para esconder um afeto que simplesmente não podiam evitar.

Ele pode desprezar minha relativa pobreza, pensou Malcolm, mas pelo menos estou livre para dizer o que penso. E além do mais, posso deixar meu cachorro entrar em meu escritório sem que ninguém tenha que se preocupar com a mobília.

Tampouco precisava se preocupar com o fato de que já estava atrasado aquele dia, cada vez mais — ele estava pouco ligando. Não conseguia encontrar a coleira da cadela. Devia estar no apartamento de Sarah, era isso; ela fora a última a passear com o animal. Malcolm afagou a cabeça macia da cocker spaniel, sentiu o calor atrás das orelhas, a pancadinha da cauda. Pelo menos havia uma coisa estável em sua vida.

Desceram as escadas do amplo apartamento no grande conjunto residencial vitoriano ao lado do parque, cruzaram a entrada, subiram um andar e chegaram a outra porta, onde uma plaquinha de metal anunciava SARAH FORTUNE. No último ano, eles tinham vivido entre as duas casas, de certa forma, tendendo mais para a dele, principalmente nos primeiros dias. Fora no período em que o apartamento dela estava sendo "arrumado", para usar um eufemismo. Ao abrir a porta, o contraste entre o aspecto que tinha então e o de agora chocou-o mais uma vez. Havia um espelho novo brilhando no fim do corredor, um carpete novo, uma pintura bege no corredor onde se viam alguns quadros, tudo um pouco empoeirado. Nunca poderia esquecer o que acontecera ali, mesmo numa linda manhã como aquela, em que o sol desanuviava o espírito.

A confiança da cadela era infinita. Ela não soltava um resmungo ao passar pela soleira: era Malcolm que o fazia. Ela deveria pelo menos rosnar, pensou, ressentido; afinal tinha se machucado muito naquele lugar, mas agora parecia não haver nada que a constrangesse. Ela não ignora o acontecido; simplesmente esquece tudo, a não ser a próxima refeição. Era uma capacidade que Sarah também deveria adquirir.

Havia algumas manchas na pintura nova, perto da porta da cozinha. Café derramado, tributo à negligência de Sarah com as tarefas domésticas, que contrastava com seu talento para tornar as coisas belas, transformando trapos em elegância. Manchas de café ou de vinho, não de sangue. Malcolm começou a sentir que a lembrança do sangue voltaria a perturbá-lo por mais que ele tentasse evitar. Cada vez que ele entrava ali sentia como se estivesse recapitulando seus próprios passos apressados, seguindo a cadela que subia para o apartamento ao qual o conduzira doze meses atrás, contagiado por sua maldita curiosidade. Cadela desobediente, correndo feito louca depois de um passeio tarde da noite, chocando-se contra a pouco segura porta da frente, subindo as escadas, não lhe deixando outra escolha senão ir atrás, xingando.

Melhor não lembrar. Lembranças eram coisa de velhos. Acidentes do passado, horrores antigos não deviam ser ignorados, é claro, mas colocados em seu devido lugar para que a vida retomasse seu curso o mais rápido possível. Analisar demais só aumentaria o peso do fardo, e tanto ele quanto Sarah já estavam mais que sobrecarregados. Malcolm suspirou, rendendo-se ao ritual mental. Muito bem. Repassar os fatos, inclusive os que o tocavam diretamente, como se os contasse resumidamente a um estranho, depois colocá-los de volta na gaveta onde deviam ficar. Era sua maneira de lidar com o problema. Bem. Charles Tysall, o riquíssimo, elegante e canalha cliente de seu pai, estava apaixonado por Sarah, que conheceu no escritório de Ernest. Cabe uma correção: apaixonado não, obcecado. Ele tinha uma fixação por cabelos ruivos. Sarah tratava-o friamente, por isso uma noite ele apareceu ali e esperou por ela. Houve uma luta em que um grande espelho se quebrou. Sarah caiu sobre os cacos de vidro, todo o seu corpo se cobriu de ferimentos, menos o rosto, sabe Deus por quê. Levado pela cadela enlouquecida, ele, Malcolm, interveio e perseguiu o agressor até o parque; aquela era a passagem que mais odiava lembrar. Como um rottweiler investindo contra o gado, ele o atacou de forma brutal e por mais tempo do que seria razoável, sentindo um estranho prazer naquilo. Malcolm odiava violência, não sabia que era capaz de exercê-la daquela forma.

Fora um modo cruel de trazer Sarah para sua vida, tinha de admitir, mas uma vez que a amava com cada grama de seu musculoso corpo, os meios que usara nessa selvagem apresentação importavam bem menos que os fins.

A coleira estava na cozinha. Malcolm apanhou-a e deu uma volta rápida pelos quartos, sentindo-se novamente culpado, procurando sinais negativos: indícios de que ela não estava arrumando as malas para ir embora. Ela não poderia partir agora, não com todas aquelas coisas que só eles sabiam e que os obrigavam a ficar juntos. Conheciam Charles Tysall não apenas como o rico e desonesto homem de negócios a quem Malcolm tentara inutilmente submeter aos rigores da lei, bem antes que Sarah conhecesse essa outra faceta. Dane-se o passado. Era o futuro que Malcolm desejava.

A cadela não largava de Malcolm, encostando-se nele. Suas calças já estavam cheias de compridos pêlos vermelhos. Passos vagarosos, no apartamento de cima, inocentes, tranqüilos. Os dois relaxaram. A cadela se sacudiu; ele sentiu vontade de imitá-la. Os cães vivem no presente; todo mundo deveria viver assim. Charles Tysall estava morto. Ele deve ter mutilado a própria esposa, levando-a ao suicídio, voltando em seguida a atenção para Sarah, mas agora estava morto. E bem morto.

Portanto, tudo estava bem. Talvez ele e Sarah só estivessem precisando de umas boas férias. Brisa marítima, esse tipo de coisa.

Sou um homem comum, pensou Malcolm consigo mesmo. Um homem comum que tenta ser digno e honrado. Eu não deveria ter esse tipo de lembranças, de complicações. Eu só queria amar e ser amado.

De volta à luz do sol de verão, atravessando o parque em direção à rua, procurou pensar na brisa do mar, mas seus pensamentos teimaram em voltar. Aquele era o mal de dar trela à memória, ainda que da forma controlada como o fizera: ela contamina tudo, como óleo rançoso na comida. Ele não conseguia pensar em sol, mar e areia sem tornar a pensar em Charles. Em como aquele homem, a mais perfeita encarnação do mal que ele conhecera, continuou a ser o que era até na morte. Só mesmo Charles Tysall, verdadeiro flagelo ambulante, pensaria em conspurcar uma inocente estação balneária escolhendo-a para cenário de seu suicídio, da mesma forma como sua mulher o fizera. Será que aquele sujeito nunca tinha ouvido falar em preservação do meio ambiente?

A vida, pensou Malcolm consigo mesmo, é uma cadela. Se ele algum dia pudesse pensar em Sarah como uma cadela, a vida seria mais fácil.

Observou a cadela afastar-se saltitante e começou rir. Ria em imaginar-se apresentando Sarah às outras pessoas. Esta é Sarah, minha esposa. Conhecemo-nos no corredor, sob o espelho, por meio de uma série de coincidências em que vocês, como eu, dificilmente acreditarão.

A palavra *esposa* ficou presa em sua garganta. Ele queria ser um marido; viver com aquela criatura maravilhosa e fazer dela uma mulher digna. O riso cessou. Ah sim, disse consigo mesmo, a gente pode levar o sonho até a fonte, mas não pode obrigá-lo a beber água.

A mãe de Sarah Fortune ensinara-lhe a nunca se lamentar. Ensinara-lhe também que havia algo de inadequado em sua maneira de ser; que sua energia era um estorvo e que o destino da mulher não era a felicidade. A ambição dos pais levara a uma espécie de calvinismo, a uma sistemática valorização da carreira em detrimento dos prazeres, o que significava que Sarah devia trabalhar feito uma condenada e manter os cabelos ruivos em tranças horrorosas até ser capaz de ganhar a própria vida. E com a incoerência própria das mães, a de Sarah queria, além disso, que as filhas casassem o mais cedo possível; queria que fossem livres mas reprimidas, inteligentes mas estúpidas, independentes mas submissas. Combinando a censura com uma leve lisonja, fizera com que Sarah se sentisse merecedora de desprezo, o que garantia submissão a todas as exigências. A moça passou nos exames, tornou-se advogada, casou-se com um colega de profissão e tudo parecia bem até ele morrer ao volante do carro, distraído por ter acabado de fazer sexo com a senhorita Fortune, não Sarah, mas sua irmã. Ele era um oportunista preguiçoso que ia atrás do que estivesse mais à mão. De um só golpe a ruiva Sarah perdeu a confiança, o marido, uma irmã e todos os valores de sua mãe, assim como o feto que trazia dentro de si.

Depois de um período de recuperação em que ela continuou, como sempre, uma profissional eficiente embora um pouco hesitante, começou a trocar de ética profissional como quem troca de roupa, uma prática que conseguiu desenvolver com incrível rapidez e eficiência. Fortune não reconhecia nenhum princípio moral além de "é preciso ser gentil", não cedia a nenhum impulso que não fosse pragmático e a única coisa que tinha como certa era o fato de que os homens sempre acabam indo embora.

Sarah conservou o amargo sentimento de ser indigna e viu nos acidentes de sua vida um reflexo disso. Não conseguia acreditar que alguém pudesse gostar dela sinceramente, da mesma forma que não acreditava que alguém pudesse ir até a Lua voando. Encarava o sexo como uma necessidade prazerosa e o amor como uma espécie de claustrofobia, uma bela ilusão, uma armadilha. Era quente feito fogo, complacente para com os erros e às vezes fria como gelo. Ela não tinha certeza de nada.

A senhorita Fortune, aos trinta e três anos, pensava sobre o terrível momento em que daria adeus a Malcolm Cook, por uma série de razões que faziam muito sentido no meio da noite, mas bem menos numa luminosa manhã de julho. Ele a amara à distância por uns dois anos, um pouco mais de perto durante um, salvara sua vida e continuara a oferecer aquele tipo de devoção que ele próprio recebia de seu cachorro. Ele estava mais cheio de generosidade que uma tigela de sucrilhos, o que deixava Sarah fora de si. Primeiro, porque sabia que não a merecia; segundo, porque não queria receber o que não era capaz de dar; terceiro, porque ele ficaria muito melhor sem ela; quarto, porque já estava envolvida demais com a família dele; e quinto, porque se sentia prisioneira e não fora talhada para ser uma boa esposa.

Essas eram as razões que ela estava contando nos dedos quando bateu o carro na parede e ouviu o pára-choque traseiro raspando no concreto. Cada uma das razões tinha seu lado verdadeiro. Malcolm derrubaria todos eles como uma fileira de balizas de boliche, alinharia argumentos com toda a força de seus sentimentos mais elevados e de sua ternura desinteressada. Finalmente, iria ameaçá-la com o fato de Sarah ter a posse da cadela. Sarah estava se sentindo suficientemente liberta pelo som de metal amassado para recuperar seu senso de humor. Talvez seu maior desejo fosse não um amante que morasse no mesmo prédio que ela e cujo pai fosse seu patrão, mas um cachorro.

O carro era com certeza o objeto mais vistoso que Sarah possuía, uma espécie de brinde da firma para que ela ficasse contente. O motor ganhava vida ao menor toque, exatamente como Malcolm. Quem visse de fora teria a impressão de que as coisas lhe tinham caído do céu. E era isso mesmo que tinha acontecido no ano anterior: haviam caído com tal peso que ela imaginava a si mesma como um carrinho de supermercado; aquilo era o mesmo que oferecer uma volta ao mundo a um esquilinho vermelho.

Ernest Matthewson, já prestes a se aposentar, ocupava um enorme escritório decorado por sua esposa, motivo pelo qual não podia se livrar de todos aqueles beija-flores que subiam veneziana acima e voejavam no forro das cadeiras, cujo objetivo era fazê-lo sentir-se totalmente à vontade — uma espécie de lembrança de como vivia em sua casa. Mimado, paparicado, cheio de pompa como um paxá em seu trono, com uma mulher dedicada que lhe castigava o coração e a úlcera com uma dieta que pecava ora pelo excesso, ora pela falta de comida. Ele pensava nos sonhos de sua juventude, atualmente metamorfoseados em luxo de gabinete, controle de peso, interesse dos clientes, computadores, prestígio, prudência e apuro de linguagem. Sarah Fortune fora escolha sua: ele a entrevistara anos atrás, quando ela acabara de enviuvar, mas não podia fazer de conta que ela era uma sócia efetiva da firma, não naquele mundo sombrio. Ela era também a moça que sua mulher elegera para nora.

"Sou contra", disse ele, batendo na escrivaninha, recuando. "Tudo bem, *TUDO BEM*! Continuo sendo contra!"

Ora, Sarah podia muito bem ter transformado seu gordo e solitário enteado em uma figura com aparência humana, trazendo-o de volta ao lar, mas bastava dar uma olhada no rapaz para ver que aquele relacionamento seria um desastre. As mulheres a invejavam, os jovens se derretiam em sorrisos, os clientes salivavam em presença de Sarah, e embora Ernest, em função da idade e da saúde, não pudesse fazer o mesmo, considerava sua protegida uma jóia sem preço que devia ficar trancada num cofre. Tinha grande carinho por ela, de forma que se sentia um pouco desleal por desejar que se fosse, pois seu dia ficava realmente muito triste sempre que ouvia os passos dela diante de seu escritório sem se deter. Tendo feito aquelas declarações para uma sala vazia, Ernest ficou à escuta.

Ela costumava tropeçar no degrau mais baixo oposto à sua porta, onde o carpete barato dobrava-se sobre o de boa qualidade destinado aos clientes que usavam sapatos caros. O remendo gasto obstruía seus passos ansiosos toda vez que estava cega pela braçada de flores destinadas a sua sala e pela minúscula valise contendo o trabalho que levara para casa. Ao tropeçar ela xingava em altos brados. O som daquelas obscenidades um tanto inconscientes fazia Ernest se curvar de tanto rir. Ele nem queria imaginar o efeito que aquilo teria sobre seu pobre filho.

"Essa merda outra vez." Ela falou aquilo em sua voz mansa e musical, como uma pessoa recitando poesia. Ernest escancarou a porta fingindo estar irritado, receando que ela já tivesse ido embora.

"O que há com você, garota? Você faz isso todo dia e todo dia solta um palavrão. Não dá para entender. O que há de errado com seu vocabulário?"

"Seria melhor perguntar: O que há de errado com seu carpete? O tempo todo acontece isso. E fique sabendo que acabei de amassar o carro do escritório. Não há nenhum outro carro envolvido no acidente, só uma merda de uma pilastra." Lá estava ela mostrando os dentes feito um gato saciado com as patas ainda sujas, cada centímetro de seu corpo inadequado para o ofício de advogada da Suprema Corte, estando mais para leão-de-chácara do hipódromo, não fosse tão pequena e de cores tão exuberantes. As cores deviam-se à pele sardenta e aos cabelos ruivos e brilhantes. Ninguém poderia dizer que ela se vestia como uma sereia, naquele seu vestido marrom-amarelado, mas havia algo em seu cinto largo, feito de couro macio que a tornava tão apetitosa quanto o sanduíche de bacon embrulhado em papel engordurado que ofereceu a ele, com um largo sorriso.

"Pra você", disse ela. "Ah, sim, e o caderno de esportes. Como vão as coisas?"

Ernest se descontraiu. Seu grande estômago roncou e se inflou como um pára-quedas no ar. Sarah sempre fazia os homens pensarem em suas barrigas, primeiro encolhendo-as, para depois deixá-las livres num glorioso relaxamento.

"Muito mal", disse ele. "Mal mesmo. Entre. Tenho um caso para você. Ele vai tirá-la de Londres durante este verão. Entre." As palavras saíram de sua boca antes que pudesse contê-las e ele se afastou abruptamente, animado pela diabólica inspiração que vinha maquinando há vários dias e só agora exprimia em palavras. Era como fazer o parto de um bebê com uma faca. Entristecia-o também aquela mescla de desejo de vê-la partir e a certeza de que sentiria sua falta. Tinha algo a ver com o efeito que ela produzira em seu antigo cliente Charles Tysall — para não falar de seu enteado —, e com a capacidade de transformar homens fortes em carneirinhos, além de uma outra coisa, uma mescla de amor e profunda desconfiança.

"Só se você quiser", acrescentou ele apressadamente, sentando-se para disfarçar seu embaraço, agarrando o sanduíche de bacon. Às segundas-feiras a senhora Matthewson costumava ficar hipersensível, nas sextas-feiras as coisas melhoravam.

"Estou apenas sugerindo que você viaje por uns dias e me poupe disso", murmurou Ernest com a boca cheia, sentindo a gordura do bacon escorrer pelo queixo. "Esta sua dieta me faz mal à saúde."

"O pão é integral", disse Sarah calmamente, como se aquilo fizesse uma grande diferença. "Cheio de fibras." Ela nunca acreditara em dietas, comia qualquer coisa que não se mexesse. Ela o olhava com aquele olhar de completa aceitação que dirigia à raça humana. O que ela pensava por trás daqueles grandes olhos era coisa que Ernest nunca perguntara, com medo de ouvir a resposta. Observando sua inquietação, ela refletiu em como fora acertada a decisão que ela, Malcolm e sua maravilhosa mãe tomaram de triar a correspondência de Ernest para poupá-lo das piores causas, assim como das odiosas revelações de seus clientes. Lembrou-se também de que ela e Malcolm conseguiram atribuir sua ausência no ano anterior a um acidente. Ela era uma grande mentirosa. Fazê-lo exclamar "oh, ah" diante dos efeitos do pára-brisa quebrado foi muito melhor para sua úlcera explosiva e seu frágil coração do que lhe contar a verdade sobre um cliente. Charles Tysall causara muitos danos, a maioria ainda não pagos. Algumas pessoas precisavam da verdade. Outros necessitavam que lhes confirmassem a crença de que todos os seus clientes eram bons sujeitos. Ernest pertencia a esse time. Ele podia não ter sido assim antes, mas agora sua saúde exigia que o fosse.

"Fale-me desse caso, então. Preciso me distrair."

"Um cliente muito importante", murmurou Ernest novamente.

"Não pode ser. Se fosse, você não estaria me enviando."

Ernest suspirou. "Importante segundo meus critérios, não os do escritório. São meus clientes há muitos anos." Com isso ele queria dizer clientes aceitáveis não em função da cupidez de seus sócios menores, que viviam de braços dados com banqueiros e financistas, grandes industriais e funcionários do governo, tomavam água mineral no almoço e entre os quais não havia um ser humano sequer. Ernest tinha plena consciência de que estava sobrando em meio a essa nova geração e de que era mantido apenas pelo peso de sua idade e pela quantidade de podres que sabia dos outros, mas Sarah não tinha a menor chance. Ela era tolerada nos porões das demandas baratas porque alguém tinha de cuidar das miudezas. Era bom que esse alguém fosse, de preferência, uma mulher sem ambições. Nenhum sócio sentiria sua falta enquanto estivesse fora. Nenhum deles conhecia o seu valor.

"Bem, se esses clientes são importantes para você, farei com que sejam importantes para mim. Por que preciso sair da cidade? Quando vou ter que ir? E qual é o abacaxi que você quer que eu descasque?"

Ernest quase caiu da cadeira. Para uma idéia com tal grau de dificuldade, embora concebida naturalmente, a coisa estava indo rápido demais. Não que ela costumasse ser refratária às sugestões; a passividade escondia a obstinação de uma mula, da mesma forma como o seu sorriso escondia um desespero profundo e um conhecimento fora do comum para a sua idade, o que a fazia chegar aonde outras mulheres não chegavam. Tarde demais, Ernest lembrou-se de Charles Tysall e de onde ele morrera.

"Trata-se de dar uma solução para uma herança", começou ele. "À beira-mar. Você vive dizendo que gosta do mar."

"Não sei nada sobre homologação de heranças. Nem sobre o mar."

"E daí? Ouça, trata-se apenas de evitar que uma família chegue às vias de fato. Basta ficar um pouco por lá, sondar o que eles estão querendo, traçar um pequeno quadro do que cada um deseja... e o resto fica por conta dos técnicos e do Tribunal de Espólios e Heranças."

Sarah sacudiu as migalhas da saia. Ernest admirava a forma como ela comia, como um lobo refinado.

"Não sei do que você está falando. É melhor explicar", ela disse. Ele respirou fundo, preparou-se para misturar ficção e realidade de forma a tornar a perspectiva mais atraente.

"Uma grande casa no campo, certo? Não, não uma mansão ancestral, mas muita terra e... não, não vou lhe dizer por que a propriedade é tão grande. Vamos deixar que isso estimule sua imaginação e você descubra por si mesma. Precisamos de uma visão totalmente desarmada, portanto quanto menos você souber melhor. A família se constitui de dois filhos, uma filha — os três entre dezoito e trinta e quatro anos, acho —, e todos em pé de guerra. Por quê? Papai morreu há dois anos, deixou toda a tralha como usufruto da mulher, sendo que depois..." Ernest mexeu na escrivaninha, pegou as páginas de uma fotocópia ensebada: "Estou citando: 'Para todos os meus filhos, ficando as cotas-partes a critério de minha mulher'. Um testamento totalmente venenoso; sujeito ingrato, ele devia ter pedido que eu fizesse uma minuta. Tudo o mais foi feito por mim. Ele não devia estar em seu juízo perfeito."

"Não estava?"

"É provável, mas não comprovável. O problema é que sua mulher não está: totalmente pancada, louquinha da silva, desatinada, doida de pedra." Ele gostava de misturar metáforas. "Ela nunca vai estar em condições de fazer um testamento válido. Se morrer intestada, vai ser um desastre. Impostos pesadíssimos. Os filhos ainda não chegaram a ponto de se esfaquear, mas estão em estado de alerta. Precisam de alguém de fora que proponha um acordo aceitável, que determine quem vai ficar com o quê e quando. Aí poderão levar suas vidas tranqüilamente até a velha bater as botas, e quando isso acontecer, não haverá problemas."

Sarah levantou-se graciosamente. "Você precisa de alguém que entenda de homologação de heranças, não de mim", disse ela.

"Preciso de alguém que entenda de litígios e que saiba fazer com que as pessoas evitem litígios. Acho que você precisa estar lá, senão nada feito. Eles vão hospedá-la, eles sempre têm uma casinha de veraneio de reserva para alugar, é uma despesa a menos." Ele estava cheio de admiração por si mesmo: tudo ia se arranjando tão bem sem que ele tivesse pensado em todos aqueles detalhes. Na verdade, raramente se dava ao trabalho de considerar um problema em profundidade.

Ela se debruçou sobre a escrivaninha dele, estendeu a mão e beliscou-lhe a bochecha.

"Acorda, Ernest, será que você não percebe? Quem está aqui sou eu, Sarah. Você deve detestar esses clientes, senão não iria me empurrar para lá simplesmente porque quer me ver a quilômetros de distância de Malcolm."

"Sarah, nada mais longe..." Ele estava vermelho feito um menino pego fumando no banheiro da escola e ela ria como uma professora boazinha disposta a perdoá-lo.

"Nada mais perto de seus pensamentos, meu caro Ernest. Por favor, não se preocupe com isso, mas não me trate como uma tonta. Posso não merecer muito, mas mereço mais do que isso. Claro que você tem razão em achar que a longo prazo não tenho um efeito muito bom sobre Malcolm. Eu sei disso, ele não. Ainda. Ele vai precisar de algum tempo. Agora estamos nos entendendo?"

Ele parecia abalado. Ela sentou-se novamente.

"Não se aborreça, tio Ernest, por favor. Isso é muito pior para a úlcera do que um sanduíche de bacon." Ela olhou para a fotocópia ensebada de um testamento mal datilografado. "Mas será que essa história de me mandar para essa região de Norfolk-Sufolk não é apenas parte de um plano maior? Estou vendo que é a mesma aldeia onde Charles Tysall saiu para espairecer e se afogou, imitando os gestos de sua mulher no ano anterior. Você está querendo me punir ou algo assim?"

"Não, não, eu lhe garanto... Sarah, eu juro!"

"Você acabou de me dizer para não fazer isso. Eu acredito em você e desculpe a brincadeira: imaginei que você quisesse que eu desencantasse o fantasma."

Malcolm Cook não tinha o tino comercial de seu padrasto, nem achava que essa deficiência tinha estragado sua vida. Ele considerava que um pagamento menor em troca de maior instrução era um bom negócio. Quanto a sua ilimitada generosidade e solidariedade, ele as aprendera no sofrimento e nas duras esquinas de sua própria solidão. Sua transformação de palhaço ridículo em atleta esguio também o tornara um incurável otimista na maior parte do tempo, embora não naquela noite. "Você não sabe nada sobre mulheres", advertira-o Ernest, um truísmo que bem se poderia aplicar ao sexo masculino como um todo, mas que no caso dele não correspondia à realidade. A antiga obesidade de Malcolm preservara nele apenas hábitos de celibatário, não inocência, o que fazia dele antes um confidente que uma pessoa de ação, sem contudo torná-lo ingênuo. O mesmo quanto a doenças da infância. Mesmo um ex-obeso, desesperadamente apaixonado e lutando para disfarçar isso, sabe quando está sendo abandonado.

Não tinha o menor sentido voltar atrás e tentar entender em que um dos dois falhara, nenhum sentido em discutir; de nada adiantava analisar o comportamento e dizer "se ao menos". Ele sabia que não se pode fazer uma pessoa ficar se ela quiser ir embora, assim como não se pode domesticar um tigre, e no caso de Sarah a analogia era perfeita, pois ela tinha a mesma maciez e brilho, embora nenhuma capacidade para ferir e arranhar. Nada havia sido dito, nem no apartamento dela (onde ela escondia as compras que fazia), nem no dele, onde ele dispensara tantos cuidados a Sarah, depois da incursão do obsessivo Charles Tysall. Eles tinham atravessado um verão quente em que cuidaram das feridas, um inverno amistoso de bebidas quentes, risos e cobertores aconchegantes, e ele supôs que a ganhara para sempre.

Ele devia saber que ninguém tem o direito de supor nada. Na primavera, começou a sentir que ela estava esticando a corda, como um cão arrastado para longe dos narcisos. Sentia o entorpecimento da perda desde o momento em que se deu conta e começou a se preparar inutilmente para isso. Ele não devia censurar, não devia reclamar, não devia. Ele nunca poderia voltar a ser o que era antes e, se a amava, devia deixá-la ir embora mantendo-se à distância, sem nenhuma queixa.

"Onde diabos você esteve?", perguntou ele irritado quando ela chegou às oito horas. Era pedir demais, deixar isso de graça. A graça é uma virtude, a virtude é uma graça. Graça é uma menina suja que não quer lavar o rosto.

"Seu pai nos mandou um vinho", disse ela timidamente. "Saímos para tomar um drinque."

Houve uma pequena pausa enquanto ambos se concentravam no que estavam fazendo, ela tirando o casaco e acariciando a cadela, ritual que tinha precedência sobre todos os demais, ele vigiando a panela de arroz, e no entanto ambos, em seu íntimo, perguntavam-se com desespero se tinham condições de passar mais uma noite fingindo que nada estava acontecendo. Se estavam dispostos a comer e encher o ambiente de cheiros, a manter uma conversa nervosa, a beber e curar o impasse emocional, torcendo para que não se dissesse nada de verdadeiro. Ela foi à cozinha, seguida da cadela.

"Seu pai tem um trabalho para mim. Em algum lugar de Norfolk." Ela falava num tom de fingida indiferença, enquanto procurava a comida. "Por isso, vou viajar." Ela deu de ombros como se não tivesse alternativa. "Não sei por quanto tempo." Malcolm mexeu o arroz sem necessidade, escondendo o rosto na nuvem de vapor.

"Isso vem bem a calhar para você, não? Você deve tê-lo convencido disso. Ninguém está em litígio em Norfolk. O que é que ele quer que você faça, que vá exumar o cadáver de Charles Tysall? Prestar suas últimas homenagens?"

"Charles foi enterrado em Londres. Seu pai me deu o endereço do cliente. Você sabe como ele consegue ser vago nesses assuntos. Francamente, acho que ele nem notou que o lugar fica próximo... Um velho cliente, diz ele." Malcolm se virou para ela, a garganta apertada e os olhos cheios de sal e água.

"Meu próprio pai, que diz gostar de mim, entra na conspiração! Ora, ora, ora. Como se você precisasse de ajuda para fugir. Você vem se afastando de mim há três meses, só que não sabe como tocar no assunto. Não é verdade?" Ele se esforçava para falar baixo.

"É."

"Você não vai dizer que sente muito, vai? Ele encheu um copo de vinho com as mãos trêmulas, depois passou um pedaço de papel-toalha perto dos olhos como o calor o estivesse incomodando. O dia tinha sido longo e quente; ele estava com fome.

"Eu poderia dizer que sinto muito, porque sinto mesmo, mas se você prefere que não, não direi. Ouça, Malcolm, não é que você tenha feito ou deixado de fazer alguma coisa: eu o amo e devo muito a você, mas não consigo respirar."

Ele era um homem franco, um homem alto e gentil que gostava de cozinhar, um protetor de animais indefesos, um amante inato, mas o que ele queria mesmo era bater nela. Percebeu um olhar de mudo terror em seus olhos e ouviu o rosnado do cachorro antes de perceber que a tinha agarrado pela gola do vestido e que estava com a outra mão levantada, pronta para a bofetada que nunca seria dada.

Malcolm murchou, deixou os braços caírem ao longo do corpo.

"Eu te amo, Sarah", disse ele. "Te amo demais. Eu nunca machucaria você."

"É melhor eu ir embora", disse ela, os olhos ainda cheios de terror.

"Sim, é melhor. Vá."

Ela saiu e fechou a porta atrás de si devagarinho, e a cadela ficou arranhando a madeira já estragada por suas unhas. O apetite de Malcolm foi embora com ela. A cadela voltou de mansinho e apertou o focinho úmido contra sua virilha, tentando agradá-lo. Ao invés disso, ele a afastou agarrando seu focinho com tanta força que ela começou a protestar, e ele passou a afagá-la. Era incapaz de fazer mal a um cão mas poderia ter agredido uma mulher, e a mera tentação da violência era como a morte de algo em que ele acreditava.

Era o fim. Ela o deixara envergonhado.

A esposa de Ernest Matthewson colocou uma travessa na mesa, diante do marido, e ficou olhando com ternura o esforço que ele fazia, do fundo do sofá macio, para olhar a comida.

"Que é isso?", grunhiu ele.

"Bacalhau aferventado. Com salicórnia."

"Salicórnia. Alga?"

"Tem muito ferro, querido. É melhor do que espinafre."

"Tem uma aparência horrível. Posso comer batatas?"

Ela agitou um dedo, marota.

"Hoje não. Você andou bebendo. Coma isso que depois lhe trago pudim."

"Pudim de quê?"

"De iogurte magro." Ele soltou um gemido, lançou-lhe um olhar assassino que se transformou num sorriso.

"Você se lembra da família Pardoe?", perguntou ele, olhando para a alga.

"Lembro, sim. Uma casa horrível e imensa em algum lugar no litoral. Muito longe daqui. A gente costumava ir muito lá, não é? Na época em que era preciso fazer esse tipo de coisa." A senhora Matthewson deu de ombros. Ela saía de casa o menos possível e não tinha saudades da época em que o dever de lealdade os obrigava essas visitas aos clientes.

"Não foi ele que ficou rico negociando com meias, ou coisa parecida? E que tentou ser um aristocrata do campo sem saber como? Todo tipo de capricho, todo tipo de amantes? Ele comprou metade da aldeia em que morava, não foi? Tinha um mau gosto incrível..."

Ernest fez que sim com a cabeça, sustentando o seu olhar e tomando um grande gole do vinho dela. Ele não subestimava sua esposa amorosa, mas em determinados momentos era mais fácil perturbá-la do que distraí-la. O segredo eram as lembranças.

"Eu vi, Ernest. Não pense que não vi. Não sei como Jennifer agüentava ver o marido pulando a cerca o tempo todo." Ela lançou-lhe um olhar, como se a infidelidade fosse contagiosa. "O que aquela mulher era tolerante... aquelas maravilhosas... sei lá... qualidades. Serena, de certo modo. Ela era chamada de Ratinho, não é? Sim, porque parecia um, uma coisinha pequena, morena, insignificante. Não havia como não gostar dela. Simpatizar, quero dizer. Ninguém notava sua presença."

Ernest mexeu-se incomodado e tossiu. A memória de sua mulher sempre o espantava.

"Um filho é são, a filha uma moça tola e gentil, o outro filho... bem, um sujeitinho irritante sempre com brincadeiras de mau gosto. Bem, são os reveses da sorte. Você me disse que no final tudo se arranjou entre Ratinho e o marido, não é? Ele tinha aqueles cabelos dourados de que gosto tanto. Parece que voltou a gostar dela. Aí ele morreu. Meu Deus, vocês homens descarregam tudo em cima de nós. Damos duro para ganhar o pão." Ela acariciou o estômago, satisfeita.

Ernest pigarreou, estendeu a mão e pegou o copo da mulher como se estivesse precisando beber um pouco. Ela não protestou. Ele tentou bebericar devagar, mas não conseguia se controlar.

"Vou mandar Sarah para lá. Ratinho — o verdadeiro nome era Jennifer? — bem... enlouqueceu. É preciso cuidar da herança antes que ela também morra. Sarah é a pessoa certa para fazer isso."

A senhora Matthewson largou o segundo copo que acabara de encher enquanto ouvia a informação que lhe era dada de forma um tanto hesitante, sem se deixar enganar nem um minuto.

"O que você está planejando, Ernest? Por que diabos mandar Sarah para longe do nosso Malcolm? Poderia mandar outra pessoa. Você poderia resolver tudo daqui mesmo. Quem vai fazer a comida dele?"

"Ora, ora, mulher, você acha que ela faz comida para ele, acha?", gritou, pondo na voz toda a sua culpa e insatisfação com a comida.

"Então ela faz outras coisas", disse a senhora Matthewson defensivamente. Ernest deu um risinho zombeteiro.

"Aposto que faz."

"Basta, Ernest." Ele latia mais forte, mas a mordida dela era pior. Ela engoliu o vinho como se fosse água, deixando pairar o silêncio de sua desaprovação. Depois de uma pausa, ela continuou.

"Você não sabe nada sobre Sarah e Malcolm. Sabe bem menos que eu. Você sabia que ele sempre me diz que tudo está ótimo? Rapaz mentiroso. Acho que ele puxou a você. E você vai mandá-la para longe. Deve ter perdido o juízo..."

"Sarah vai resolver o problema da família Pardoe", interrompeu Ernest com mais firmeza, reconhecendo a capacidade de mentir que ambos tinham. "Ela tem um efeito catalisador, ela analisa sonhos. E", continuou Ernest como se sua mulher não tivesse dito nada, "fique sabendo que ela nunca vai casar com nosso filho. Nunca, nem em um milhão de anos. Daí não saem netos." Essa foi uma jogada astuta.

"Como você sabe?", perguntou ela. "Ela o tirou da solidão e gosta dele, a sua maneira. Você simplesmente não suporta a idéia de que ela sabe demais sobre você. E sobre esses clientes desgraçados. Ah, Ernest, o que foi que você fez?"

"Não fiz nada!", gritou ele. "Ela queria ir. Ela queria o mar!"

Ela hesitou por um longo minuto.

"Charles Tysall morreu, não é?"

Ele se irritou e ficou vermelho.

"Claro que morreu! Faz um ano que ele morreu! A mulher morreu há dois anos, embora só tenha sido encontrada um ano depois. O que mais você quer, mulher? Sarah Fortune é forte como um touro."

Ela ficou calada.

Há muito tempo Sarah havia comprado o novo espelho para o apartamento. Como o antigo, ele refletia sua imagem logo que ela entrava, saudando-a do fundo do corredor para o qual a porta se abria e surpreendendo-a com a argúcia de um velho inimigo. A substituição do espelho funcionaria como uma espécie de terapia, um passo importante para fazer com que as coisas voltassem a ser como antes de o espelho antigo quebrar. Um gesto para provar que não fora culpa sua, como tudo o mais. Sarah Fortune sabia que não havia salvação para ela. Debruçada na janela com os braços apoiados no peitoril de ferro batido, olhando a noite, imaginando o som do mar e do vento nas árvores, esperando uma tempestade, lágrimas e uma sensação de libertação, ela não estava sentindo nada, a não ser um desejo de voltar correndo para o apartamento dele, pedir para entrar e dizer: "Eu não queria dizer aquilo, não podemos continuar como antes?". Um impulso tão forte que por duas vezes ela se pegou a caminho de lá. Depois recuou, lamentando, tanto quanto tudo o mais, a incapacidade de explicar, a covardia pura e simples. Mas se ela tivesse dito que não apenas o amava mas que venerava tudo o que lhe dizia respeito, ele teria sorrido e dito: "Como você pode me amar e ao mesmo tempo me abandonar?". E ela responderia: "Porque não consigo ser o que você quer que eu seja e no fim você me odiaria por isso".

Ele não a prendia; era terno demais para isso. Pelo menos não com muros de pedra e grilhões, só com a constância; a terrível paciência de esperar que ela chegasse e a muda rejeição do que ela fora e do que era. Ela o viu surgir à meia-noite, na imensa porta da frente, trajando um agasalho, acompanhado do cachorro. Correr no parque, uma forma de lutar contra a solidão, seu ritual de todas as noites. Um amante, o melhor e o mais honesto de todos, andando pela grama parda, voltando ao seu próprio mundo. E ela de volta ao seu.

Se colocasse as mãos nos próprios ouvidos, poderia evocar sonhos, impulsos de coragem e o som do mar.

2

Nenhuma sebe separava a pequena figura de Stonewall Jones do mirrado jardim que ele estava observando, nem da terra esverdeada, cor de lama, que se estendia de suas costas estreitas até uma longínqua faixa dourada que revelava a presença do mar. De sua pequena estatura, ele conseguia ver tudo o que queria. Quando ficava quieto como agora, confundia-se com qualquer paisagem, um menininho insignificante, cujos cabelos de um ruivo esmaecido combinavam com as sardas que lhe cobriam toda a pele e os olhos que pareciam simplesmente refletir as cores, sem nenhuma tonalidade própria. Stonewall combinava bem com seu apelido.* Outros eram chamados de Jack ou John e conseguiam se enquadrar num tipo mais agressivo mesmo aos onze anos, mas Stonewall se confundia sem o menor esforço com a paisagem imutável, em sua qualidade de observador inato. Ninguém o notava, nem em casa, nem na rua. Ele já fora a menina dos olhos de sua mãe, mas isso quando era bebê. Agora ela tinha outros bebês e não havia espaço para ele. Stonewall só servia para ficar zanzando nos dias de folga da escola e para levar as iscas que cavava duas vezes por semana para Edward Pardoe, e que acabara de colocar na cozinha, na parte de trás da casa.

(*) *Stonewall*: apelido que se costuma dar, em países de língua inglesa, a pessoas tímidas e retraídas. (N. T.)

"Béééé!", murmurou ele. "Ruu, ruu, ruu."

Stonewall ansiava por ser amado, ainda que seus hábitos de silêncio desestimulassem qualquer afeição. Não sabia como expressar seu amor pelo carneiro do jardim, a não ser imitando um pombo. Ele conseguia atrair os pássaros para o chão, tirar minhocas da areia, mas nada disso adiantava para um menino que estava procurando um cachorro. Sal nunca fora bem-comportada; era uma linda cadela marrom-avermelhada, muito namoradeira, irrequieta feito um beija-flor, e talvez por isso tenha sido levada por um ladrão sem a menor dificuldade. Stonewall desejava ardentemente ter aquele carneiro, como algo que pudesse amá-lo e que pudesse ser amado sem restrições. Gostava também da casa, simplesmente porque ficava a mais de um quilômetro de todas as outras e tinha espaço para criar milhões de gatos.

Não que ele chegasse a pensar em método tão grosseiro de medir espaço, pois adorava animais de todos os tipos, não apenas cães. O cachorro que ganhara devia funcionar como um companheiro constante, dando-lhe mais segurança em suas andanças e tornando-o mais fácil de localizar. A falha desta última finalidade e a chegada dos bebês gêmeos de certa forma explicava por que não foram solidários com a perda da cadela naquela casa pequena, atulhada e cheia de gritos agudos, onde o cão fora um luxo e onde todos queriam que ele sumisse. Não é que não gostassem dele; o próprio menino percebia que o cachorro ocupava muito espaço. Ele imaginava que iam deixá-lo ter outro, mas ainda não conseguia pensar nessa solução. Um carneiro com os chifres curvos seria um substituto menos discreto para um passeio pela aldeia. Stonewall abriu um largo sorriso só de imaginar. Talvez ele comesse as roupas estendidas no varal. Ele poderia arranjar uma coleira para o animal.

"Você é um bobão", murmurou ele, depois estremeceu e suspirou. Os carneiros parecem sempre tão contentes. A brisa eriçou seus cabelos. Ele não se entediava num dia sem graça como aquele, pois aquela era uma sensação que não fazia sentido para ele quando o deixavam só, mas estava um pouco inquieto. Rick não ia brincar naquela manhã: ninguém queria procurar fantasmas. Todo mundo estava falando sobre um fantasma de cabelos brancos que andava roubando restos nas latas de lixo, mas ninguém, nem mesmo Rick, iria acreditar em suas visões. Era um engano, pensava Stonewall gravemente, ser considerado mudo dentro de casa e exagerado em todos os outros lugares.

Ele se voltou para lançar um último olhar à casa. De uma janela no pavimento superior, uma figura indistinta em roupas coloridas acenou para ele. Por um instante ficou surpreso, depois acenou de volta, com toda energia, rodopiando e dançando para a figura, vendo-a contorcer-se de tanto rir.

Aquilo não era um fantasma. Era a louca senhora Pardoe, sempre disposta a brincar. Era engraçado como notava tudo, até mesmo um garoto como ele Pensou em atravessar o gramado depressa e dizer-lhe que deixara as iscas embrulhadas em jornal na porta de trás; será que Edward não podia lhe pagar, uma hora dessas? Ou em gritar: "Você viu minha cachorra?". Não fez nem uma coisa nem outra.

A caminho de casa para o tipo de jantar que ele detestava (pastelão de purê e ervilhas), Stonewall meteu na cabeça, com base em parcas evidências circunstanciais, que o fantasma levara sua cadela, só porque aquela alternativa era preferível a acreditar que ela estava morta.

Voltou desanimado para o lugar que a seus olhos parecia ser uma cidade.

Uma mosca zumbiu na janela. O quarto estava cheio de livros lidos pela metade, quase sempre menos da metade. Edward Pardoe fingia ter lido todos eles, de forma a poder citar dois dedos de poesia ou teatro e deslumbrar os caipiras com os quais suas tendências artísticas superiores eram obrigadas a conviver. A seus pés estava um retrato de Joanna. Edward leu no seu livro de bolso de Browning:

Esta é minha última duquesa pintada na parede,
Olhando como se estivesse viva

Não era verdade. O rosto de sua irmã estava insípido e morto, uma boa amostra da arte grosseira das caixas de chocolate. Edward jogou o livro de lado, chutou a pintura para debaixo da cama e voltou-se para a casa de bonecas.

"Entrem os sonhadores", murmurou, e eles obedeceram. Dentro do palco no qual atuavam, cada minúscula figura de madeira só podia mexer-se e gesticular em estrita obediência aos dedos de Edward. Elas podiam sentar em cadeiras com as pernas cruzadas, refestelar-se nas camas, levantar os braços, correr desesperados como se suas vidas estivessem em perigo. Ele costumava brincar com a casa de bonecas que construíra. Outros rapazes de vinte e dois anos brincavam com locomotivas a vapor ou videogames, dependendo do gosto de seus pais, mas Edward era diferente. Ele era como o Deus do Éden que nunca podia deixar suas criaturas em paz.

"Ai, mamãe, mamãe", guinchou, enquanto uma minúscula figura manipulada por ele tinha um ataque de birra com sua saia de bailarina armada para expor as pernas de madeira e os membros assexuados. "Ah mamãe, estou com dor de cabeça e minha roupa está *arruinada*!"

"Cale-se", respondeu Edward. A pequena figura deitou-se de costas, com as pernas abertas. "Tenha cuidado, Jo", murmurou Edward novamente.

Debruçado sobre a casa de bonecas, ele se concentrou na boneca-mãe acomodada no sofá, envolta em fitas e parecendo um general de lata morto, pronto para um funeral. À mesa de jantar, estava a minúscula figura de Julian, vestido com um terninho xadrez. Joanna o fizera num dia em que estava com excepcional boa vontade. Homens de verdade não costuram, ela dissera. Edward sempre se perguntara por que não.

"Oh, Deus!", a Joanna de verdade, muito alta, volumosa e loiríssima, irrompeu no quarto. "O que você está fazendo, Ed? Está quente demais para ficar aqui dentro."

"Vá embora, Jo. Deixe-me em paz."

"Se você queria ficar em paz, devia ter fechado a porta."

Ele estava de costas para a casa de bonecas, o corpo magro e musculoso era pequeno demais para esconder a preocupação, e o rosto, incapaz de disfarçar o prazer que sentia em vê-la.

"Brincando de teatro!", disse Joanna com desprezo, mas um tanto nervosa. "Representando famílias felizes, imagino. Seria melhor estar lá fora, pintando. Por que você não cresce?"

Aquele era o problema de Edward. Ele se recusava a ficar adulto. Queria ser o rei do castelo sem fazer nada para ganhar a coroa, dissera o pai desdenhosamente. Joanna sempre se sentia um pouco culpada pela diferença de tratamento que o pai dava ao segundo filho e a ela. Edward nunca fazia nada certo. Ela nunca fazia nada errado.

"O quê?", zombou ele. "Crescer como você? Evoluir para o fliperama? Muito sofisticado. Maturidade absoluta."

O humor de Joanna não a predispunha a se ofender. As implicâncias de Edward careciam de força verdadeira, ao contrário das do irmão mais velho, Julian, que era capaz de fazê-la chorar com um simples olhar. Ela se jogou na cama, começou a mascar uma mecha de seus cabelos loiros, tensa e insegura como sempre.

"Ah, maninho, estou tão triste. Sabe que deu para notar que ele estava trêmulo quando pegou minha mão? Agora ele está me evitando. Semanas sem dizer uma palavra. O que foi que eu fiz? Sou muito gorda? Eu quero morrer."

"É claro que isso não tem nada a ver com sua aparência. Quantas vezes já lhe falei por quê?"

Ambos sabiam qual era o objeto da adoração fervorosa de Joanna. Aquela conversa já estava batida, mas era a única que a motivava a entrar no quarto dele. Edward balançou a cabeça. O quarto estava cheio de suspiros. Ele se aproximou da janela através da qual a luz do sol entrava, debruçou-se no parapeito e olhou a paisagem que já observara um milhão de vezes. O jardim conduzia a um caminho estreito; depois dele, um terreno plano se estendia numa planície marrom até o ponto em que o sol iluminava uma pequena língua amarela de areia. À esquerda encontrava-se a aldeia e, mais além, o terreno elevava-se em suaves dunas cobertas de pinheiros. Nas noites mais tranqüilas podia-se ouvir o mar; durante o dia, não passava de uma faixa debruada de branco. A paisagem dançava diante de seus olhos, tremeluzindo com o calor. Em sua imaginação, ele plantava arbustos exóticos na planície, fazia amadurecer a alfazema, transformando os tons pardos em arroxeados no mês de agosto, acrescentava um pouco de milho amarelo, uns poucos cervos malhados e algumas palmeiras estranhas. Uma visão de artista sempre poderia criar aperfeiçoamentos como aqueles.

Era muito mais fácil corrigir a paisagem do que adquirir a habilidade de pintá-la. Ele tentava aprender, mas, como em tudo o que fazia, era derrotado pela indisciplina. Ele punha a culpa nos professores. Culpar os outros por sua própria preguiça era o primeiro e o último recurso de Edward. Velhos bundões.

"O que é que há?", disse Joanna irritada, mudando de assunto em atenção à indiferença dele, ainda mascando a mecha de cabelos como uma garotinha. Ele gostava dela assim.

"Você voltou cedo para casa. Não me diga que foi despedido novamente."

Outro suspiro. Edward voltara a sua casa de brinquedo para recolocar as bonecas no lugar, mas o sopro de sua respiração impaciente derrubou o sofá onde a "mãe" estava, jogando-a no chão. Ela ficou caída com a cabeça na lareira.

"Não, ainda não. Na verdade não tinha muito o que fazer hoje." Ele estremeceu e Joanna encolheu os ombros solidária.

"Está bem, não precisa se defender tanto. Sabe o que eu acho? Acho que essa história de você ser corretor de imóveis é ridícula. É o que eu disse e volto a repetir. De qualquer modo, já que você está por aqui, queria que você me desse uma mãozinha." Ela estava deitada na cama, a cabeça apoiada nos braços dobrados, os pés descalços sujando a colcha. Foi esse último detalhe, assim como o fato de estar roendo as unhas, que o lembrou de que aquela pose lânguida não era a de uma cortesã oferecida num quadro, mas o espontâneo e inconsciente espreguiçar de uma adolescente. "Preciso de ajuda", continuou ela, "por causa dessa advogada intrometida que vai ficar no chalé. Será que você podia recolher uma parte do seu equipamento de pesca? Ele está atravancando a cozinha, o corredor e a sala de jantar. Acho que o jantar devia ser melhor que o de costume."

"Ele é sempre bom", disse Edward gentilmente. "Sempre maravilhoso."

Ela corou, escondendo rapidamente a satisfação que sentia ao cobrir o rosto rosado com a mão.

"Pois sim. Não é o que Julian diz. Ele diz que se você quer saber cozinhar de verdade, tem que sair e aprender. Por que ele quer que a gente vá embora?"

"Você sabe muito bem", disse Edward calmamente. "Nenhum de nós pode ir embora, pode? Julian quer passar a mão em tudo e jogar a mamãe em algum asilo horroroso quando a gente for embora. Quantas vezes vou ter que lhe dizer isso?" Ele amenizou o tom sombrio que sempre a impressionava. "De qualquer forma, sua comida me faz muito bem. Pode até me fazer engordar." Jo mostrou-lhe os dentes, atirou uma almofada em direção a sua cabeça. Ele a apanhou, jogou-a de volta, rosnando; ela a pegou de novo e arremessou-a com mais força. Edward deixou-a cair e começou a fazer sua imitação de King Kong, cambaleando na direção da irmã com as pernas abertas e meio dobradas, os braços erguidos com os cotovelos acima dos ombros, dedos em garras. Jo reagiu como uma donzela esperando o dragão, torcendo as mãos e gritando "Ai! Ai! Ai!" até que ele chegou mais perto, então surgiu em seu riso um sinal de medo de verdade. Edward parou com a imitação.

"Você não me leva a sério", disse ele. "Ninguém me leva a sério. Pobre de mim. Nunca vou conseguir comer uma virgem."

"Quem sabe um esturjão", disse a irmã, pulando da cama ruidosamente e sacudindo a saia. O cós estava frouxo naquela cintura fina, a própria saia grande demais, antiga, infantil e cheia de babados para esconder os quadris largos que ela detestava. Se ao menos, pensou Edward, eu fosse bem maior...

Joanna detestava também sua pele branca, as faces que coravam o tempo todo à menor emoção ou esforço. Edward às vezes a assustava. Ele sempre levava a brincadeira longe demais.

"É claro que o levo a sério", acrescentou ela com indiferença, voltando atrás. "Mas talvez não como um raptor de donzelas. Bem que eu queria que alguém me raptasse. Escute, você acha que Julian vai servir vinho no jantar? Em atenção à Lei entre nós?" Julian, tiránico, despótico, crítico injusto e espoliador que punha tudo a perder.

"Espero que sim", murmurou Edward, sentindo-se abatido de repente. "Contanto que a gente consiga mantê-lo longe de mamãe."

"Ah, sim. Falar é fácil." Ambos ficaram em silêncio. Edward voltou à casa de bonecas e repôs no lugar a figurinha que soprara do sofá. Sentiu que Jo se curvara a seu lado para olhar a sala com a mesma satisfação de antigamente, que ela achava tão fácil de menosprezar e ele tão fácil de reavivar. Em momentos como aquele, não parecia que o irmão fosse quatro anos mais velho: era como se tivessem a mesma idade. Queria puxá-la para mais perto. Teve de fazer um esforço extremo para se conter: sentia a respiração da irmã, o cheiro de talco de bebê e aquilo lhe dava vontade de desmaiar. Seus dedos formigavam de vontade de sentir o calor de sua nuca.

Ouviu-se um som que vinha da estrada que separava o jardim dos canais do outro lado. Era uma ruidosa paródia dos carrilhões do Big Ben marcando a hora: Béim, béim, béim, béim, espalhafatosa e feérica. O carro de sorvete, chamando Joanna como a música das esferas.

"Ah não!", gemeu ela. "É ele! E eu estou horrorosa!"

Edward cerrou os punhos. A porta bateu fazendo a sala tremer e derrubando tudo na casa de bonecas. Edward espiou dentro dela, apanhou a figura da bailarina e o bonequinho vestido com uma bata de artista e colocou um nos braços do outro na cama de casal do quarto maior, no pavimento superior. Depois cobriu tudo com um pano como se estivesse silenciando um papagaio numa gaiola e ficou de vigia atrás da janela, escondido.

O carro de sorvete veio pela estradinha em que a erva daninha quase tomara conta dos seixos e da relva — onde um carneiro pastava — e já invadia os canteiros de flores. A névoa começava a subir do mar, morna e úmida, anunciando o oblívio. Ele observou o furgão parar lá embaixo, ainda tilintando, fechou os olhos, tentou imaginar o som das ondas distantes, mas não conseguiu. Por favor, não corra, Jo, por favor, não faça isso. Ele não conseguia suportar a humilhação da irmã ou vê-la enfiar as unhas roídas nos cabelos loiros; não agüentava vê-la ajeitar os cabelos como nunca fizera para ele. Cerrou o punho. "Por que será que nunca consigo o que quero?", murmurou, mal-humorado. "As coisas vão mudar, pai, espere só para ver."

Quando o furgão parou, com seus enormes sinos ainda tocando para os fiéis, uma figura saiu pela porta da frente da casa com um grito de alegria. Edward fechou os olhos novamente no instante em que reconheceu o grito agudo e o atropelo das palavras exaltadas que se seguiram, tão ásperas aos seus ouvidos. Ficou observando, sem achar a menor graça, uma figura rechonchuda encostar-se na lateral do carro e gritar: "Olá, olá, até logo, queridinho, como você está hoje?". O carro parou, avançou uns poucos metros, o que fazia parte de uma brincadeira. A figurinha radiante correu atrás dele, às gargalhadas. Edward se acalmou. Afinal, aquela louquinha não era Joanna. Era apenas sua querida mãe, docemente maluca e inofensivamente gagá. Ele a olhou mais com indiferença que desprezo. Logo que ele tivesse condições, ela iria morar num zoológico. Se não num zoológico, pelo menos por trás de grades; um túmulo seria melhor ainda.

Joanna, dinheiro, esta casa para pôr abaixo e a paisagem para modificar. Se ao menos... Ele não queria ter que trabalhar nunca, queria ir levando a vida como sempre fizera, cultivando cuidadosamente uma imagem de um esperto pregador de peças e um jovem extremamente interessante mas profundamente entediado. Ah, sim, e talvez melhor pescador do que o pai. Nada mais importava.

Todo mundo importava demais.

"Preparando-se para uma boa noite, doutor?"

"Não", disse Julian Pardoe, escrevendo a receita enquanto falava. "Tenho muitas dúvidas quanto a isso."

"E por quê? O senhor tem uma bela casa, e grande. É o que me disseram. Todo mundo diz."

"Ora, ora, a voz da autoridade. Todo mundo diz. Bela casa. A senhora devia experimentar morar nela. Tentar lidar com goteiras e delinqüentes de todas as idades. A senhora devia..." Ele parou, não embaraçado, mas envergonhado de ouvir a própria voz se elevando num grito mal-humorado. A senhorita Gloomer, uma solteirona empedernida de oitenta anos de idade, doente crônica mas corajosa, estava sentada diante dele no consultório, mantendo a linha enquanto ele perdia a sua. O rosto dela era um quadro de sofrimento, paciência e resistência. Ela só conseguia manter-se sentada sem tremer por causa da bengala de castão em forma de cabeça de pato que segurava com ambas as mãos, pressionando-a de tal forma que a ponteira de ferro cavava um buraco no carpete, absorvendo o tremor constante de seus membros. Seria tão melhor se eu conversasse mais com meus pacientes como fazia antes, mas não agüento isso. Mulheres virtuosas como esta são os piores, tão pacientes e amáveis que acabam tirando proveito da gente. Nada tenho para lhes dar. Por mais que goste deles, não consigo ser paciente." Ele transformou o grito num sorriso e terminou de escrever a receita. "Não devo reclamar, não devo reclamar", disse ele mal-humorado.

"Por quê?", disse ela surpresa. "Tem todo o direito. Todos nós temos problemas. Talvez você devesse tentar morar sozinho. Você está assim desde que seu pai faleceu. Houve um tempo em que você tinha uma palavra amiga para todos. Acho que chamam isso de estresse." Ela pegou a receita bem depressa para não soltar a bengala por mais de uma fração de segundo; já estava a meio caminho da porta. Oh, Deus, pensou ele, eu deveria estar ajudando a senhorita Gloomer, ao invés de ficar aqui sentado como um mal-educado estúpido. Em seu embaraço e em seus movimentos surdos, ele percebia ainda algo de horrivelmente astuto.

"Reconheço que deve ser muito difícil viver sozinho, senhorita Gloomer...", principiou ele, tentando consertar as coisas com dois dedos de conversa. Ela parou de repente e deu uma gargalhada.

"Não acredite nisso. Foi a única coisa certa que fiz na vida. Mesmo que dê um pouco de medo, às vezes."

"Devo ir vê-la mais tarde."

"Não há necessidade. Só se você quiser."

Dessa vez o sorriso dele vinha dos olhos. Ficou atento à bengala guiando-a pelo corredor e esperou antes de tocar a sineta. Morar sozinho parecia uma visão do paraíso. E ele apreciaria muito se o próximo paciente fosse um turista vadio que merecesse ser tratado rudemente. "O próximo!", gritou, quando a sineta soou sem que ninguém aparecesse. A enfermeira entrou na sala, sorrindo, com aquela alegria que era como areia numa ferida.

"O senhor foi atendendo os pacientes a toque de caixa, doutor. Deve admitir que já basta e que pode ir para casa."

"Ah. O doutor Freeman também terminou? Será que ele não gostaria que eu atendesse algum de seus pacientes?"

Ela ficou meio sem jeito. "Bem, não, acho que não. Tem um casal esperando, mas já estão acostumados com ele, sabe como é."

O doutor Freeman era muito mais estimado que o doutor Pardoe. E ele nunca ouvia coisas desagradáveis de mulheres de boa índole. Houve um tempo em que acontecia exatamente o contrário.

Ao se dirigir para o carro, Julian não saberia dizer se sentia mais raiva ou alívio. Alívio por estar fora daquele horrível e moderno centro médico com sua piedosa eficiência, ou raiva de si mesmo por atender os pacientes com aquela pressa toda e por fugir do sexo oposto como se fosse mordê-lo. Se ao menos pudesse imitar a simpatia do doutor Freeman; dar a devida atenção a cada um deles, em vez de ficar se roendo de impaciência, afligindo-se, tendo raiva de si mesmo, passando de um cativeiro para outro, sempre inquieto. Dentro do carro estava quentíssimo. Ele fora limpo naquela manhã para as visitas domiciliares a pacientes que lhe falariam de fantasmas, como se ele já não tivesse os seus. O carro de Freeman estava sujo e estacionado sob uma árvore. Julian se perguntava o que acontecera com seus belos sonhos e sua infinita simpatia; sentia-se um pouco selvagem, envergonhado de si mesmo por sua contínua infelicidade.

Havia um belo carro vermelho amassado estacionado na vaga ao lado da sua, na área com a indicação SÓ PARA MÉDIcos. A vista daquele intruso mal-educado só aumentou sua irritação.

Sarah Fortune sentia-se uma estranha, deslocada e um pouco confusa. Ficara acertado que ela chegaria à casa dos Pardoe no início da noite e a tarde mal começava. Ela tinha muitas razões para chegar à aldeia antes do esperado, mas não sabia ao certo o que fazer primeiro, por isso andou ao acaso pela rua principal, tentando se orientar. Ao instruí-la sobre sua tarefa, Ernest Matthewson fora intencionalmente lacônico limitando-se a dar-lhe um mapa detalhado da região, orientações de como chegar e praticamente mais nada. Cabia a ela ir juntando aqui e ali informações sobre a família que pagaria seus honorários e lhe daria hospedagem enquanto estivesse trabalhando. Foi por isso que, num impulso, sentindo-se um tanto indecisa mas sem desgostar do que estava fazendo, achou-se na cabeleireira. As cabeleireiras sabem das coisas e lá estaria confortavelmente sentada.

"Está de férias? Você já esteve aqui antes, não esteve? Tenho certeza de que a conheço de algum lugar."

"Não", disse Sarah, abrindo seu sorriso irresistível. "Nem uma coisa, nem outra. Estou trabalhando. Para os Pardoe. Você os conhece?"

A mulher, que esfregava a toalha nos cabelos molhados, não parou nem por um instante, mas sorriu.

"Claro. Todo mundo conhece. Não tenho problemas com eles. Pago o aluguel em dia. O que você acha da senhora Pardoe? Ela vem aqui toda segunda de manhã, muito emperiquitada. Doidinha da silva, sabe, mas continua independente. Acho que logo, logo eles vão ter que arranjar alguém para cuidar dela. Pobre Ratinho."

"Ainda não a conheço. Avisei que chegaria no início da noite. Pensei que seria bom dar uma passada por aqui antes."

"E dar um trato no cabelo? Boa idéia." Elas se olharam pelo espelho. "Quer só secar, ou quer que faça escova?" Sarah olhou para a fileira de velhos secadores de cabelos, sob os quais dormitavam algumas mulheres com os cabelos enrolados em bobs, as mãos cruzadas sobre os amplos estômagos, uma visão confortadora e perfumes agradáveis. Nas mãos da exuberante Sylvie, a conversa e o penteado seriam mais proveitosos.

"Que tipo de trabalho você está fazendo para os Pardoe?" A curiosidade era moderada, tão inofensiva que exigia uma resposta. Sarah nunca vira razão para dizer toda a verdade quando uma resposta evasiva desse conta do recado; além do mais ela não estava bem certa quanto àquele ponto. Ernest fora irritantemente vago. Você deve chegar lá sem idéias preconcebidas, ele lhe dissera.

"Ah, alguma coisa a ver com a casa deles." A mulher balançou a cabeça, como quem já entendera.

"Ah, sim? Ouvi dizer que uma caprichada na decoração resolveria o problema. O senhor Pardoe vivia acrescentando uma coisa aqui, outra ali. Era um sonhador. Nunca terminava nada."

Talvez as roupas de Sarah, que eram chiques em comparação com o que ela vira lá fora, sugerissem que era decoradora e não uma mulher de negócios. Ela sorriu novamente, enquanto seus cabelos eram escovados com enérgica eficiência.

"Tão mal assim?"

"Bem, a velha senhora Pardoe não está em condições de fazer grande coisa, sabe? A filha faz o que pode, o doutor é ocupado demais, imagino, e o maldoso e preguiçoso do

Edward não serve para nada, só dá dor de cabeça. Se pelo menos a irmã visse isso... Mas que nada! Ela beija o chão onde ele pisa. Família é uma coisa engraçada. Mary!" Ela deu um meio giro para gritar para a ajudante. "Desligue a senhora Smith, senão ela vai derreter."

Gostava que comentassem que ela conhecia todo mundo.

"Pobre da senhora Pardoe", disse ela, mostrando-se preocupada.

"Como foi que ela perdeu o marido?"

"Caiu do telhado da casa fulminado por um ataque do coração, sabia? Acho que faz um ano. Bem", ela desligou o secador e baixou a voz, "ele poderia ter morrido de outras coisas, mas acho que já não andava tão ativo."

"De quê, por exemplo?", Sarah perguntou. O secador recomeçou a funcionar.

"Podia ter caído de cima de um mulherão!", exclamou Sylvie, caindo numa risada esganiçada, depois baixou o tom para o estilo confidencial usado no teatro, que podia ser ouvido a centenas de metros. "Ele fez muito disso, em seus tempos áureos. Tudo bem, senhorita Jones? Está esperando por mim? Pois que espere." Ela tossiu impacientemente.

"Mas a senhora Pardoe foi sensata", continuou ela em voz alta. "Nunca reclamou. Ela simplesmente fingia não notar, esperava que ele parasse com aquelas bobagens. Eles acabam sempre voltando, não é mesmo?"

Sarah balançou a cabeça, não muito certa sobre que tipo de sabedoria mundana estava endossando. Nunca lhe parecia valer a pena esperar que alguém voltasse. Sua cabeça estava quente, os cabelos agitavam-se ao toque da escova.

"Que cor maravilhosa", gritou Sylvie. "Tenho certeza de que é natural. Eu tinha uma cliente com um cabelo igualzinho. Como era mesmo o nome dela? Ah, olá! Ora vejam só quem chegou!"

A sineta indicava que alguém abrira a porta da loja. No vestíbulo estava um jovem corpulento que, na avaliação de Sarah, teria de uns vinte, vinte e um anos. Apesar de ter muito boa aparência, mostrava-se um tanto tímido e inseguro. Ao lado dele, mantendo-se orgulhosamente a sua sombra, estava um menino ruivo. Sarah, de costas para a porta, encoberta pelo corpo de Sylvie, observava-os pelo espelho.

"O que é que você quer, Rick?", disse Sylvie, num tom de censura, mas evidentemente contente de vê-los.

"O menino precisa cortar o cabelo. Tem chiclete grudado nele."

"Caiam fora daqui, os dois, e mande-o de volta daqui a meia hora, está bem? Não estão vendo que estou ocupada? Você vai querer fixador?", Sylvie gritou para Sarah no mesmo fôlego.

Sarah Fortune, com sua nuvem de cabelos limpos e as poucas informações de que dispunha, andou pela aldeia, longe das pessoas e do mar. *En route*, comprou mantimentos para o chalé que os Pardoe iriam lhe emprestar e guardou tudo no carro, exceto as flores, que levou consigo. Este último gesto a fez definir o verdadeiro propósito de chegar adiantada, que não era simplesmente para fazer as primeiras explorações, mas algo muito mais importante. Ela ansiara pelo mar nesses últimos dias mas, agora, ao tê-lo tão próximo, sentiu uma estranha relutância em olhar os canais e o cais que se avistavam no fim da rua, preferindo andar em direção à cidade. De repente se sentiu uma estranha, longe da metrópole que era seu lar e, se não com medo, pelo menos em estado de alerta.

No dia seguinte ela voltaria a ansiar pelo mar: só de pensar nisso já se sentia excitada. Tantas vezes sonhara seu sonho desinformado de viver num lugar modesto como aquele, num chalé com rosas à entrada. O sonho se tornara uma espécie de fuga costumeira. Sonhos semelhantes de privacidade e descompromisso constituíam sua maior ambição, o extravagante fio condutor de sua vida adulta. De certa forma ela chegou a imaginar que Elisabeth Tysall devia ter sentido o mesmo.

No limite da aldeia ficava a igreja. Segundo o mapa, a única igreja do lugar, que trazia as marcas da negligência como testemunha dos parcos fiéis que precisavam apenas do florescente cemitério e da bênção ocasional de um Deus semi-esquecido. Elisabeth Tysall, duas vezes enterrada, a primeira vez num banco de areia, a segunda ali, precisara das duas coisas. O objeto da peregrinação de Sarah era seu túmulo consagrado. Os túmulos mais novos espalhados pelo terreno, menos atraentes que as pedras já meio tortas e cheias de musgo que rodeavam a igreja, como companheiros bêbados a caminho de casa, os nomes apagados, a grama crescendo ao seu redor. Os enterros dos últimos dois anos tinham sido tão pouco animados que mal se faziam lembrar, assolados em igual medida pela dor e pelas flores mortas. Alguns túmulos já estavam bastante descuidados; outros apresentavam indícios de plantio recente. Um marco de madeira provisório trazia o nome de Elisabeth. Ninguém providenciara uma lápide, mas Charles morrera, não é mesmo, logo depois que ela foi identificada. A grama crescia livremente a sua volta. De ambos os lados, os túmulos apinhados ostentavam lápides brancas, a terra cheia de amores-perfeitos estendendo-se à esquerda, um buquê de flores murchas num vaso de plástico à direita.

Elisabeth, aquela que escolhera a pessoa errada para amar. Sarah teve vontade de chorar por ela.

"Sinto muito", disse ela. "Sinto muitíssimo. Eu devia ter vindo antes. Talvez você saiba como são as coisas. Eu devia ter vindo para o enterro, mas não sabia de toda a história. E ainda não sei. Será que alguém veio a seu enterro?"

Ela percebeu que estava falando em voz alta, no tom que qualquer mulher usaria para falar com uma amiga em condições de igualdade. Ela, uma mulher de negócios, que se envergonhava de ter sentimentos, mas sempre propensa a entregar-se a eles. Sarah afastou um pouco a grama para colocar as flores, desejando ter comprado algo mais vistoso; não havia nenhum impulso de que ela se envergonhasse, a não ser a mesquinharia. Sob aquela terra jazia uma bela e jovem suicida, não pranteada, ignorada, e aquilo era uma abominação. Sarah começou a limpar o terreno e, ao ferir os dedos em espinhos, recuou instintivamente. Os nós dos dedos começaram a sangrar; ela chupou o próprio sangue, firmando-se nos quadris para olhar novamente. Encobertos pela grama, havia um maço de cardos mortos sob um buquê de rosas grandes e secas, de um púrpura esmaecido pelo tempo, que se desfizeram ao seu toque. Sarah afastou a grama e depositou suas margaridas, no lugar dos pés e não do coração. O lugar estava absolutamente silencioso.

Havia um bando de corvos no extremo do terreno. Dois anos antes, Elisabeth Tysall, mulher de Charles Tysall, caminhara pela maré baixa cruzando os riachos. Supôs-se que fora vítima de um acidente. Sarah evocava a voz de Charles falando da necessidade de punição e sabia que aquela história não era verdadeira. Sua Porphyria deitou-se em meio à alfazema e esperou que o mar viesse buscá-la. Ela deve ter coberto os próprios membros elegantes com areia, para ter ficado enterrada um ano inteiro antes que a maré viesse desfazer o banco de areia e libertá-la.

"Por quê?", Sarah perguntou. "Você o deixou ganhar. Eu queria tê-la conhecido." Você era ruiva, como eu. Devia ser muito bela, pois Charles não se contentaria com menos. Merecia ter sido pranteada, fosse você quem fosse. Não só por Charles, que a amava a sua maneira, perversamente, e que a seguiu até o lugar onde você descansou e se afogou na mesma vaga monstruosa."

Sarah olhou novamente o túmulo, as rosas mortas e os cardos desdenhosos. "Quem amava você? Quem se preocupou com você? Para onde você foi? Poderíamos ter sido amigas. Em vez disso, você foi um mero catalisador de um caso, e mais um motivo para minha culpa infinita."

O silêncio pesou de novo, como uma explosão nos ouvidos, como a ausência de uma voz que lhe respondesse. A intensidade daquela sensação, a falta de um canto de passarinho fez com que ela olhasse em volta e notasse pela primeira vez a neblina da tarde que já ia adiantada, encobrindo o sol, escondendo o portãozinho que dava para a igreja. Ela se levantou e olhou as margaridas.

Uma lápide para Elisabeth Tysall, algo para dar testemunho de sua vida, alguém lhe devia isso. Algo belo e grandioso para uma mulher que desejara viver tão intensamente quanto aquela que agora contemplava as flores. Sarah foi andando em direção à parte da cidade mais distante do mar, onde deixara o carro e, ao procurar a estrada que levava à costa, errou de caminho. O carro vermelho com o pára-choque avariado arrastou-se através de vielas, atendendo às ordens da dona, andando em segunda marcha, como as pessoas do lugar. Não tinha cabimento chamar aquilo de cidade: não passava de uma aldeia. Ela imaginava as pessoas que moravam nas redondezas chegando nas noites de sábado, como cowboys do deserto, à procura de diversão e bebida. Uma fachada de peixe e batatas fritas com um fundo vitoriano, eis como Ernest a descrevera; uma espécie de porto ladeado por um fliperama e tabuletas em que se lia NÃO ESTACIONE NESTE LOCAL, A MARÉ PODE LEVAR SEU CARRO. Dirija margeando o cais, ignore a curva. Vá em frente, dissera ele, partindo da estrada principal, mantenha-se sempre à direita do mar até o ponto em que a estrada sofre um desvio. A casa fica lá, um quilômetro no máximo. Não tem como errar.

Sarah errou. Deu uma volta pelo centro, por pura curiosidade, e entrou numa ruela que dava num muro coberto de malvas cor-de-rosa, onde alguém esperava pacientemente. Voltou para o cais, encontrou-o envolto na neblina e se perguntou o que Ernest quis dizer com manter-se sempre à direita do mar, uma vez que ela não conseguia enxergar um brilho sequer que indicasse água. A maré vazante corria por um canal estreito e sujo, para além dos bancos marrons, em direção ao mar invisível. As luzes brilhantes de um bar de fliperama caíram sobre a traseira de seu carro e ouvia-se também um barulho estridente. Havia gente sentada na mureta que separava o cais da estrada, comendo peixe e batatas; o ar recendia a vinagre, sal e gasolina. Tudo tinha um aspecto tão desleixado e normal... o cotidiano mesquinho de uma colônia de férias; não havia nada de sinistro naquele lixo prosaico. O nevoeiro mais atrapalhava que assustava, e a envolvia como um lençol quente, trazendo consigo uma escuridão prematura e fazendo com que finalmente se apercebesse de que já estava atrasada para chegar à casa dos Pardoe.

Havia um bolo sobre a mesa da cozinha, um arremedo torto de doce que mais parecia massinha de modelar: duas placas de matéria sólida grudadas uma na outra com um glacê feito com farinha de trigo em vez de açúcar. Uma das mais notáveis tentativas de mamãe no campo da terapia ocupacional, pensou Julian. A cozinha parecia um campo de batalha. Em condições mais favoráveis aquela era uma boa cozinha, apesar da bagunça do equipamento de pesca de Edward; constituía a parte mais antiga da casa que, em termos arquitetônicos, era uma verdadeira colcha de retalhos. Havia uma grande mesa de pinho, grandes e pesadas cadeiras desparelhadas e um velho fogão Rayburn de que Joanna gostava, apesar da dificuldade para fazê-lo funcionar e da pouca confiabilidade do forno. Sobre ele havia uma pesada chaleira fumegante. Aquela parte da casa era sempre quente. Em comparação, a despensa que ficava por trás da velha geladeira era muito fria: uma espécie de grande armazém com chão de pedra, janelas com tela e prateleiras desbotadas repletas de mantimentos. No chão havia dois ou três pacotes das sempre inúteis iscas de Edward, mal embrulhadas em jornal, fonte improvável de proteínas para os moradores da casa. O bolo, anunciou a mãe numa de suas raríssimas frases compreensíveis, era para a convidada. Joanna olhou para ele, desolada. Se ao menos a mãe se abstivesse daquelas intervenções...

"Ela está atrasada, a desgraçada da advogada, aquela cadela velha; e ainda bem que está atrasada, a vaca, não tem nada pronto." Joanna estava ficando cada vez mais irritada; Julian também.

"Não se preocupe. Isso não combina com o seu jeito de ser. O que você quer que eu faça? Não sei se ela é uma cadela ou uma vaca, é fisicamente impossível ser ambas as coisas; ela não passa de uma criada."

"Então devemos ter muita coisa em comum", disse Joanna em tom ferino. "Só que eu não sou paga."

"Não, mas é mais que evidente que você é bem alimentada", disse Julian. Aquilo assinalou o fim da gritaria. A confusão provocara o atraso e pusera o molho de queijo a perder. Joanna tinha recomeçado a preparar o molho e só por isso não ia começar a chorar. O linguado gigante não precisava de mais sal.

Impaciente, Julian empilhou algumas varas de pescar junto à parede. Os equipamentos de pesca de Edward pareciam invadir todos os aposentos da casa, a não ser o dele próprio. Para onde quer que se fosse, topava-se com seus esforços deliberados para impressionar e dominar. Mas na verdade Edward e a pesca não combinavam. Ele só fazia aquilo para parecer viril, como o pai.

"Você verificou o quarto dela?", perguntou Joanna bruscamente. "O do chalé? Imagino que você cuidou disso, não?" Era uma pequena tentativa de sarcasmo; sua voz era muito aguda para causar algum impacto.

"Sim, mas não sei por que você não perguntou primeiro ao Edward, que tem muito mais tempo do que eu. O quarto está ótimo. Mas podia ter algumas flores."

"Ela não passa de uma criada", disse Joanna sarcasticamente, satisfeita com sua lembrança. O prazer logo desapareceu. Ninguém devia ter falado, nem mesmo pensado, em flores. A mãe era capaz de farejar uma palavra a um quilômetro de distância e uma confusão também, assim como a forma de torná-la ainda pior. Tinha um sexto sentido para aparecer na hora errada, com a roupa errada, como naquele momento: estava à porta da cozinha com um enorme maço de bocas-de-leão numa das mãos e um punhado de capim na outra. Uma garrafa de vinho despontava do bolso de seu casaco. Trajava um vestido de noite que chegava até os tornozelos, sob uma capa de chuva, e trazia três penas de avestruz nos cabelos. Julian surripiou o vinho e colocou-o sobre a mesa, numa manobra rápida e desprovida de qualquer sentimento de humanidade. Os olhos da mãe se encheram de lágrimas. Ela sempre fora revoltantemente indefesa, pensou ele. Ganhou o apelido de Ratinho pelo fato de sempre chorar como a filha; nenhuma das duas conseguia defender o próprio território.

"Por que você fez isso, querido? Ah, estou com fome." Ela caminhou meio cambaleante em direção a uma pequena porção de queijo ralado sobre a tábua de cortar carne.

"Não, não faça isso", disse Joanna. "Largue isso aí, está ouvindo? O que você quer?"

"Algo para comer, acho. Só uma coisinha. Vocês gostaram do meu bolo?" Ela estava bem no meio deles, sorrindo para ambos com os olhos brilhantes e úmidos.

"Você não vai se trocar para o jantar?", perguntou Julian ironicamente.

"Você acha que eu devo? É só uma cadela ou uma vaca, como vocês estavam dizendo. Eu ia colocar umas flores em seu quarto..."

"Não!", gritou Joanna. "Não, não vai. Não depois que varri, passei o aspirador de pó, troquei as toalhas... não, você não vai."

O lábio superior da mãe tremeu. Ela olhou para suas mãos, uma segurando o capim, outra as bocas-de-leão.

"Vou sim", murmurou ela. "Tenho certeza de que a vaca vai gostar delas."

Ela saiu correndo de lado, lépida como um caranguejo, em direção à porta da frente, e então a campainha tocou. Com toda aquela confusão, ninguém tinha ouvido o barulho de um carro, normalmente audível a uns cem metros de distância. Todos conheciam o barulho de seus velhos carros, estacionados lá fora como uma fileira de sentinelas. Edward se fazia de surdo em seu posto de observação, fingindo estar pintando seus borrões e lendo poesia, zombando da necessidade de ganhar a própria vida, enquanto a irmã limitava sua vida à cozinha, como se fosse o bastante. Julian observava todos eles com desespero. A mãe era esperta. Foi a primeira a chegar à porta, não conseguiu abri-la com as mãos ocupadas, ficou parada atrás dela, com os dentes à mostra como um gato. Edward desceu as escadas aos saltos, ajeitando uma gravata mal colocada. Joanna ficou atrás deles e Julian não sabia o que fazer. Eles não estavam acostumados com visitas.

Mais uma batida. Ninguém podia atender à porta. Ela mesma teve que abrir.

Uma figura entrou na escuridão do corredor. A mãe avançou cambaleante, ainda sorrindo, e deixou as flores caírem aos pés de Sarah Fortune.

"Oh", exclamou a visitante sem a menor sombra de embaraço. "Que lindas! Não precisava." Ela parou para pegar as bocas-de-leão do chão, cuidadosa e rapidamente, como uma pessoa acostumada a colher ervas daninhas com grande respeito. Eles observavam, fascinados. Ela já se erguera com as flores arrumadas num belo buquê, quando Julian acendeu a luz forte do corredor. Vestida de cáqui, verdadeira princesa com sua pele cheia de sardas marrom, os cabelos ruivos sobre os ombros e um cinto marcando os quadris estreitos; não trajava nada que não fosse absolutamente neutro, mas ainda assim ostentava uma massa de cores. Uma expressão inteligente e bem-humorada, queixo quadrado e um sorriso que envolvia aquela que lhe oferecera as bocas-de-leão. Não era bonita, era estonteante.

A mãe apanhou a última flor ainda no chão, solenemente. Sarah inclinou-se e a colocou em seu traje. A mãe estava radiante.

"Vocês não se incomodam de ir entrando? O jantar está servido. Não há tempo para lavar as mãos nem nada disso", falou Joanna de mau humor.

Sarah assentiu com a cabeça. "Claro. Sinto muitíssimo ter chegado tão tarde. Eu não queria me atrasar, mas sou uma vaca tonta e me perdi."

"Vaca!" A mãe caiu na risada. Sarah apertou a mão que ela lhe estendera.

"Que plumas maravilhosas", disse ela. "Gostaria de poder usá-las um dia desses."

3

Todos a olhavam espantados. Foi amor à primeira vista. Antes de qualquer outra coisa, antes do jantar. Antes da segunda fornada de molho de queijo queimado e antes que qualquer deles ouvisse o som longínquo, o fantasmagórico tilintar do pregão do carro de sorvete. Houve um segundo de silêncio até o som sumir. A mãe bateu palmas.

"Que diabo ele está fazendo aqui?", rosnou Edward. Sarah voltou-lhe o olhar. Ele murchou.

"Receio que a culpa seja minha. Eu parei num... como é mesmo o nome... num fliperama para perguntar o caminho e o rapaz se ofereceu para me trazer até aqui. Achei muito gentil da parte dele. Nunca tive esse tipo de comitiva." Joanna ficou vermelha feito um pimentão. Agora não estava se importando mais se o jantar estava bom. O amor instantâneo se transformou em ódio instantáneo e depois em amor novamente enquanto ela fugia para a cozinha. Edward parecia estar se divertindo. Era apenas uma mulher, não o profissional de olhos penetrantes que de certa forma temera; e era atraente demais para constituir uma ameaça. Julian levou-a para dentro de casa. De repente seus modos se tornaram pouco menos que bruscos; ele estava ligeiramente trêmulo e parecia-lhe impossível tirar os olhos dos cabelos dela.

Lá fora, o carneiro Harry baliu. A mãe colocara um arco em volta de seu pescoço. Só um jovem chamado Rick notou o gesto e relembrou o fato enquanto voltava para o trabalho, achando-o simpático.

Stonewall ficou rodeando o fliperama o mais que pôde e até a hora mais adiantada que ousou, sentindo-se mal e sabendo que, mais cedo ou mais tarde, seria enxotado dali. Ele tinha vivido vinte minutos de pura felicidade quando Rick, voltando de um rápido passeio pelo cais, onde estivera falando com alguém, disse-lhe que ia sair por uns cinco minutos e perguntou se ele, Stonewall, podia assumir o controle. O fliperama pertencia ao pai de Rick, que era uma espécie de tio para ele, como todos por ali, mas não o preferido de Stonewall, de modo algum. E principalmente quando ele chegou bêbado e encontrou Stonewall cuidando do caixa. Haveria encrenca quando Rick voltasse e era por isso que estava ali por perto, pois alguém tinha de proteger Rick do pai.

Não ia adiantar de nada. Mesmo com seus cabelos recém-cortados, que ele afagava a todo instante orgulhoso e ao mesmo tempo intranqüilo, Stonewall não tinha nenhuma força e isso lhe dava vontade de gritar. Bata em mim, não nele, Stonewall tinha vontade de dizer ao pai de Rick, como se ele fosse aceitar a proposta. Ao invés disso, aquele homem grosseiro saiu para tomar mais uns tragos, voltou e pegou Stonewall pela orelha recentemente descoberta pelo corte de cabelo e empurrou-o em direção a sua casa. Rick não o impediu.

"Pode ir", disse ele calmamente. "Amanhã a gente se vê." Stonewall teve vontade de chutar canelas e gritar. O pai de Rick não gostava de testemunhas.

"Vá embora", murmurou Julian em seu sono. "Médico, cura-te a ti mesmo."

Ele sonhava com uma garota ruiva que corria pela praia. O som predominante no sonho era o barulho de feira que vinha do fliperama, como se aquele ruído pudesse percorrer um quilômetro chegando ao lugar onde Julian Pardoe tentava dormir, amaldiçoando-se pela própria insônia. Não havia desculpa nem motivo para se preocupar. A comida fora melhor do que se esperava, e a convidada, cuja habilidade conseguiu aliviá-lo um pouco do peso das responsabilidades, fora um verdadeiro encanto para dissimular, mais do que esconder, aqueles olhos superinteligentes e a extraordinária capacidade de percepção que ele, por algum motivo, sabia que ela possuía. Julian entendeu que ela era capaz de ler sua alma e toda a vergonha nela impressa, mas afastou aquelas fantasias considerando-as um típico absurdo provocado pelo vinho tinto e pela comida excessivamente elaborada.

Além do mais, ele não tinha nenhuma alma a ser desvelada. Durante o dia agira como um autômato no trabalho; à noite, um feixe de membros inquietos, cheio de preocupação só porque se desconcertara olhando demais para ela, fitara demais aqueles olhos azuis e agora voltava a se sentir mal por causa da culpa e do desespero. Não precisa ter pressa, dissera ele à senhorita Fortune, num tom frio que era pior que a aspereza, ao mesmo tempo em que já se perguntava quando poderia ligar para Ernest Matthewson e lhe pedir que chamasse aquele diamante perfeito para a segurança de sua própria cidade.

Ao invés de fazer isso, ele se viu dizendo: "Venha ao meu consultório amanhã que vou lhe falar um pouco sobre as propriedades e você terá o resto do fim de semana para pensar sobre o assunto. Não se sinta obrigada a fazer as refeições conosco ou a ficar aqui".

Edward fazia o papel do jovem irmão sério e moderno, citando poesia e descrevendo a região. Fazia parecer que era o dono de tudo, pavoneava-se todo para dar a impressão de ser um homem pequeno com uma grande carreira pela frente, como seu pai, e não um rapaz que fracassara em tudo. A convidada ouvia com atenção. A mãe pôs um resto de comida no prato da visita, e Joanna estava chocada com a brutalidade de Julian, mas nada parecia perturbar a convidada. Ele queria que tudo se resolvesse, queria a segurança da família, mas não daquela forma. Não com a ajuda de uma mulher com aqueles cabelos e aqueles olhos calmos e divertidos.

Eles a levaram ao chalé, seguidos pelo carneiro com os chifres espiralados que vivia no jardim e era alimentado pela mãe. A senhorita Fortune também não pareceu se incomodar com aquilo. Não havia nada que perturbasse sua incrível serenidade.

Julian virava-se na cama inquieto, reconhecendo o rangido da escada que ouvira outras vezes e nunca pensou em investigar. Podia ser sua mãe vagando pela casa, Edward saindo para pescar; ele não queria saber, não podia ficar o tempo todo, nem mesmo uma parte do tempo, vigiando aqueles três. A não ser que fosse Edward dirigindo-se ao quarto de Joanna, algo que ainda não acontecera, mas que pairava sobre aquela casa como a ameaça de um raio. Era imoral desejar que sua irmã perdesse a virgindade com o primeiro estranho que aparecesse, mas era isso o que Julian queria. Se ao menos ela saísse de casa antes que o desejo provocasse algum acidente capaz de arruinar a sua vida... Melhor mesmo que Edward fosse pescar, ainda que fosse para sujar a praia como ele fazia, deixando linhas e anzóis para as focas, da mesma forma como atulhava a casa com equipamentos de pesca e a despensa com baldes de crustáceos de casco mole e iscas.

O silêncio da noite aumentava o matraquear de seu cérebro. Julian sentia-se fraco e inseguro diante das próprias responsabilidades. Ele matara o auto-respeito e encontrava-se sem nada além de um conhecimento impotente.

Teve a impressão de ouvir um grito vindo de bem longe.

Minhocas sob a lama: boas para isca.

"Você não sabe de nada, menino. Nada. Você não sabe a diferença entre seu cotovelo e sua bunda, nem onde botar esse seu pinto grande, nem mesmo onde você o quer meter. O furgão está coberto de sujeira. Você quer pôr sujeira na xota dela? É isso que você quer? Aposto como é."

O som que se seguiu foi um fraco grunhido, o barulho da bota nas costelas, quase inaudível, a não ser pelo ar deslocado com o esforço e o rapaz tentando controlar a dor. Ambos estavam cobertos de lama. O rapaz se contorcia no barranco, o ombro esquerdo enfiado na lama. A lama preta borbulhou no lugar em que seu cotovelo afundou. Havia sangue em sua boca, com gosto de ferro, sal e lama. Rick pensou nas minhocas embaixo da terra, imaginou alguma coisa escorregando garganta abaixo, esforçou-se para sentar-se, cuspiu, tossiu.

"Eu podia ter matado você, pai."

Ele estava cuspindo palavras cansadas, aparando outro pontapé nas costelas, agradecendo aos céus pelo fato de que as botas de seu pai estavam tão pesadas de lama que ele mal podia levantá-las. Podia ter sido muito pior, sempre fora muito pior. Dessa vez nenhum pontapé atingira suas virilhas; ele se virara de costas, desejando ter aprendido esse truque quando era menor, antes que o mal tivesse sido feito e antes que ele percebesse que todo aquele ritual de violência seria muito mais rápido se ele não resistisse. Fico deitado aqui, deixo a bota vir, que importa a vergonha.

"Me matar, seu demente? Me matar! Você mal consegue matar uma mosca. Você deixou aquele nanico tomar conta do caixa enquanto ia atrás daquela piranha? Você precisa ser tratado a rédea curta. Com um anzol. Que eu gostaria de enfiar na sua boca. Ou na sua bunda."

O rapaz deixou que o pai o levantasse da lama, que o sacolejasse como se ele fosse um rato e o jogasse de volta na lama. Ele poderia ter acertado um soco no velho, fazendo seus dentes saírem pela nuca, mas ficou parado como um boneco, ouvindo a própria respiração dentro do peito. Pelo canto do olho percebia na água, embaçado pelo nevoeiro, o trêmulo reflexo das luzes externas do fliperama fechado. Ouvia a maré deslizando rápida e fortemente pelo corpo e pela pele, vibrando em cada centímetro de seu corpo. O pai levantou o rosto molhado e farejou como um cachorro.

"Melhor a gente ir embora", murmurou. "A água está vindo." De repente ele se sentiu frio e tiritante, a adrenalina sumira, substituída por uma sensação que era a mais aproximada do sentimento de vergonha que ele conseguia ter. Acabaram-se os chutes, a agitação, os gritos no extremo leste do cais. O rapaz estava bem. Ele podia pegar o pai de jeito numa outra ocasião: ele que se cuidasse.

"Vamos pra casa, menino", disse o pai, quase com humildade, da forma como costumava fazer quando já era tarde demais. "Assim você morre."

"Dane-se você. Eu tenho meu canto."

"Você precisa de um banho. Nós dois."

"Eu preciso de um novo par de bagos depois do que você me fez esses anos todos. Já basta, pai, está me ouvindo?"

Estranho estarem falando como dois dementes que tivessem saído embriagados para olhar as estrelas. Eles subiram o barranco com dificuldade. Passava da meia-noite, tudo estava silencioso como um túmulo. As desculpas, indiretas e humildes, eram a parte da violência alcoólica paterna que Rick mais detestava.

"Eu pensei que você estava se afastando daquela Pardoe. Você não deve pôr a mão nela. Você sabe que aquele miserável filho da mãe lhe disse para ficar longe da irmã dele. Do contrário, nada de trabalho, nada de fliperama, nada de nada. Estamos indo bem, rapaz. Não vá me virar o barco."

Rick ajeitou as calças, ensaiou um sorriso.

"Pai, eu me afastei dela, mas por motivos que são só meus. Eu mesmo tocaria o barco sozinho, se ainda pudesse andar de pé."

"Não me venha com essa conversa. Você se afastou dela? Hoje você foi àquela casa duas vezes, esmerilhando o carro no caminho. Eu vi você, eu ouvi. A meninada bem podia meter a mão no dinheiro do caixa e você passeando por aí."

"Pai, fui a primeira vez porque a senhora Pardoe adora sorvete, a pobre doida. Fui a segunda vez porque aquela gata veio me pedir informações sobre o caminho. Disse que ia trabalhar lá. Nossa, que mulher! Um pouco velha, mas um mulherão."

O pai soltou um resmungo. Às vezes ele sabia reconhecer a verdade quando a ouvia, mas nem sempre.

"O que você quer dizer com velha?"

"Trinta anos, mais ou menos isso. Disse que é advogada. Um avião."

O pai caiu na gargalhada, pôs o braço forte nos ombros do rapaz. Rick se encolheu. Por enquanto ele devia agir como se tivesse havido uma reconciliação, mas já fizera isso muitas vezes. O que ele queria mesmo era o corpo limpo e um bom sono. E um sonho. Tocar o negócio do fliperama sozinho. Nadar no mar junto com Jo Pardoe. Deitar com ela na areia quente...

"Velha! Trinta anos! Quer dizer que você levou uma dona advogada naquele maldito carro de sorvete! Essa é demais!"

Rick já o imaginava contando a história no Globe, no Ark Royal ou no Golden Fleece, qualquer um servia. O braço molhado e pesado caiu novamente sobre seus ombros e Rick deixou-o ficar. Ele apalpou a virilha. Dessa vez ela não fora machucada. Suas roupas estavam encharcadas e cheirando mal, e o corpo sob elas à beira da exaustão.

Que vida. Dar duro para manter o corpo inteiro, sem falar nos sonhos. Destes, poucos restaram. E nem um corpo que tivesse alguma serventia. Nada que pudesse oferecer a Joanna Pardoe.

O carneiro surpreendera Sarah. Ele queria entrar no estranho chalé, o último de uma fileira de três, bastante isolado, a uns trinta metros à esquerda da casa. "Acho que isto já foi uma fazenda", dissera Joanna sem que ninguém perguntasse, tagarela e tímida, uma criança bela e nervosa. "Há muitos anos, este chalé deve ter sido habitado por trabalhadores. Houve um tempo em que papai queria uma fazenda; ele já quis fazer todo tipo de coisa. Sinto não poder hospedar você no melhor deles, mas houve um incêndio há algumas semanas e ainda não sei o que o provocou. Pode ter sido o fantasma da aldeia, neste verão apareceu um novo. Boa-noite, durma bem, tenha bons sonhos."

O chalé era uma caixa de fósforos, sala e cozinha, escadas para o quarto, banheiro e salinha sob o beiral, tudo vistoriado em um segundo. Os sons que ouvia eram apenas o eco de seus próprios passos. No quarto havia uma janela adicional para proteção contra o inverno, aberta para arejar, com bonitas cortinas de chintz balançando ao vento. Alguém tinha tomado algumas providências para deixar o lugar com um aspecto menos espartano, com um antigo reservatório de água quente, um lavabo ainda mais antigo, encanamento barulhento, aquele tapete de tecido canelado do tipo que esfria os pés; dois cabides no guarda-roupas com a porta despregada, uma cama fofa demais.

Ela ficou incrivelmente desapontada de não poder ouvir o mar, mas deixou que seu lado de advogada dominasse esse sentimento. O que ela sabia sobre os Pardoe e o que se esperava que fizesse? Tivera uma rápida visão de suas personalidades, mas nada sabia a respeito de suas supostas riquezas. Julian, o médico, loiro de cabelos cor de areia, rude, sobrecarregado e cansado; Edward, um manhoso jovem fanfarrão, fingindo-se rebelde e adorado pela irmã. A moça, radiosa em sua inocência e amistosa como um cãozinho de estimação, atentando para a mãe como se alguém fosse levá-la embora, enquanto esta representava para a platéia os estrondosos rituais de sua loucura, ora cômicos, ora irritantes. Descubra quais são suas pretensões, dissera-lhe Ernest, sem lhe dar a menor pista. Descubra-as e imagine uma forma de atender a todas elas de maneira justa: é para isso que servem os advogados. Em vez disso, Sarah ficou pensando nos sonhos interrompidos de Elisabeth Tysall, na cor que escolheria para sua lápide, na planta mais adequada para seu túmulo.

O ar vindo da janela a entorpecia, fechava-lhe os olhos, embora a cama estivesse fria. Não um frio úmido, mas um frio de solidão, intensificado pelo silêncio. Nenhuma música longínqua, nenhum grito, passos ou rumor de vida urbana, em que o silêncio e a escuridão nunca eram completos.

Insinuou-se no gelado vazio de sua cama o pavor da separação e o asqueroso suor do medo.

Levou os dedos ao rosto: havia rugas em torno dos olhos; era possível apanhar grandes dobras de pele e puxá-las, levantar o couro cabeludo do crânio, apalpar as cicatrizes dos ombros e dos braços, forçar-se a pensar no mar saudável que a curaria de todos aqueles males. O suor escorria-lhe pelas costas antes de adormecer. Aquela não era a vida no campo com que sonhara.

O dia nada tinha a ver com a noite: do sepultamento naquele terrível silêncio, foi subitamente acordada para os deliciosos ruídos dissonantes do amanhecer. Primeiro o canto dos passarinhos, tordos rechonchudos disputando a atenção e pipilando no telhado; depois o suave arrulhar de um pombo, uma repetição monótona, duas notas agudas, uma grave, sem nenhuma variação mas com longas pausas e, finalmente, um ruído de origem exclusivamente humana, cortando os sons naturais como uma faca. O triste lamento de uma sirene ao longe, intensificando-se cada vez mais, baixando, elevando-se novamente num grito de dor, diminuindo, uivando três, quatro vezes. Parecia uma multidão angustiada, um animal ferido, uma prece pelos mortos, um muezim anunciando a hora das preces. Ela ouvia fascinada. Minutos depois já tinha saído de casa.

Não havia nada além do céu claro e uma vista sem fim. A aldeia, com um comprido banco de terra curvando-se mar adentro num ponto de interrogação, estava a sua esquerda, a um quilômetro de distância. A sua frente, diante da casa, cuja distância dos chalés correspondia ao tamanho do jardim, abria-se uma grande extensão de terra que não levava a parte alguma. Ela ia olhando distraidamente enquanto caminhava, até que o nada começou a se mexer à medida que a luz o atingia, mostrando os pálidos reflexos dos canais, dispostos ao acaso, cheios de águas ridentes. Sarah, de tênis, correu em marcha lenta em direção à cidade. Os canais iam ficando mais largos a cada cinqüenta metros, o terreno enganoso dava lugar a canais não mais marulhantes porém ávidos e ruidosos nos dez minutos que ela levou para chegar ao cais. Da vala de lama e areia do início da manhã, o cais se integrara ao oceano do qual se alimentava. O mar chocava-se com força contra a muralha do porto; barcos que na noite anterior estavam invisíveis agora se mostravam orgulhosamente à altura de seus olhos, balançando e esticando o cordame preguiçosamente. Pequenas plantas que cobriam uns restos de terra que ela vira seca e alta, em meio à neblina, agora se mexiam acima da superfície da água, como um ou outro tufo de cabelos numa cabeça lisa e careca.

É cedo. Cheiro de sal e de peixe. Dois homens retiram caixas abertas de um barco, deixando-as cair sobre a pedra. As caixas estão cheias de peixes molhados e arquejantes. Outro homem lava com uma mangueira o convés do barco que está sendo descarregado. Sangue misturado com água escorre pelas laterais. Ela tentou esconder a própria náusea.

"Desculpe... O que foi aquela sirene que ouvi?"

"Sirene? Ah, sim. A do barco salva-vidas." Eles falavam o mínimo necessário, não por grosseria, mas por estarem ocupados.

"Vocês pescam com anzóis?", perguntou ela estupidamente, de olhos fixos no sangue aguado.

"Anzol é só para brincar. Com anzol você só pega um de cada vez. A gente usa rede."

O cheiro de peixe a venceu e ela envergonhou-se de perguntar o óbvio, arriscando-se a um leve desprezo da parte deles. A aldeia resplandecia. Havia cisnes no porto sendo carregados pela maré com uma cômica e digna velocidade. O fliperama estava obviamente fechado, pois era cedo até para o carteiro. Um jovem estava lavando a frente da loja com uma mangueira, ignorando as ousadas gaivotas que voejavam barulhentas sobre as latas de lixo, procurando as sobras de comida do dia anterior. Era o mesmo gigante inseguro mas gentil que aparecera no cabeleireiro com seu protegido e que mais tarde a escoltara até os arredores em seu régio passeio, reconhecível mesmo quando a fraca luz do sol iluminou as marcas recentes em seu rosto. Ele parecia entorpecido demais para se incomodar com a interrupção; apoiou-se na vassoura e olhou-a atravessar a rua, vinda do lado do mar, tentando sorrir em mútuo reconhecimento.

"Olá", disse ela. "Olhe, obrigado por me mostrar o caminho ontem à noite. Eu contei a eles...", ela apontou com a cabeça o lugar de onde viera, "que me senti a própria rainha. Foi muita gentileza sua." Dessa vez o sorriso dele conseguiu aflorar, formando covinhas no rosto, fazendo-a lembrar-se de como ele parecera uma estrela, com a calça jeans justa e a camiseta branca brilhante, entre as luzes do fliperama onde jogavam bingo a um canto, e como a ouvira com atenção em meio a todo o barulho. Que contraste com o estado lastimável em que se encontrava naquela manhã, não mais um rei, mas um servo.

"Bem", disse ele. "Meu nome é Rick."

"O que foi que aconteceu com seu rosto?" A pergunta ia se repetir duas dúzias de vezes durante o dia e para os outros ele ia inventar uma história, fazê-los rir, mas era muito cedo para invencionices.

"Nada demais. Foi uma briga com meu pai por ter saído com o furgão." Não parecia haver muito o que dizer a respeito disso, a não ser o que ela disse.

"Sinto muito. Preferia ter continuado perdida a lhe trazer problemas."

"O que a faz pensar que é tão importante?", respondeu ele em tom de zombaria. "Meu pai não precisa de motivos para me bater. A verdade é que ele achou engraçado eu levar você até lá. Ele não gostou foi de eu ter saído daqui. Podiam ter levado dinheiro do caixa ou coisa assim." De repente Rick se sentiu incomodado, falando demais, mas Sarah não perdeu tempo mostrando-se chocada nem nada. Ela parecia ter acabado de sair da cama; além disso, ele sentia dores no corpo todo e queria que alguém soubesse.

"Você toma conta de todas essas máquinas?", perguntou ela, apontando para o fliperama.

"Sim", murmurou ele. "Todas essas porcarias, a fila inteira. E dirijo o carro de sorvete por aí. Um saco."

"É mesmo? Parece lugar maravilhoso para se viver." Mesmo enquanto falava sabia que a pergunta e a observação eram tolas. Ele cuspiu na sarjeta.

"Você só pode estar brincando." Então ele cuspiu no meio da rua para deixar claro sua posição. Ela estava um pouco irritada, não muito.

"Certo, certo", disse ela. "Mas você é bonito demais para deixar que alguém machuque seu rosto desse jeito. Por que você não enfia seu pai num barco e o manda passear? Você é bem alto e forte, a menos que ele seja maior ainda."

Ele soltou uma gargalhada, depois pôs a mão na cintura porque sorrir lhe doía.

"Pelo amor de Deus", disse ela. "Me passe essa maldita vassoura e sente aí."

"Não posso. Meu pai..."

"Dê isso aqui." Ele entregou-lhe a vassoura, andou até a parede oposta e acendeu um cigarro, então sentou e ficou olhando, certo de que ia se divertir. Sarah varreu o pavimento em frente ao fliperama como uma furiosa dona de casa, sem tempo a perder, recolhendo os papéis de peixe, restos de hambúrguer, e jogando tudo no saco plástico que ele trouxera. Depois pegou um pano molhado e limpou as janelas com movimentos surdos de uma pessoa que odiasse os trabalhos domésticos e buscasse fazê-los o mais rápido possível, com todos os requintes de impaciência. Ela esfregou as maçanetas, raspou manchas de tinta, deu conta de tudo, centímetro por centímetro, em dez minutos de atividade frenética. As emoções dos últimos dias levaram-na a limpar seu apartamento de ponta a ponta com a mesma implacável energia, numa prática tão aperfeiçoada que os últimos toques na última vidraça mereceriam aplausos. Rick atravessou a rua de volta, andando devagar.

"Estamos quites?", perguntou ela.

"Quanto você cobra por hora?", perguntou ele, ainda tentando brincar, o sorriso agora lhe doendo menos, os membros recuperando as forças. Ela era mesmo um mulheraço, um belo traseiro quando se abaixava.

"Bem, eu não saberia responder. Depende para quê."

"Você é mesmo advogada, como disse? Eu sabia que os Pardoe estavam esperando um advogado. A senhora Pardoe me contou. Disse que seria alguma vaca velha."

"Era uma expectativa muito razoável. Eis-me aqui." Os dois estavam rindo a valer.

"Não sei nada sobre eles", acrescentou ela espertamente. "Por que alguém diria, por exemplo, que Edward é um merda? Uma pessoa disse isso no cabeleireiro."

"Porque ele é. Porque quando ele vai pescar lá adiante", ele indicou um ponto distante, "não pára nem quando vê uma foca. Deixa anzóis e linha para outros engolirem. Ele gosta de brincadeiras de mau gosto, esse Edward. E isso não dá." Puxa, uma mulher e tanto. Não é velha de forma alguma, com aquele jeans e a mancha no nariz. Então sua mente começou a funcionar a mil, lembrando-se dos Pardoe em geral, da necessidade de ser prudente, do orgulho ferido e de seu pai.

"Venha tomar um drinque essa noite e eu lhe conto."

Ela riu, é claro, uma mulher daquela, ia achar uma desculpa. Ele pegou o balde e jogou a água suja na rua, respingando as últimas gotas nos pés dela, de brincadeira, querendo ver se ela ia gritar ou fugir, de certa forma torcendo para que não o fizesse, como um desafio.

"Está bem", disse ela ignorando a água. "Onde?"

"Que tal me encontrar aqui? É minha noite de folga", disse ele, pensando no pai com uma inexplicável sensação de triunfo.

"Então a gente se vê."

Sarah tomou o caminho de volta. O cais de repente se enchera de movimento. Um menininho de pele cor de areia parou a um canto e olhou para ela. Era como se a despisse em público, e de forma ainda mais intensa por causa da pueril falta de inibição manifestada pela boca aberta e pela falta de orgulho que isso revelava. O olhar a seguiu quando ela passou e se fixou em algum ponto em sua nuca. Junto ao porto, um relógio indicava o horário da maré alta e da maré baixa, e um registro da altura máxima atingida pela água. Sarah gostou daquilo, pensando em que outras forças regeriam aquelas vidas.

Fora ali que Charles Tysall morrera, e antes dele sua mulher. Charles, que a escolhera como a obsessão seguinte. Puniu-a como punira sua mulher, depois saiu para procurar o lugar onde Elisabeth morrera. Charles, cujo amor destruía o que tocava. Ela apalpou os próprios braços, frios de repente. Lá estavam os fantasmas dos sonhos destruídos, tremeluzindo à flor da água.

* * *

A senhora Jennifer Pardoe, conhecida como Ratinho, gostava de coisas brilhantes. Levava seu guarda-roupa a sério e a escolha que fazia a cada manhã levava cerca de uma hora. Naquele verão quente, trajes de cerimônia eram *de rigueur*. Vestidos de baile e seus inúmeros trajes ditos, eufemisticamente, "de coquetel" eram ideais para o final de julho. Quando usados nas ocasiões adequadas — em casamentos ao ar livre, jantares aborrecidos em velhas casas cheias de correntes de ar, saraus realizados em celeiros, inaugurações de galeriazinhas horríveis —, quaisquer roupas que fossem de chifon, *décolleté*, de manga curta, eram frias demais para serem confortáveis. Não admira que uma moça que precisasse de um casaco de peles fosse sempre avisada de que não deveria tirar aquela droga. A senhora Pardoe uma vez descrevera o clube de regatas como um alqueire de pele arrepiada coberta de cola, observação que, mesmo sussurrada, não a ajudava nem um pouco a fazer amigos nem a tornava merecedora dos aplausos do marido que, na época de sua ascensão social, envergonhara-se dela.

Naquele dia ela achou que devia vestir o lamê prateado, *circa* 1973. Suas raízes estilísticas estavam em Marilyn Monroe, ao passo que sua figura, pequena e rechonchuda feito um botijão de cintura fina, condicionava uma preferência por roupas mais folgadas que apertadas. Joanna herdara as mesmas curvas; um dia aprenderia que aquilo pouco importava.

Ratinho proferiu um breve e enfático "Uh!" quando sua inconstante concentração se deparou com uma lembrança de seu falecido marido repreendendo-a por encher armários com vestidos para ocasiões às quais ela nunca queria estar presente, embora sempre comparecesse, simplesmente porque não sabia dizer não. Então ela se concentrou inteiramente no presente. Qual? O conjunto de tecido amarelo sem mangas nem costas serviria muito bem pelo simples fato de que o tempo estava esquentando. Brincos grandes e brilhantes, uma pulseira em forma de cobra com olhinhos verdes e uma pedra cor-de-rosa na cauda: perfeito. Noites de agonia em horríveis saltos altos vieram-lhe tristemente à memória quando ela escolheu aquilo que secretamente sempre desejara usar naquelas ocasiões, um par de tênis cor-de-rosa. Assim vestida, e com um casaco por cima, ela desceu para o café da manhã

De preferência coquetel de champanhe. Conhaque no fundo, açúcar em toda a volta e sucrilhos do lado.

Era uma casa grande e feia, observou Sarah quando se aproximou dela, voltando do passeio, notando isso claramente pela primeira vez e percebendo que a mansão dos Pardoe não era nenhuma jóia num engaste simples. Se tivesse chegado a ela por uma estrada longa e curva, teria sido uma grande decepção; de seu ângulo de aproximação, a construção ia emergindo aos poucos contra o céu e cada passo revelava mais um detalhe discrepante. A mansão East Wind era uma mistura de acréscimos. As telhas eram de um alaranjado novo e deselegante, que não combinava com a tonalidade mais suave dos tijolos das paredes, fazendo lembrar uma pessoa que usasse o chapéu inadequado para a ocasião. O azul brilhante dos beirais e as calhas acrescentavam uma desarmonia extra, juntamente com um anexo construído no fundo com o tipo de pedra errado e na altura errada; as janelas tinham sido substituídas por cópias modernas das originais. Tudo naquela casa parecia uma mulher vestida num acesso de indecisão, com muito dinheiro e pouco gosto, uma imagem de sonhos realizados pela metade, corrigidos distraidamente e por fim arruinados pelo desleixo, como um velho colete de restos de lã.

A maciça porta da frente, feita de carvalho e formando um arco no alto, pertencera a uma igreja e só fazia aumentar a impressão de desatino. Sarah ignorou essa entrada e deu a volta por trás, os pés molhados da grama que lhe chegava aos joelhos. Aqui havia os remanescentes de uma grande horta dominada por um viçoso ruibarbo e o cheiro de hortaliças variadas. Uma fileira de repolhos ornamentais chamava a atenção por sua magnificência roxa. O carneiro, com o chifre torcido pendendo sobre seus olhos estrábicos, ruminava e arrotava junto de um vaso cheio de capim viçoso que flanqueava a porta de trás.

Que diabo de jogo Ernest estava jogando? Deve ter havido um elemento de excentricidade dispendiosa, a sensação de dinheiro gasto sem critério, mas não havia nada naquele lugar que cheirasse a riqueza, um perfume que Sarah Fortune achava fácil de reconhecer num cliente e mais fácil ainda de desprezar. Charles Tysall mostrara pertencer a uma arrogante minoria, mas ainda não vira nada ali que pudesse atrair os honorários cobrados por hora pelo escritório londrino de Ernest. Nem mesmo a gritaria que vinha da cozinha, que ela ouviu atentamente sem se envergonhar disso.

"Onde está a senhora Tysall? Ela não toma café? Ela parece muito magra."

"Cale a boca, mamãe. Cale a boca, está ouvindo? E a senhora não vai tirar essa roupa horrível? Ela não é a senhora Tysall, é uma advogada de Londres que vai pensar que a senhora é muito mais maluca do que é, vestida desse jeito."

"A senhora Tysall e eu gostaríamos de tomar champanhe."

"Ai, pelo amor de Deus, Julian, vê se traz um pouco de limonada para a mamãe."

"Eu não quero..."

"Quer sim. Você acabou de dizer que quer. Tome seu chá; você se parece com..."

"Não me bata", a mãe estava choramingando até que a voz de Julian se elevou, decepcionantemente calma, com uma ponta de aborrecimento.

"Não seja tão tola. Ninguém vai bater em você, ninguém nunca fez nem vai fazer isso. Por que você a deixou pôr esse vestido, Jo?"

"Ora, lá vem você de novo. Deixa ela! Você alguma vez já tentou impedi-la? Ela faz o que quer. Por que você acha que eu devia controlar a mamãe? Eu tenho mais o que fazer..."

"Ficar com a bunda na cadeira o dia inteiro? Brincar de casinha? Deixando sujeira por toda parte e o jardim na maior bagunça? Fingindo cozinhar? Não sei onde você arranja energia."

Sarah se lembrou da refeição esmerada da noite anterior, o brilho dos móveis, a relativa ordem, seus próprios lençóis limpos, e refletiu que Julian não estava sendo nada justo. A voz de Joanna indicava que estava à beira das lágrimas.

"Que história é essa? Eu não faço nada enquanto você se faz de Deus com seus pacientes. Aposto como todos eles estão fazendo fila agora, doidos para serem atendidos por outro médico. Você parece com aqueles bacalhaus mortos saídos dos barcos."

"Pelo menos eu trabalho. Um de nós tem que fazer isso." Seu tom de voz era perigoso. Houve uma pausa, um barulho de talheres e de alguma coisa quebrando.

"Ah, que pena!" A voz da mãe se elevou transformando-se num riso. "Não vai haver champanhe para a senhora Tysall!" Julian ignorou a interrupção.

"Eu teria mais a oferecer aos pacientes se não estivesse rodeado de idiotas em casa. Um irmão incapaz de trabalhar e que não consegue emprego a menos que eu arranje para ele, uma irmã que acha que deve ser sustentada."

"OK", berrou ela, "dê-nos algum dinheiro e nós iremos embora. A advogada não é para isso?"

"Senhora Tysall, por favor", cantou a mãe.

"Dinheiro?", zombou Julian. "As pessoas costumam começar a vida sem nada."

"Eu vou embora", gritou Joanna, "e você pode ficar com mamãe. Mas você não quer, não é? Quer?" Ela estava esmurrando a mesa, a voz elevando-se histericamente, depois baixando. Ratinho começou a cantarolar desafinado; houve o barulho de uma cadeira sendo arrastada sobre o piso de pedra. Novamente a voz de Julian, distante e carregada de desprezo.

"Diga à senhorita Fortune, quando ela se dignar a aparecer, que vou estar no consultório às doze horas e lembre-se das outras coisas que já lhe falei. Não se esqueça de lhe ensinar o caminho. Nada de refeições para a visitante esta noite, ou noite nenhuma. Ela vai se sustentar enquanto estiver aqui e acho que não vai ser por muito tempo."

Sarah esperou. Houve o ruído longínquo de uma porta batendo em algum lugar dentro da casa, relativo silêncio mas movimento dentro da cozinha, uma sensação de alívio. Sarah bateu na porta aberta e entrou.

Joanna levantou-se de um salto, virou-se de costas para dar a impressão de que estava trabalhando no grande fogão Rayburn com sua grande chaleira fumegante, esfregando os olhos com um pano de prato, enquanto a boca da senhora Pardoe formava um "oooh" que exprimia algo semelhante a prazer. Ela parecia tão receptiva quanto um plácido bebê, e com o mesmo grau de concentração. No meio da mesa despontava um bolo de chocolate que parecia rançoso.

"Bom dia, senhora Pardoe", disse Sarah. "Está um dia maravilhoso." O vestido de lamê amarelo sem mangas chocava tanto quanto os enormes brincos que pendiam sobre os ombros nus, tilintando quando a senhora Pardoe terminou de mastigar sua torrada e passou um canto da toalha de mesa na boca, deixando pequenas manchas de marmelada.

"Bom dia para você, senhora Tysall. Que bom vê-la."

Sarah sentiu um calafrio quando Joanna, ruborizada e hesitante, voltou para a mesa com um bule de café.

"Eu quero tanto que você aprecie sua estada entre nós que lhe preparei um bolo. Eu estou sempre fazendo bolos e outras coisas, mas ninguém os come." A mãe continuava falando no mesmo tom cantado de uma recepcionista de hotel recém-saída de um treinamento.

"Ah, mãe", disse Joanna constrangida, embaraçada, mas sem nenhuma disposição para brigar.

"E eu gostaria muito", disse a mãe levantando-se da mesa, o que permitiu a Sarah um rápido olhar aos seus tênis cor-de-rosa, "que vocês jovens usassem vestidos. Calças, minha cara, são para homens." Com isso ela saiu da cozinha envolta numa nuvem de perfume, um sorriso luminoso e meneando os dedos para exprimir seu contentamento. Joanna olhou para Sarah por cima da mesa e tentou sorrir. As lágrimas ainda ameaçavam brotar, não muito bem controladas depois de um rápido elogio da aparência de Sarah, em função dos comentários da mãe. Joanna não notou a sujeira do jeans, apenas o caimento impecável e a vibrante blusa de seda que ia até à altura dos quadris estreitos, além do fato de que a aparência da senhorita Fortune vestindo calças era muito diferente da sua.

"Você ouviu a gente brigando?", perguntou ela abruptamente.

"Acho que peguei o finalzinho. Sinto muito."

"Então está bem. Você deve ter perdido a pior parte, quando Edward também estava presente. Ele saiu daqui desembestado há algum tempo. Uma rotina matinal. Se eu fosse você ficava no chalé até depois das oito e meia nos fins de semana. Depois disso somos só eu e mamãe. Quer um pouco de café? Torradas?"

"Café, por favor."

"A propósito, você deve procurar Julian em seu consultório, lá pelo meio-dia, ele disse. Vou levar você, mas recebi ordens expressas de não falar nada de negócios antes dele, não que eu saiba grande coisa sobre as propriedades, ou seja lá como vocês chamam a casa e tudo mais." As palavras eram ditas às pressas, como uma desculpa.

"Ótimo. Eu nunca esperaria que você desobedecesse ordens." Elas sorriram um sorriso cúmplice, duas mulheres lamentando a dominação dos homens. "Mas você poderia me dizer duas coisas? Primeiro, por que a família precisa de um advogado para resolver quem vai herdar o quê? Por que vocês não podem fazer isso por si mesmos?"

Joanna abarcou com um gesto vago a desordem da cozinha, o chá derramado na mesa de madeira, o lixo acumulado num canto, duas varas de pescar junto do Rayburn, os cacos de vidro no chão. "Não dá para você ver por quê? Não se pode dizer que somos bons na arte da comunicação. O desgraçado do Julian dá as ordens e acaba com nossas vidas, Ed cuida de mim. Ele e Julian nunca se falam, esse tipo de coisa. Qual era a outra pergunta?"

"Por que motivo", Sarah respondeu num tom indiferente, "sua mãe me chama de senhora Tysall?"

"Deixe-me ver... Ah, estou me lembrando, Edward disse alguma coisa sobre isso quando ela começou com essa história hoje de manhã. Havia um casal chamado Tysall que tinha um chalé de veraneio aqui perto, há alguns anos. A senhora Tysall tinha cabelos ruivos como os seus e às vezes vinha aqui sozinha. Então ela sofreu uma espécie de acidente e morreu afogada. Minha mãe costumava conversar com ela no cabeleireiro. Houve um certo escândalo na época porque o corpo ficou preso em algum lugar e só foi encontrado um ano depois, depois de uma maré alta. Deve ter sido horrível. Montes de cabelos ruivos."

"E o marido dela?"

Joanna fez um esforço para se lembrar. "Não sei de detalhes. Foi mais um escândalo, mas você vai ter que perguntar a Julian sobre isso. Ele lidou com os corpos: combina bem com Julian... ele se dá melhor com gente morta." Ela sorriu de sua própria verve. "Ah, sim, logo que esse tal de Charles foi informado sobre o local onde sua esposa foi encontrada, ele pensou que ela fugira, ou alguma coisa do tipo, sabe. Deve ter ido lá ver e foi apanhado pela maré. Seu corpo foi encontrado em Holkham no dia seguinte. Deve ter sido por amor. Romântico, não?"

Joanna estava servindo mais café, divertindo-se com histórias macabras que nada tinham a ver com sua vida e importavam menos que suas ansiedades e espinhas de moça de dezoito anos. Ou pelo menos era o que Sarah supunha. As paixões dos que passaram dos trinta anos eram mistérios repulsivos para adolescentes.

"Charles Tysall era nosso cliente", informou ela, sem o tom certo de indiferença. "Eu o conheci."

"Conheceu? Eu, não", disse Joanna, enquanto se perguntava como uma pessoa pode conseguir um físico como o de Sarah e o jeans que combinava com ele. Devia ser a conseqüência de fumar em vez de tomar café da manhã e de viver no paraíso pecaminoso de Londres, que nunca a atraiu.

"Bem, eu o conheci muito superficialmente." Ela sorveu um pouco do café, preto. "Quanta coisa acontece neste lugar, hein?", acrescentou Sarah em tom suave. "Disputas de família, suicídios, sirenes, mortes e outras aventuras. Até um fantasma, como vocês estavam comentando ontem à noite. Acontece de tudo, aqui."

Joanna lançou-lhe um olhar de impaciente incredulidade.

"Mas do que é que você está falando?", queixou-se ela. "Nós somos donos de quase toda a aldeia", acrescentou em tom de lamento, "e aqui não acontece absolutamente nada. Nada mesmo."

4

O centro médico poderia estar localizado em qualquer lugar. Não havia nada de provinciano nele; o cheiro anti-séptico de limpeza, que ainda assim lembrava doença, de certa forma o tornava um local adequado para se conversar sobre um testamento.

"...e o montante líquido do meu espólio, qualquer que seja ele e onde quer que se encontre, para minha esposa Jennifer. Cabe a ela distribuí-lo entre meus filhos, a seu exclusivo critério."

"Veja", dizia Julian do lado oposto de uma deprimente escrivaninha de metal, ignorando sua curiosidade, omitindo sutilezas e olhando para qualquer lugar da sala onde pudesse evitar a visão de Sarah. "Não vou fingir que gosto disso, porque não gosto. Não gosto nem um pouco de toda essa história e lamento a necessidade de sua presença aqui. Ernest Matthewson foi advogado de meu pai durante boa parte de sua vida, mas nem sempre entendo as idéias dele."

"Pensei que tinha sido idéia sua", interrompeu ela. Julian pareceu perplexo. Um sorriso breve e forçado tocou suas feições como uma varinha de condão, revelando um traço de humanidade naquele rosto talhado em pedra, angustiado por uma dor crônica cuja origem bem podia estar fora dele.

"Idéia minha? Ernest simplesmente me disse que você viria. Mas não tem importância. Você *está* aqui, de uma forma ou de outra. Examinou o testamento, mas não a lista dos bens que formam o conjunto das propriedades de minha mãe, na situação em que se encontra agora."

Ela esperou em vão pela demonstração de orgulho, quando ele lhe apresentou três folhas datilografadas encimadas pelo nome do corretor de imóveis do lugar. Uma rápida vista d'olhos na relação revelou uma longa lista de casas, imóveis comerciais e lojas. Sarah se perguntou se sobrara alguma coisa na aldeia que pertencesse a outra pessoa.

"Cerca de dois terços dela", disse Julian, adivinhando seus pensamentos. "Ele levou vinte anos. Meu pai", continuou ele, "acreditava piamente em tijolos e argamassa e só por eles, e nada mais, trocava o produto de seus empreendimentos industriais. Portanto, foi bem próprio dele estar no telhado de uma casa quando sofreu o ataque do coração, tendo decidido, aos setenta anos de idade, tirar as folhas das calhas. Ele sempre foi bom para executar tarefas e péssimo para delegá-las. Desde a morte dele minha mãe ficou como você a vê agora; parece ser uma doença sem cura. Ela não é mais capaz de ler nem de cozinhar, não tem a menor noção de propriedade, em nenhum dos dois sentidos, nenhuma noção de tempo, nem de perigo, nenhuma percepção da situação em que se encontra, nem da nossa. Tornou-se difícil, irritadiça, exigente, vulnerável e totalmente incapaz de cuidar dos próprios negócios, pois nem ao menos sabe o que possui. Tampouco eu sei de tudo. Acho que Edward sabe. Ele trabalha com o corretor de imóveis que está cuidando desses bens."

Ele soltou um suspiro como se estivesse cansado de tudo aquilo. "Meu pai fugiu à responsabilidade, como você vê." Julian continuou no mesmo tom de incontida irritação. "Para um sujeito tão materialista e astuto, ele era muito indeciso. Largou tudo para que mamãe resolvesse. Impressionante. Eu achei que ele me amava e tinha confiança em mim. Ficou evidente que não." Sarah percebeu que ele hesitava.

"Nos últimos anos ele e minha mãe pareciam ter redescoberto um ao outro. Comportavam-se como amantes, brincavam um com ou outro em vez de ele simplesmente dar as ordens. Meu pai chegou até a abandonar essa história de ascensão social, coisa que ela, aliás, detestava. Aperfeiçoou-se na arte de pescar. Falava em criar raças exóticas de carneiros. Desses sobrou um, no jardim."

Sarah queria tudo. Queria saber onde a senhora Pardoe usara seu vestido dourado pela primeira vez e como estava o senhor Pardoe. Queria retratos de família, casos, sinais de pesar, ao invés daquela enervante formalidade. Com as informações de que dispunha, só conseguia perceber que marido e mulher criaram uma tribo de bom aspecto, muito diferentes na aparência, Edward moreno e magro, Joanna loira e curvilínea, e o que estava diante dela, atarracado e atraente, queixo saliente, cabelos loiros cacheados, olhos febris e nenhuma propensão para divagações. Sarah imaginou que seria melhor agir como sempre fizera com os clientes, como se tivesse mais a oferecer do que o senso comum aliado a uma certa instrução. Essa presunção muitas vezes se tornava real.

"Veja", começou ela, "é um testamento perfeitamente válido."

"Sim, eu sei disso", cortou ele bruscamente. "Ele deixa para mim, como filho mais velho, a responsabilidade da administração de bens sobre os quais não tenho nenhum poder. Minha mãe não pode me passar uma procuração porque precisaria entender o que significa isso. Tentei e não consegui. Eu só consigo receber aluguéis, pagar cheques e tocar as coisas porque o gerente do banco é meu paciente, mas tenho responsabilidades sem autoridade. Também não ignoro, deixe-me que diga antes que você se digne a fazê-lo, que se ela viesse a morrer, Edward, Joanna e eu dividiríamos a herança em partes iguais. Enquanto isso, estamos de mãos amarradas. Temos muitos bens sem grandes rendas. Suficiente, mas não abundante. Minha mãe poderá durar uns trinta anos." Disse essas últimas palavras num tom afetuoso, com uma ponta de orgulho na voz. Sarah surpreendeu-o sorrindo, sorriu de volta e viu seu rosto enrijecer, um homem endurecido pela amargura e uma solidão acima de suas forças. Sarah observava os raros momentos em que esse homem, durante átimos de segundo, traía uma condição que já se tornara uma segunda natureza para ela própria; observava um homem que fizera julgamentos implacáveis sobre si mesmo.

"Então", disse ela vivamente, "é isto o que temos pela frente: fazer um levantamento dos bens e avaliá-los; decidir como devem ser administrados, se pela própria família ou fora dela. Depois vamos para o Tribunal de Heranças e Espólios com nossos planos. Eles podem escrever um testamento para sua mãe."

"Simples", disse Julian ironicamente, voltando a sorrir.

"Não. Não é simples, mas possível. Ele custará a vocês o preço de uma casa no tabuleiro do Banco Imobiliário, mas acho que isso não tem importância, já que aparentemente vocês têm muitas casas. O objetivo desse plano é garantir que sua mãe fique feliz, segura e bem assistida. Esse é o objetivo principal. E também para liberar capital bastante para que você, Edward e Jo possam abrir as asas e realizar seus sonhos mais cedo."

Julian sorriu, surpreendendo-se consigo mesmo. Havia ironia naquele gesto, mas de qualquer forma era um sorriso.

"Que sonhos? Que sonhos poderia ter um simples médico de província?"

"Todo mundo tem sonhos", retrucou Sarah. "Seu pai devia ter lá os sonhos dele, para adquirir o que adquiriu. Jo me disse que Edward sonha em se tornar artista. Ela deve pensar em aprender a cozinhar. Dinheiro para reavivar os sonhos. Por que outro motivo se trabalharia?"

"Alguns de nós não o fazem."

Claro que ela não podia acreditar que Edward tinha sonhos nobres. Era demais para sua perspicácia. Edward sonhando em ser artista significava apenas o mesmo Edward que atribuía todos os seus fracassos ao fato de estar entediado, passando de menino malvado a homem ocioso, indo de um emprego para outro até o pai arranjar uma sinecura no escritório do corretor de imóveis local. Sua capacidade de concentração era patética; seu comportamento informal, uma impostura. Julian olhou para Sarah e concluiu que sua expressão de neutralidade também não passava de uma astuta impostura. Ela devia repetir o que ouvia, mas acreditar apenas naquilo que achasse por bem acreditar.

Ele se recostou. Dessa vez o sorriso não se dissolveu numa expressão sombria.

"Senhorita Fortune, acho que você deve ser uma feiticeira. Eu estava esperando que me acusasse de cupidez e você me fala de sonhos. Suponho que também exorcize demônios..."

Sarah balançou a cabeça, sorrindo. "Acho mais fácil acertar as contas com eles. Duendes, demônios, gnomos, desgostos. São sinais de que já se passou dos trinta."

Julian se permitiu um acesso de riso, que parou abruptamente coincidindo com uma batida na porta e a entrada de uma enfermeira rechonchuda que correu em direção a uma pilha de papéis numa cestinha de metal no canto da mesa, sorrindo seu sorriso profissional. Então ela estacou, face a face com Sarah, parou de sorrir, recolheu os papéis e foi embora sem se desculpar. A porta bateu raivosamente atrás dela. Sarah fingia estar examinando a lista dos bens dos Pardoe, que lhe fora dada por Julian. "Fliperama, no cais leste", foi uma descrição que saltou da página. A sala se tornou quente de repente.

"Isso já dá para você ir trabalhando?", perguntou Julian, voltando a assumir a postura de médico ao perguntar se o medicamento daria para a semana. Ela queria bater nele, mas levantou-se graciosamente e colocou os papéis debaixo do braço.

"Será que sua enfermeira pensou que eu estava me fingindo de doente? Querendo um atestado médico só para ficar tomando sol ou algo assim? Ela parece... um pouco possessiva." Ela sentiu-se despropositadamente irritada, olhou para as próprias calças impecáveis que substituíram os jeans manchados — estava elegante demais para um consultório de província — e notou que a pele de Julian lembrava a cor do giz.

"Desculpe. Você deve ter-lhe provocado um choque. Pra falar a verdade, fiquei um pouco chocado quando a vi pela primeira vez. Acontece que você é a própria imagem de uma paciente nossa, de dois anos atrás, mas ela era... bem... difícil de esquecer."

"A senhora Tysall", disse Sarah em tom neutro. "Sua mãe me chama de senhora Tysall. Alguém no cabeleireiro disse que eu era parecida com uma antiga cliente. É extremamente desconcertante, uma pessoa pode se sentir mal com comparações, mas suponho que vocês todos se refiram a Elisabeth Tysall, que reside no cemitério sem ao menos uma lápide em seu túmulo. Mulher de Charles."

Ele se levantara da cadeira, ainda pálido, girando uma caneta entre as mãos grandes.

"Sua irmã diz que você examinou ambos os corpos, Elisabeth e o marido", continuou Sarah sem o menor tato, no mesmo impulso de raiva. “Ela era sua paciente, como você disse. Eu sempre quis encontrar alguém que a tivesse conhecido. Ela era bonita?”

A caneta estalou.

“Saia daqui. Você tem razão. As comparações são odiosas. Você não se parece nem um pouco com Elisabeth. Ninguém se parece.”

Sarah parou, viu a raiva dele reduzir-se a uma angústia indisfarçável, o verniz do controle avivando-se pouco a pouco.

“Demônios e duendes”, murmurou ela. “Não tive a intenção de magoar. Ela era sua amiga? Com certeza precisava de um amigo.”

Ele balançou a cabeça, voltando abruptamente ao estado inicial de rudeza formal.

“Por favor, vá embora senhorita Fortune. Tenho minhas dúvidas se você pode nos ajudar. Passe o fim de semana no chalé como nossa convidada. Depois a gente conversa sobre isso.”

“Como você quiser.”

Stonewall Jones saiu às pressas do fliperama, virou à esquerda do cais, depois à esquerda novamente e então entrou por uma viela tortuosa que levava à rua principal. No caminho, ele podia apontar várias direções indicando casas onde moravam vários parentes seus, primeiro sua mãe, que no momento estava fora, trabalhando — os sanduíches que ela preparara com todo o cuidado estavam esmagados em seu bolso —, e seus irmãozinhos três casas adiante, com tia Mary; tio Jack estava ali perto na delegacia de polícia. O lugar era uma mina de pessoas que poderiam lhe dar algumas moedas, e que lhe abririam a porta ralhando de um ou de outro modo, mas nenhum se comparava ao primo Rick.

Rick tinha lá seus defeitos, mas como herói ele era impecável, ao passo que, como espião, Stonewall era a discrição personificada, com o talento extra de ser capaz de mentir convincentemente, embora a verdade fosse sua inclinação natural. Ele também era dotado de uma memória tão boa quanto seus passos eram velozes e o olho apurado para detalhes. E era por isso que estava tão alvoroçado. A ruiva.

Sua memória era mais visual que verbal. Stonewall falava o tempo todo com Rick, às vezes com os colegas de escola, e qualquer outra pessoa era recebida com frieza. A moça ruiva ressurgia de um tempo em que ele era bem menor, mas não tão criança que não se lembrasse de uma mulher com o rosto cheio de pontos, saindo do centro médico, chorando. Isso acontecera há dois anos e uma vida inteira atrás, mas ele nunca a esqueceu completamente porque nunca teve oportunidade. Primeiro achou seus cartões de crédito e outros pertences escondidos na areia dos riachos junto com uma foto dela. Depois ele e o padrasto tinham encontrado o corpo, exatamente um ano depois.

O padrasto sentira-se muito mal, o que Stonewall considerou um mau exemplo. Instruído por vídeos para adultos, vistos às escondidas na casa de um colega, ele próprio não se chocou. A ruiva parecia um cachorro morto, não uma pessoa, e aquela impressão se acentuava ainda mais por causa dos longos cabelos ruivos semelhantes às compridas orelhas vermelhas de um cocker spaniel, cobertos de areia lamacenta, macios, sedosos e úmidos. Uma coisa era certa, não dava para confundir com nada que tivesse vida.

Quanto ao homem que eles encontraram no mês seguinte, a história foi bem diferente. Dessa vez tinham sido ele e Rick, os andarilhos das horas vagas no verão passado, caminhando pelos riachos à procura de destroços. Stonewall desejava secretamente achar um cadáver, por causa de todo o rebuliço que as pessoas tinham feito da última vez. Ser famoso lhe permitiu vislumbrar o que é ser notado.

Eles foram muito corajosos e ainda estremeciam só de lembrar. O segundo corpo, que era de um homem, ficara no mar durante dois dias e parecia tão vivo que não conseguiam olhar para ele. Um homem com o ricto de um sorriso, outro entulho cheio de areia jazendo num banco, encharcado de lama, as calças finas abaixadas até os tornozelos e o traseiro parecendo uma pequena montanha branca. Viraram-no de barriga para cima e seus bagos caíram. Bem-dotado feito um jumento, disse Rick. Eles ficaram rindo, trêmulos, chamaram tio Jack, que entrou em pânico e falou em mandar chamar o barco salva-vidas. Mais risos enquanto se agarravam um ao outro, como se alguma coisa maior do que um bote pudesse se aproximar naquela água rasa; eles teriam de ir por terra. Se você viu um, já viu todos, disse Rick. Eles ficaram no canal, na maré baixa, sacudindo-se de tanto rir até que o doutor chegou, parecendo saber de quem se tratava. Aí ficou mais difícil sorrir. No final, foi ele quem carregou o corpo com a ajuda deles, aproximou o carro o mais que pôde, usando um pedaço da vela náutica molhada de Rick para puxar a coisa, passando por dois riachos, para dentro do barco; era só o que se podia fazer com a maré subindo sem parar.

A maior parte do trabalho, porém, ficou para o médico. Todos os outros foram embora; o mesmo fizeram Rick e ele, mas não sem antes ver o que viram: o doutor chutando o cadáver como se fosse uma bola de futebol. Apenas dois chutes, mas fortes. Stonewall ainda era capaz de ouvir o som de um sapato entrando no peito encharcado, não conseguia lembrar-se do que vira, pois virara logo a cabeça, mas lembrava-se muito bem do som. Choc, choc, os golpes de um ódio alucinado. Na hora foi divertido. Tudo com Rick era divertido, mas eles nunca voltaram a falar sobre aquele episódio. Stonewall sentiu pelo homem afogado, mais tarde. Ele sabia que, se um dia se afogasse, seria levado embora e enterrado em algum lugar, como tinham feito com o homem. E que sua mãe e seu pai não iriam ao funeral. Eles estariam muito ocupados.

Stonewall bateu na porta do Swamp Cottage, depois a abriu. A fechadura não era usada nunca; não havia nada que pudesse ser roubado; a aldeia não conhecera problemas de roubo, a não ser recentemente, o que podia ser atribuído aos turistas ou ao fantasma. A porta dava para a minúscula cozinha onde se viam apenas dois pratos na pia e uma mosca zumbindo na janela; descendo-se um degrau chegava-se a uma sala onde havia uma televisão ligada em alto volume. Rick estava sentado num sofá velho, tirando com um dedo um pouco do estofado de um rasgão de um dos braços enquanto olhava a tela. A visão da mochila no chão e as manchas em volta dos olhos fizeram Stonewall entrar em pânico.

"Você vai embora, Rick? Você não vai embora, vai? Seu pai mata você." A excitação o fazia falar alto.

"Ele já tentou", resmungou Rick. Ele se levantou, dominando com sua figura a sala escura, a cabeça a alguns centímetros do teto, enquanto afagava os cabelos do menino. "Não esquente, rapaz, a coisa não foi tão ruim. Só que hoje vou ter que ir no barco. E amanhã não."

"Posso ir também?"

"Negativo. Só de manhã. Sua mãe ia sentir a sua falta. Sabe lá Deus por quê." Stonewall se acalmou. Se Rick estava brincando era porque com certeza estava tudo certo. O menino sentou no sofá e começou a brincar com o estofamento, rolando o tecido entre os dedos. Estava aliviadíssimo de achar Rick tão normal; as novidades que tinha para lhe contar o deixavam tão alvoroçado como ficaria com três rodadas de batatas fritas seguidas de chocolate.

"Vou lhe dizer uma coisa, Rick, acabei de ver o fantasma agora mesmo. No duro. Uma mulher."

"Ah, é?"

"Eu vi aquela mulher, está entendendo? A mesma que costumava ver muito tempo atrás quando meu pai começou a me levar no barco..."

"E você tinha um medo danado da água. Eu lembro disso. Você gritava feito uma gata no cio." Rick zombava dele, sem malícia. "Espere um pouco", acrescentou ele, ainda brincando, "você viu uma mulher tão feia que parecia um fantasma? Você viu uma? Existem dezenas por aí!" Ele deu uma gargalhada que fez a sala tremer.

"É a mesma", disse o menino teimosamente, "que foi tirada da areia. Ela se enfiou na água, bêbada, o rosto machucado. Eu estava com meu pai, ele me deu uma bronca porque eu ri dela. Claro que estou falando de *meu* corpo, o que eu achei com meu pai, não o que achei com você. Eu nunca ia me lembrar dela se não tivesse achado suas coisas, com uma fotografia. A que eu acabei de ver tinha o mesmo cabelo ruivo. Um monte. Deve ser um fantasma. Ou irmã gêmea." Ele murchou sob o olhar de Rick.

Stonewall sentia-se muito importante pelo fato de ter estado presente quando foram encontrados os dois corpos, e falava nisso sempre que podia. Ele foi paparicado na escola em ambas as ocasiões. Rick, por sua vez, só tinha achado um. Alguns cachorros e gatos nos riachos, uns dois cisnes envenenados por chumbadas de pesca, uma foca morta por anzóis grandes, mas apenas um cadáver. Era o único feito na curta vida de Stonewall que lhe dava alguma superioridade. E ele explorava aquilo o mais que podia.

“Cabelos ruivos? Você viu um fantasma de cabelos ruivos hoje?”, zombou Rick. Stonewall se encolheu.

“Vi hoje de manhã, quando fui procurar você. Depois vi de novo, indo para a cidade, com sua namorada”, disse ele espertamente, mas Rick apenas sacudiu os ombros.

“Não era fantasma nenhum, nenê. Era uma advogada, é o que ela diz. Ela está na casa dos Pardoe. Eles estão precisando mesmo é de um jardineiro, não de um advogado. E Jo não é minha namorada.”

“Ah, não? Não é o que dizem”, disse Stonewall, parecendo um homenzinho. Rick teve vontade de rir dele, mas não teve coragem de fazer isso.

“De qualquer forma, segui as duas. Foi assim que descobri que a ruiva era um fantasma. Sua Joanna foi à mercearia; o fantasma foi ao médico. Igualzinho à outra ruiva, que fazia isso o tempo todo. Minha tia Mary vivia dizendo que aquilo não estava certo.”

Stonewall gostava de ser o fornecedor de fofocas dos adultos. O fato de que, na inocência dos seus onze anos, não entendesse as implicações dos casos que contava, não o fazia se sentir menos importante. Ele simplesmente gostava do tom da conversa, sabia que eles estavam falando de sexo quando baixavam a voz e iam conversar nos cantos. Em sua própria casa, em que havia dois bebês, ele não tinha nenhuma força, era sempre o último da fila, ouvindo. Impressionante, costumava dizer Rick, às vezes realmente espantado diante do que aquele menino, tão calado dentro de casa e tão falante fora, conseguia pescar como informação de segunda mão. Stonewall percebeu que a atenção estava começando a se dissipar.

“Vai transar com sua namorada no barco?”, perguntou ele, para reacender o interesse.

"Já lhe falei que ela não é minha namorada. Você é surdo?"

"Ela pensa que é", resmungou Stonewall.

Rick gabou-se. "Ela e quem mais?", disse ele, e depois, vendo de relance o próprio rosto no espelho quebrado encostado na parede acima do console da lareira, abriu a boca lançando olhares lascivos. "Se for assim, ela, vovó Pardoe e qualquer uma que passe perto de mim", resmungou. "Que acha de um sorvete lá na praia?"

O menino escondeu seu entusiasmo dando de ombros, fez que sim com a cabeça depois deu um pulinho e um suspiro de prazer que de certa forma escapou antes que pudesse reprimi-lo.

"E tem outra coisa", começou ele quando entraram na alameda.

"Outro fantasma, imagino. O de cabelo branco? Sujeito alto? Ora, todo mundo diz que viu esse."

"Talvez os fantasmas saiam todos ao mesmo tempo."

"Bem, não sei", disse Rick admirado, dando tapinhas em sua orelha. "Acho que você está precisando de óculos, garoto. Óculos escuros, com limpadores de pára-brisa, para parar de ver demais."

"Aquele fantasma pegou meu cachorro", insistiu Stonewall, terrivelmente envergonhado pela forma como seus olhos se enchiam de lágrimas. "Foi ele. Eu o vi e aí Sal saiu correndo."

Rick estava pensando no encontro que teria à noite, quase desejando não ter combinado nada. Pensou em Jo e tentou tirá-la da cabeça.

Quando Sarah voltou para a casa se perguntando se não seria melhor simplesmente arrumar as malas e ir embora antes de ser despedida, duas coisas chamaram sua atenção, ao se aproximar, com toda a familiaridade, da porta de trás. A primeira foi a senhora Pardoe, tomando banho de sol no canteiro de repolhos. Ela parecia um símbolo religioso, deitada com se estivesse crucificada com as pernas cruzadas discretamente, o vestido um pouco puxado para cima e os braços bem abertos. Um pouco de sujeira aparentemente não tinha a menor importância. Sarah aproximou-se com cuidado até sua sombra cair sobre o corpo. Estava muito quente; ela própria estava louca para dar um mergulho no mar.

"Olá."

"Você está tirando meu sol", disse a senhora Pardoe irritada. "Devolva meus raios."

"Quer que lhe traga alguma coisa?" O corpo deitado no chão ainda tinha pernas muito bonitas, o rosto parecia o de um duende, como se estivesse fora do tempo.

"Sorvete", disse a mulher, sonhadoramente, depois fechou os olhos.

A segunda visão foi a de Joanna chorando na cozinha, sem nada da desenvoltura da mãe, mas também aqui se tinha a sensação de uma beleza ausente.

"Desculpe", disse Joanna, muito embaraçada. "Desculpe. Não consigo me controlar."

"É por causa de sua mãe?"

"Ah, não, estou acostumada com ela. Ela está bem, para ser sincera. Está muitíssimo bem. A gente de certa forma se acostuma, sabe?"

Sarah não sabia, mas concordou com um movimento de cabeça.

"Quero dizer que ela está muito bem entregue a si mesma e tudo o mais; ela não pede muito, nunca pediu. Quer dizer, eu poderia sair hoje à noite, ainda que Ed e Julian sempre estejam fora às sextas-feiras. E acho que mamãe gosta de ficar um pouco sozinha, além do mais, ela vai dormir absurdamente cedo, não precisa de babá; mas não posso ir a lugar nenhum, posso? Nem à casa de Caroline. Mesmo ela tendo me convidado duas vezes e eu tendo aceitado..."

Sarah continuou assentindo.

"Porque eu sou diferente e Caroline é muito elegante, sabe. E ela pensava que eu iria com Rick que é, vamos falar a verdade, o rapaz mais bonito das redondezas, mas ele não quer mais falar comigo. Julian o ameaçou. E ela vai estar com os amigos, e eu tenho que fingir que não estou me importando, sabe, tomar um copo de vinho e levar tudo na brincadeira. O que eu podia muito bem fazer, mesmo que não seja verdade e que se trate apenas de uma festinha, mas não é assim. Porque não tenho nada para usar..."

Sarah concordou. Um dilema obscuro, de que ela se lembrava muito bem. O rei Ricardo ofereceu seu reino por um cavalo. Uma adolescente perdidamente apaixonada ofereceria o seu por uma roupa que lhe caísse bem. Nas duas vezes que a vira, Joanna estava pessimamente vestida, de forma quase infantil. Sarah sentou-se numa desconfortável cadeira de madeira e adiou seu desejo de um praia longínqua para a tarde, puxou os cigarros, acendeu um, não ofereceu a Jo. A criança pertencia à ala dos não-fumantes.

"De que tipo de roupa você acha que precisa?", perguntou ela gentilmente.

"Clássica", disse Jo com veemência. "Eu li isso numa revista... Caroline também as lê. Coisas que lhe dão um ar sofisticado. Coisas caras. Julian diz que se eu quiser posso comprar, mas Edward diz que não, que é ruim amadurecer cedo demais. Eu sempre dou risada, digo-lhe que não tem importância, mas tem."

Sarah sentiu mais uma vez uma aversão espontânea por Edward Pardoe.

"Clássica. Umas jóias bonitas? Só um pouco?", disse Sarah pensativa.

"Exatamente. Edward me mataria se soubesse. E de qualquer forma não posso me dar a esse luxo; prometi a ele uma nova vara de pescar no seu aniversário, e jóias custam uma fortuna..."

"Levante-se."

Joanna ficou de pé, muito mais alta que Sarah.

"Tenho umas blusas maravilhosas, que servem para qualquer manequim. Que tal umas calças colantes? Venha comigo."

"Ah, eu não posso, senhorita Fortune, sinceramente. Eu sinto muito mesmo, ficar choramingando assim, eu não sabia... Oh, é tão horrível..."

"Somos como duas irmãs", disse Sarah alegremente. As roupas podem ser objetos de sonhos ou a base da confiança. "Eu não daria ouvidos a Edward", acrescentou ela amavelmente. "Os homens não são bons nisso. Uma cor bonita e ousada, lisa, é disso que você precisa."

"Preta", disse Jo ardorosamente. "Com isso eu podia me virar."

O bosque de pinheiros que cobria as dunas no caminho da praia era escuro e garantia privacidade, mas quando o homem de cabelos brancos como a neve chegou ao cume da última duna, o vento tirou-lhe o fôlego sob aquele vasto céu, deixando-o abalado. A memória lhe pregava boas peças desde o dia anterior. Ele se forçara a andar até ali em seu passo militar; o mar devia estar mais perto, ao invés de ser aquela longínqua e zombeteira promessa. A maré era um mulher volúvel que nunca obedecia. O homem só viu o horizonte, não percebeu os detalhes, não sentia dor e contava apenas os minutos.

A areia era macia, seus sapatos folgados de repente buscaram em vão um apoio quando ele sacudiu os braços no ar, perdeu o equilíbrio e caiu com o casaco agitando-se ao vento, desceu rolando, os cabelos e a boca cheios de areia, indo finalmente parar de bruços na praia. A princípio ele ficou furioso, depois sentiu a euforia de se deixar levar como uma criança, os membros agitando-se livremente sem qualquer senso de perigo. O céu estava ofuscantemente azul quando ele abriu os olhos e sorriu. Acima do seu rosto um outro rosto entrou em foco.

"Não foi nada engraçado", disse Edward Pardoe.

O homem rosnou, sentou-se enquanto sacudia os abundantes cabelos brancos que se encaracolavam na altura da nuca. Suas roupas eram mal-ajambrados trajes de mendigo, pesados demais para o verão, mas ele curvou o corpo comprido e magro e enlaçou as mãos à volta dos joelhos com uma certa elegância. É estranho como vestir as roupas de uma pessoa qualquer faz com que você fique exatamente como ela. Ele estava começando a perceber como o disfarce se tornara um hábito. A transformação chegou a assustá-lo no começo, mas não agora.

Edward notou que o rosto sob a barba curta um dia fora bonito, talvez excepcional. Eles ficaram ali parados, sem dizer nada por um tempo.

"Gostaria de consertar esta orla", observou Edward, franzindo o cenho. "Ela é tão... imperfeita."

"Mas ela é assim", disse o homem.

"Sim, eu sei, mas o mar devia estar aqui batendo em meus pés. As árvores deviam ser mais exóticas que esses pinheiros sem graça. Uns arbustos diferentes. Flores no inverno. Eu poderia fazer isso. Eu vou fazer isso."

"Depois da arte, a natureza", murmurou o homem. "Esse tipo de sonho é caro."

Eles ficaram novamente em silêncio. O mar estava à mesma distância, o homem fitando-o como que hipnotizado.

"Viram você?", perguntou Edward como se aquilo não importasse muito.

"O que é que você acha? Da terra ou do mar? Acho que sim. Um menino nojento com um cachorro. O cachorro correu atrás de mim. Detesto cachorros. Andei por aí: cabana de praia, barco, uma ocasional cabana vazia onde as pessoas gentilmente me deixaram sua sopa. A aldeia está cheia de veranistas, porcos ignorantes. Eles não olham para ninguém que tenha um aspecto tão venerável." Tocou seus cachos brancos. "Agora ninguém presta atenção em mim."

"Devem ter prestado algum dia, quando você era mais jovem", disse Edward rudemente.

"Sou uma pessoa sem domicílio fixo", disse o homem calmamente. "Foi escolha minha, e não coisa do destino. Isso não quer dizer que sou uma pessoa qualquer." No exato momento em que dizia isso, ele se perguntou se seria verdade e examinou as próprias mãos. Claro que ele se lembrava de como aparar as unhas.

"O que é que você fez com o cachorro?"

Era desconcertante a facilidade com que o homem manifestava superioridade com sua voz aristocrática e seu ar de completa indiferença. Tinha a aparência de um pária e se comportava como um príncipe.

"O cachorro? Eu o enterrei. Era só um cachorro."

Edward engoliu em seco.

"Você não é invisível", disse asperamente. "Ouvi o pessoal da aldeia comentar sobre um fantasma de cabelo branco que anda cometendo pequenos furtos. Com certeza você está aperfeiçoando essa habilidade."

"A senhora Tysall tinha jeito com fechaduras", disse o homem, a propósito de nada. "Ela não gostava de chaves, mas sempre conseguia entrar ou sair."

"Não conheci a senhora Tysall", disse Edward, profundamente irritado. "Quem a conhecia era meu maravilhoso irmão mais velho, como já lhe contei em detalhes." Ambos olhavam o mar e seus olhos nunca se encontravam.

"Preciso ter certeza", disse o homem.

"Como entrar no consultório", continuou Edward, "é um problema que você mesmo tem de resolver. Como lhe disse ontem, você vai precisar das chaves da escrivaninha dele."

Ele deixou cair um molho de chaves na areia entre eles. O homem não tirou os olhos do horizonte enquanto as apalpava com os dedos longos e preguiçosos.

"A propósito, nunca fique em nenhum dos chalés perto da casa outra vez, está ouvindo? Temos uma visita no último chalé. Minha mãe a chama de vaca, mas ela parece ser muito observadora."

"Ah, sua encantadora irmã."

"Deixe-a em paz, ela é minha", disse Edward asperamente.

"Claro que deixo. Não me passou pela cabeça nem por um momento. Ah, o amor de uma irmã. Como você poderia se envergonhar disso?

Tivemos o mesmo pai, a mesma mãe
Não nos destinou um ao outro a natureza
Pelos laços do sangue e da razão?
Uma só alma, uma só carne, um só amor
um coração, um tudo?

Silêncio novamente.

"Quem escreveu isso?", perguntou Edward baixinho. "Gostei."

"*Pena que seja uma puta.*"

Edward cerrou os punhos.

"John Ford. Uma peça de teatro. Não é nada pessoal."

Edward se acalmou.

"Ouça", disse ele rispidamente, "seja grato ao amor de uma irmã. Ela fez esses sanduíches para mim. Ela faz todo dia. Pena que você não possa pescar para comer. Eu poderia lhe dar um caniço."

O homem pegou os sanduíches sem agradecer, abriu o embrulho e comeu-os com a voracidade de um cão diante de sua ração diária, antes engolindo que mastigando. Seus dentes eram amarelos. O silêncio era interrompido apenas pelo ruído de sua mandíbula, o sussurro das árvores por trás deles e os gritos longínquos das pessoas jogando. Edward podia imaginar aquele homem magro comendo carniça, mascando ossos e tudo o mais, e encolheu ligeiramente os ombros.

"Comida", comentou o homem, "é uma coisa totalmente indiferente. Detesto essa coisa vulgar que é comer. Acho que seria muito útil se eu tivesse aprendido a pescar. Você sabe?"

"Não muito bem. Saio à noite para treinar", disse Edward com tristeza. "Quando ninguém está vendo. Meu pai pescava", disse ele um tanto fora de propósito. "Ele dizia que pescar faz de você um homem de verdade." O silêncio caiu novamente, intolerável.

"Como é que fui encontrar um sujeito como você?", perguntou Edward jocosamente, apenas para romper o silêncio. "Você animou bastante meu verão."

"Sonhos", disse o homem abruptamente. "Estamos todos enredados em sonhos." Na sua boca a palavra soava estranhamente desagradável.

"Ah é?"

"A gente se encontrou", disse o homem calmamente, "quando você me viu entrando naquele chalé de vocês. Deve ter se divertido com aquilo. Você me disse que não ia me expulsar logo, que ia até conseguir outro lugar desocupado para eu ficar, desde que eu fosse bom o bastante para provocar um pequeno incêndio lá dentro, fazendo com que não pudesse ser usado. Não era pedir muito a um homem em férias."

"Parece que as coisas começaram por aí", murmurou Edward.

"E enveredaram pelos sonhos. Você sonha em alterar esta paisagem. Para isso você precisa que seu irmão seja aniquilado e que sua mãe morra."

Edward nunca descreveria a situação tão cruamente. Sentiu uma comichão no couro cabeludo, um tremor nos membros causados por uma terrível excitação.

"E você?"

"*Meu* maior desejo? Ou seu? Quero a prova da perversidade e do adultério. Sonho me vingar e lavar minha honra. 'Morte, és uma convidada há muito esperada; abraço a ti e a tuas feridas.'" Edward levantou-se estouvadamente. Aquilo bastava.

"Não venha me dizer quais são os meus sonhos. Encontro você aqui, na mesma hora, amanhã ou domingo."

O homem aquiesceu, a brisa afastando os longos cabelos brancos do rosto que um dia fora belo, os olhos ainda fitando o mar.

Sarah Fortune arrumara as malas prevendo tudo menos os rigores da vida no campo; uma roupa preta ela podia conseguir. Um casaco de camurça com mangas até os cotovelos que ela sempre usava, os ombros levemente estruturados, calças sóbrias e elegantes, tudo isso completado por um cinto cor de cereja e um discreto mas pesado colar de prata maciça e brincos. A criança ficou parecendo dez anos mais velha, transformada numa esguia gata preta com uma década de confiabilidade.

"A blusa precisa ser passada a ferro. Onde ele está?"

"Ah, neste armário. Oh, Sarah! Esta blusa é simplesmente divina!"

Uma advogada vestindo uma cliente para uma noitada na província. Sarah pensou que se aquelas fossem as piores esquisitices da vida no campo, ela podia muito bem se acostumar a elas. No longo tempo que passou vasculhando a própria mala, ouviu muito da história da família, pois Joanna ficou falando sem parar. Soube, por exemplo, que o pai fora um amável tirano e todos choraram muito a sua morte; Julian era um tirano desprezível. Ou que a mãe nunca teve vontade própria em relação a nada enquanto o pai vivia, coitada. Edward era maravilhoso, mas as pessoas não sabiam reconhecer isso, e tudo o que Joanna Pardoe queria na vida era aprender a cozinhar bem, casar e ter muitos bebês.

Sarah concordou que o feminismo era superestimado, que nem sempre uma carreira era garantia de felicidade e que constituir uma família é uma ambição perfeitamente válida, quando se tem vocação para isso. Então ela ouviu tudo sobre como Rick era maravilhoso e não a amava mais. Julian lhe dissera para afastar-se dela.

"Eu acho", concluiu Joanna pensativamente enquanto vestia a blusa recém-passada que parecia ter custado o alto preço que realmente custou, "que essa é uma razão mais provável para ele ter me rejeitado do que o fato de ser gorda demais. Nossa, como está tarde!"

"Gorda? Quem é gorda?", disse Sarah. Ela trouxera um espelho do quarto. Joanna fazia piruetas diante dele sorrindo, já um tanto convencida mas, melhor ainda, tendo certeza de que poderia convencer os outros de sua grande sofisticação.

"O que você fez com meu cabelo?" Ele estava trançado no alto da cabeça: cairia aos poucos ao longo da noite, graciosamente. Cachos loiros mostravam-se em volta de suas orelhas. "Olhe, você tem certeza de que posso usar isto?"

"Você pode até vomitar nele, se quiser. Se eu não tivesse certeza não teria passado a ferro, teria? Sofra amargamente, Caroline não-sei-das-quantas. Você está maravilhosa. Eu seria capaz de matar para ter cabelos como os seus", acrescentou Sarah fervorosamente.

"Mas o seu é tão lindo."

"Não, nem sempre", disse Sarah.

A senhora Pardoe transferira seu posto de observação para a janela do pavimento superior, de onde ela esperava no final das tardes a chegada do furgão, coisa que não acontecia todos os dias, mas com freqüência bastante para fazê-la montar guarda.

Ela viu sua filha vindo dos chalés, para onde fora um pouco antes com a vaca velha. Ao ver Joanna voltando a passos largos como uma princesa dos tempos modernos, cabeça erguida, o rosto iluminado por um róseo brilho de esperança, recostou-se na cadeira e suspirou profundamente satisfeita.

Ernest Matthewson era um velho amigo, daqueles em quem se pode confiar. Ele tinha idéias muito boas.

Ernest fê-la pensar em comida: sorvete, bolo de chocolate, filé e champanhe. E em todos aqueles anos em que era chamada de Ratinho.

5

Malcolm Cook estava com o padrasto e a mãe à mesa do jantar que eles partilhavam a cada quinze dias, às vezes meio a contragosto, embora nunca quando Sarah estava presente. Não havia desculpas para ausências; a comida era preparada com esmero, pois a senhora Matthewson nunca levava muito tempo para compensar os rigores de um período de dieta. Ernest era poupado de um iogurte magro em função da necessidade de alimentar Malcolm, que era magro demais na avaliação de sua mãe. Ela fazia o melhor que podia colocando sub-repticiamente creme de leite na sopa, servindo pão de alho untado com alguma coisa de baixo teor calórico. Seu marido comia com gosto ao passo que Malcolm não se deixava enganar, fazia o seu jogo elogiando cada coisa e comendo apenas o que achava necessário.

"Quer mais um pouco, Malcolm? Mais uma batata?"

Tudo ia muito bem, como um jantar normal de sexta-feira, desde que ela tivesse o cuidado de não os deixar muito tempo sozinhos. Assim, lá estavam eles com seus cafés, as costas mergulhadas nas plumas e nos beija-flores das cadeiras, agindo como se nada tivesse acontecido, até que o telefone tocou no corredor e a senhora Matthewson achou que não havia problema em deixá-los.

"Pai", disse Malcolm, "por que você afastou Sarah daqui?"

"Não fiz isso", respondeu Ernest indignado. "Foi ela quem quis, ela se ofereceu. Mal podia esperar para partir. Queria ficar perto do mar, fosse onde fosse. Vivia dizendo que gostaria de morar no campo, no litoral. Era uma boa oportunidade para experimentar. Não tem nada a ver com você."

Malcolm tateou a caixa de charutos a sua esquerda, sobre uma mesa de estilo rebuscado, decorada com mais beija-flores. Apanhou um dos melhores charutos, enfiou-o no bolso da camisa, depois acendeu um de seus próprios cigarros, que o pai desprezava. Ernest assustou-se com a sutileza daqueles gestos insolentes.

"Você pode achar que minha estupidez é sem limites", continuou Malcolm com a voz suave e autoritária do advogado, que ele era. "Mas às vezes ela descamba para uma aberração chamada inteligência. Você pode ter tido razão no que diz respeito a minha relação com Sarah, mas precisava ser tão cruel com ela?"

"Cruel?", gritou Ernest. "Quem falou de crueldade? Concordo que achei que já era tempo de vocês pensarem um pouco e que essa era uma boa oportunidade para isso. Admito também que não tinha muita idéia de para onde a estava mandando. Ela disse que não importava. Havia algo que ela queria fazer naquela parte do mundo. Alguém que ela queria ver."

"Claro que você sabia, foi amigo da família Pardoe. Você a mandou para resolver o problema da herança que poderia ser resolvido de forma melhor por qualquer outra pessoa em questão de horas... E no lugar onde a mulher de Charles Tysall se suicidou, sendo depois imitada por ele." Ele mantinha a voz calma. Quando Ernest ficava assustado não era nem um pouco confiável. E a única coisa que ele podia fazer naquele momento era grunhir.

“O que aconteceu com o império de Tysall, pai?”

Ernest bufou aborrecido. “Levará anos para que o problema da herança seja resolvido. O que você entende de negócios, que interesse vê neles? Você gosta de fazer o que faz, perseguir criminosos sórdidos...”

“E que outra coisa era Tysall? A honestidade em pessoa? Ele pode ter sido educado na Eton, pode ter vindo de boa família, mas criou suas empresas com base em idéias roubadas, levou muita gente à ruína, seviciou a própria mulher...”

“Não há provas disso”, resmungou Ernest. “Ele pode ter me falado certas coisas, mas pode ter fantasiado. Não fale mal dos mortos.”

O gato persa pulou da almofada quando Malcolm se inclinou em direção ao pai. Ernest emitia um fraco assobio durante o sono pós-prandial, provavelmente fingido. Malcolm, consciente o tempo todo da vergonha da violência que ele mantinha sob controle pelo hábito de correr doze quilômetros por semana, era humano demais para atacar alguém já inconsciente, embora estivesse tentado a isso. Se pelo menos aquele homem não fosse tão maquiavélico; se pelo menos eles tivessem conversado mais, e não apenas o estritamente necessário; se pelo menos tivessem trocado informações sobre o que acontecera com Sarah imediatamente antes de Malcolm a encontrar. Se pelo menos o filho e a mãe, no interesse da saúde de Ernest, não tivessem procurado protegê-lo de informações que pudessem chocá-lo e assustá-lo, se pelo menos agora não fosse tarde demais...

“Estou pensando em Sarah, não nos desgraçados dos seus clientes”, resmungou Malcolm, mais para si mesmo. “Porque ela me ensinou sobre o amor, pai. Foi isso o que ela fez. E não estou falando apenas de sexo; estou falando de amor.”

Ernest acordou com o sobressalto de um sonho, passando a mão na barriga.

"Torta. O problema é esse. Um pedaço de torta", murmurou ele.

"O que você disse?", perguntou Malcolm. "Eu estava falando de Sarah."

"Eu também, mas o que eu disse é que não devia ter comido aquela torta. Estava ácida demais", murmurou Ernest, ainda afagando a barriga. Ele olhou defensivamente para o enteado.

"Sabia que sua lealdade para com os clientes é ridícula?", disse Malcolm. "Você leva esse princípio ao extremo. Pensei que estivesse curado. Se Tysall estivesse vivo, por exemplo, você me diria?"

"Não", disse Ernest. "Ele não está, nem eu lhe diria se estivesse. Não, para que você não fizesse o que estava tentando fazer. Processá-lo por fraude quando a única coisa que fez foi roubar idéias dos outros. Uma prática capitalista perfeitamente válida. Eu não poderia deixar que isso acontecesse com um cliente meu. Nem mesmo um cliente morto."

Malcolm mais uma vez sentiu os dedos formigar com a terrível tentação, fazendo-o cerrar os punhos e deixando-os junto ao próprio corpo. O vulto da mãe de Malcolm ficou paralisado no vão da porta, sentindo-se totalmente desamparada. Depois de todo o trabalho que ela e Sarah tiveram, lá estavam eles, pai e filho, de volta às escaramuças, com amor, esse artigo volátil e perigoso, enganoso como sempre.

"Está vendo? Gosto disso, sabe?" Rick berrava acima do barulho. "Quero dizer que gosto e pronto. Talvez porque seja a única coisa que conheço, mas gosto disso. Não podia ser de outra forma."

"Posso tentar?"

"Claro que sim. Pena que Stonewall não esteja aqui. Ele é que é craque. Qual desses você quer? Experimente este, é muito bom mesmo."

Sarah não estava confusa com a escolha, apenas com o barulho ensurdecedor que dominava o ambiente, um som de blip, blip, blip, explosões, rajadas de metralhadora, vozes eletrônicas dando ordens, sons abafados de dezenas de bombas e de moedas caindo. Num dos canto do grande salão, a geração mais velha jogava bingo, uma fileira de cabeças grisalhas com bolsas ao colo, ouvindo, com a mesma circunspecção de fiéis numa igreja, uma voz que ecoava através do microfone. "Número vinte e dois, dois patinhos na lagoa; número dez, comer pastéis..." Acima deles estavam pendurados os extravagantes prêmios que os faziam concentrar-se como se suas vidas fossem se transformar por causa dos ursos verde-amarelados, bonecas brilhantes cor-de-rosa, esqueletos de plástico, quebra-cabeças e, na fileira de cima, empoeirada sob a luz inclemente, abajures de latão e vidro com cúpulas de náilon e enfeites de mau gosto, vasos brilhantes, conjuntos de copos baratos, ursos de pelúcia maiores, com laços, gatos de cerâmica sorridentes com olhos brilhantes, sendo que nenhum deles valia o preço de três fichas para um jogo nem a cobiça que inspiravam.

Sarah sentou-se num apoio tão confortável quanto um assento de bicicleta, introduziu uma moeda de cinqüenta centavos na máquina e viu um homem mascarado correr rua acima, na tela a sua frente. Janelas se abriam dos dois lados; os inimigos jogavam bombas na cabeça dele, apareciam nas portas com o único objetivo de assassiná-lo. Apertando um botão e puxando uma alavanca numa antinatural façanha de coordenação, mandava-se os assassinos para o espaço e salvava-se o fugitivo dos milhares de gângsteres. Ela fracassou redondamente: ele morreu em poucos segundos, numa grande explosão, mais barulhenta que tudo o mais. FIM DO JOGO, dizia a tela.

"Você viu como se saiu nesse jogo", gritou Rick em seu ouvido. "Péssima! Quer tentar o outro?"

À sua esquerda, um menino com o corpo tenso, as mãos movendo-se tão rápido que mal podiam ser vistas, os olhos hipnotizados por monstros verdes que banhavam seus cabelos com a mesma cor, a tela emitindo o rá-tá-tá de um rifle e sons surdos de uma agonia incruenta e artificial.

"Não, obrigada. Aonde a gente pode ir tomar ar?"

"Por quê?", gritou ele.

"Só tem isso?"

Ele sorriu. "Não é o bastante?"

Ele gostava do barulho, mas entendeu o recado, levou-a para os fundos do fliperama onde ainda era preciso levantar a voz para ser ouvido, embora um pouco menos. Ela ficou temporariamente cega e surda. A luz era feérica, o carpete se estendia por duas ante-salas, uma contendo uma mesa, cadeira, pia, chaleira, caixas de papelão e sinais de abandono, a outra, mais máquinas, amontoadas de qualquer jeito, desligadas, estranhamente sem vida, encostadas umas às outras. Elas a fizeram pensar num cemitério.

"Mortas", disse Rick. "Não gosto de olhar para elas. Algumas estão quebradas. A maioria, fora de moda. Elas mudam o tempo todo. Nada dura muito. As crianças as dominam, querem outra coisa. Não gosto de ver as máquinas mortas. Fico na parte da frente. Não há mais nada para lá, só um quintal. Ele abriu uma porta por trás das máquinas silenciosas. Os restos evanescentes da luz do dia, que marcavam a transição do final da tarde para a noite de verão, eram um pouco chocantes depois do brilho das telas. Banhado por aquela luz, Rick parecia exausto. As contusões se apagavam sob a luz do fliperama; aqui fora, elas toldavam seu belo rosto. Um rapaz atraente, dez anos mais novo que ela. Seu rosto não merecia ter nem uma marca. O mundo devia ser dele, bastando que pedisse: ele devia ser cheio de sonhos.

Depois de uma hora num pub chamado The Globe, ele se oferecera para mostrar-lhe o fliperama — ou fora ela que pedira? Ele não conseguia lembrar; esquecera também de como se preocupara com aquele convite insensato feito pela manhã, quando ela fizera seu trabalho doméstico, simplesmente gostando de estar onde estava, com ela, desejando de certa forma que todos os seus conhecidos, a não ser Jo, é claro, os vissem. O que de fato aconteceu, dando margem a muita fofoca no dia seguinte e a muitas explicações ao pobre Stonewall. Olhando as estrelas visíveis do quintal do fliperama ele se sentiu triste de repente, desolado, solitário, desejando pôr tudo para fora, contar-lhe coisas que nunca contara a ninguém. Além disso estava com sono, as costelas machucadas e ressentindo-se de ter levantado tão cedo. Devia ser a cerveja, o estranho silêncio, o perfume. Ele deslizou pela parede até chegar ao chão. Ela se agachou a seu lado.

"Desculpe", disse ele. "A coisa está fazendo efeito, está vendo?"

"Você está pálido, Rick."

Sem pensar, ele procurou a mão dela. Devia estar bêbado.

"Você é bonita, sabe? Por que falou que queria sair para tomar um drinque? Você disse que sonhava com um passeio à beira-mar, mas olhe só pra mim, estou um bagaço."

"Um belo bagaço. Este lugar está cheio de amigos seus."

Ele tentou levantar-se. "Acho que esse é um bom motivo para sair por trás. O que preciso é de uma xícara de café. Moro aqui perto. Boa noite. Desculpe."

"Eu também gosto de café."

* * *

Sentia-se um pouco envergonhado de andar furtivamente pelo beco por trás do quintal do fliperama em sua noite de folga, subindo a rua para Swamp Cottage, deixando-a entrar com ele para ver o lugar onde morava. Pequeno, com um aspecto meio desleixado, mas limpo; ele era bom em limpeza, e em nada mais. Estranha a maneira como ela tomava as iniciativas sem parecer mandona, exatamente como fizera naquela manhã. Fez sanduíches de queijo quente sem perguntar onde estavam as coisas, incrível. Podia-se pensar que ela já estivera ali não sei quantas vezes; era como estar com Stonewall, mas não exatamente a mesma coisa. Estava mesmo precisando comer alguma coisa, o que ele esquecera de fazer durante todo o dia. Um dia inteiro com as narinas cheias do cheiro de cebolas de hambúrgueres ou sorvete com flocos de chocolate por cima; um homem esqueceu de comer, explicou ele. O quarto voltou ao foco; apesar do sofá rasgado e tudo o mais, ainda tinha orgulho dele. Gostava do jeito como ela comia, dedos longos, comendo em pequenos bocados, e continuava com vontade de abrir o verbo. Não fora um bom negócio para ela, fora? Ela queria dar uma olhada no mar, conversar sobre os Pardoe e ele só falara de si mesmo. E de Jo. Esquisito ele não ter sentido aquilo como uma traição, falar sobre Jo. Foi legal ouvi-la contar que Jo se aprontara para sair com as garotas. Não com outro sujeito. Esse era o assunto quando a sala voltou ao foco com uma nitidez impressionante. Ele estivera falando de Jo por vinte minutos.

"Por que Edward me mandou dar o fora?", perguntou ele em voz alta.

"Edward? Foi Julian. Você disse isso a ela."

Ela era exatamente o que parecia: uma mulher atenta Não era preciso explicar nada, que todos os seus pensamentos confusos, embriagados e embaralhados ela organizava para você.

"Não. Conversei com ela um dia. Contei que o irmão me mandou cair fora. Estava me referindo ao Edward, claro. O Julian é legal. Ele não faria isso. Ele não ameaçaria ninguém que estivesse com o aluguel atrasado, da mesma forma como o pai não o faria. Edward me disse para cair fora ou eu seria despejado. Não que tivesse necessidade disso. Eu amo a Jo, sabe? Brincamos juntos desde que éramos crianças. Imagino que ela esteja sofrendo, mas de que adianta? Não sirvo muito para uma gata como aquela, sirvo? Mesmo gostando dela. Mesmo que eu a queira tanto que penso nela o tempo todo."

"Por quê?"

De toda aquela conversa confusa, aquela era a única parte que ela parecia não entender, ela que encaixava direitinho cada coisa que ele dizia, mesmo enquanto ainda estava falando; ela devia ter entendido essa parte, mas como? Por Deus, ela sabia quase toda a história de sua vida: o fliperama, seus sonhos, todos, menos o maior deles. Ela fora mais do que perfeita, levantara seu moral com todo mundo, inclusive com seu pai, que estava sentado no canto do bar de boca aberta, bem feito para ele, e ela ainda não sabia de nada. Não sabia que ele ainda era virgem, na sua idade, o único incapaz, por medo do fracasso, e mesmo depois de esforços impotentes, para fazer outra coisa além de bolinar.

"Por que você não serve de nada para Jo?", ela o lembrava delicadamente.

"Levei muitos chutes de meu pai!", gritou ele, alto o bastante para se fazer ouvir acima do barulho de milhares de vídeos cheios de mortes computadorizadas e heróis escandalosos. "Ele acabou comigo. Eu acho." Rick estava segurando a mão dela novamente, não sabia por quê, parecia não haver passado muito tempo desde que o fizera pela primeira vez, deslizando pelo muro do quintal, e depois ali, um ou dois minutos antes que o foco de seu próprio quarto voltasse, continuando a segurar. Ele sentia o cheiro dela, queria o cheiro dela. Queijo, torrada, perfume. Mangas compridas de um tecido que ele gostava de tocar, lembrando camurça. Lá estava aquele pedaço de mulher, vendo-o chorar feito um menino. Exatamente como Stonewall fizera na praia naquela tarde, quando vira a maré arrastando a coleira de sua cachorra, como se precisasse de uma confirmação de que ela estava morta.

Ainda de mão dadas, ele e a gata, sentados no sofá, em meio a todo aquele desespero e vergonha. Ela fazendo outra coisa, tocando em outra coisa, falando pouco, encostando seu queixo no dele e, pequena como era, podia com certeza olhar em seus olhos e gargalhar. Só que ela não estava fazendo isso. Sorrindo mas não rindo, ela estava fazendo outra coisa. Parecia ter perdido a blusa. Havia pequenas e bonitas marquinhas nos braços dela, como uma série de tatuagens sem sentido.

"Chutes", ele a ouvia dizer como se estivesse distante, "não fazem mal. Um homenzarrão feito você."

Ele pensou no homenzarrão que ele e Stonewall tinham encontrado, bem-dotado feito um jumento, a pele tão branca, tão morto quanto seus dotes. Aquilo fora mais importante para ele do que qualquer marca feita pelas botas do pai, e ele tinha certeza de que aquilo nunca mais aconteceria. Nunca, nunca mais, aquelas duas mágoas.

Mais tarde ele se perguntaria como perdera ao mesmo tempo o medo e a virgindade naquele sofá afundado, de segunda mão, com o estofo saindo pelos rasgões. Gostaria de poder lembrar dos detalhes, lembrar deles para examiná-los.

Rick acordou, admirando a si mesmo pelo que sabia ter feito pela primeira vez em seus vinte e um anos. Trepou com uma mulher, devagar, maravilhosamente. Alguém que o deixara com o lençol puxado até a altura do queixo, os pés livres dos sapatos, a cabeça apoiada, uma nuvem de perfume e um sentimento de orgulho que era só dele.

Edward deitou-se ao anoitecer e dormiu. Ele podia ter ido pescar, mas não foi. Pescar para provar que conseguia fazer algo, ou para agradar o falecido pai ou simplesmente para exercer poder sobre os peixes — não sabia qual desses motivos. Era um vício. A velha colcha de seda estava dobrada, o espaço ao seu lado vazio e frio. Desde que a pequena Joanna passara a se enfiar toda manhã em sua cama para acordá-lo num verdadeiro festim de inocência, um hábito que ela cortara por iniciativa própria há muito tempo, Edward acordava na expectativa de encontrá-la a seu lado. Ela se insinuara em sua cama numa fase perigosa para um garoto que era ridicularizado na escola, atormentado pelos próprios hormônios e repreendido em casa por sua preguiça. Ele simplesmente a deixara gravada em sua mente e impressa em sua pele como a única garota desejável do mundo, ensaiava em sonhos seu próprio papel no ato de deflorá-la, imaginava a satisfação e os gemidos da irmã e a paixão submissa que se seguiria. Ele via a ambos, ela loira e roliça, ele moreno e magro, copulando na areia das dunas, cavalgando um no outro, depois correndo nus pelo trecho de praia de sua propriedade. O resultado era que ele tinha que se levantar, aborrecido, para trocar os lençóis.

A luz se fora. A casa de bonecas estava coberta. Edward agora estava de pé, com seu cavalete diante da janela. Uma folha de papel esticada numa moldura mostrava, sob a luz, parte de um mapa da região copiado em escala maior. Em vez dos caminhos e símbolos indicados, ele desenhara os próprios sonhos. Os pinheiros ao longo da costa formavam uma floresta de minúsculas árvores marrom-escuras. As trilhas eram margeadas por amoreiras-pretas, carregadas de minúsculos frutos. Havia inovações mentirosas na sua versão do mapa, como por exemplo o fato de a igreja da aldeia ser de um branco mediterrâneo, os campos da cor do milho, os jardins cheios de palmeiras. Ele deslocara o cemitério para mais perto da costa, pintara figuras semi-humanas de cores berrantes, que imitavam sua mãe, dançando e cavando os próprios túmulos; desenhou as casas da rua principal em estilo georgiano, de proporções perfeitas, em lugar das cabanas disformes e irregulares. Sob sua regência, a aldeia e a orla tornaram-se um lugar elegante. Tudo aquilo era uma visão esquiva e fugidia, como a linha de pesca que ele lançava, como o peixe que sempre deixava escapar ao puxar para a terra, por mais desesperadamente que tentasse, por mais caros que fossem os equipamentos. Como Jo.

Talvez aquilo fosse apenas uma visão que ele não substituía por pura preguiça. Tamanha dedicação. Sanduíches todos os dias, quer precisasse quer não, uma bolsa de água quente em sua cama à noite, as camisas passadas a ferro, os pincéis limpos, até as iscas mantidas a seu alcance, uma criança buscando sua aprovação em tudo. Mas isso era a outra Joanna. Não aquela que estava se pavoneando naquela noite, não a garota que o deixava escolher suas roupas infantis, mas que agora estava imune a suas críticas e parecia poder parar uma festa simplesmente assomando à porta. Vestida com as roupas de quem? Com as roupas de Sarah Fortune. A criada, a quem Joanna se referira anteriormente chamando-a de vaca, de repente transformada em amiga, confidente e agenciadora do seu glamour, tudo isso num único e terrível dia.

Edward abandonara qualquer pretensão de pescar. Ele fuzilara sua sorridente mãe com um olhar assassino quando ela se despedira de Jo com um aceno. Sabendo o quanto ele era capaz de agredi-la, a mãe riu mais, fugiu para a cozinha, depois para a cama, enquanto ele se dirigia ao próprio quarto para cismar até anoitecer, o que estava acontecendo naquele momento, quando começou a sentir fome.

A Joanna de sempre não sairia de casa sem deixar alguma coisa para o jantar. Só para ele, e ninguém mais. Não para o irmão dele.

Eles trombaram na porta da cozinha, ambos procurando o interruptor, ambos recuando às pressas.

"Desculpe, Julian. Não sabia que você estava em casa."

"Desculpe, Ed."

Ambos procuravam comida, mas raramente a companhia um do outro, que evitavam o máximo possível, a não ser no café da manhã, no jantar e nos raríssimos lanches tarde da noite que poderiam ser necessários depois de mais uma daquelas refeições experimentais preparadas por Jo. Tais hábitos alimentares faziam Joanna reclamar que nunca podia ter comida de reserva na despensa, nunca sabia direito o que tinham.

Julian estava olhando o jornal no chão da despensa. As iscas de Edward ocupavam um lugar de honra, porque pertenciam a Edward; anzóis nas gavetas da mesa da cozinha, molinetes e tralhas por toda parte. Julian não conseguia olhar para os pacotes sem imaginar os vermes mansos dentro deles. Arenícolas, minhocas, anelídeos brancos: eles podiam viver alguns poucos dias no jornal, mas Edward sempre guardava iscas em excesso, como se o fato de obtê-las e deixá-las morrer aumentasse suas chances. Sempre que Julian passava por elas não deixava de se perguntar por que tantos homens civilizados que ele conhecia se davam ao trabalho de pegar uma minhoca e espetá-la num anzol, que se cobria de sangue, para tentar pegar linguados que poderiam comprar com a maior facilidade.

"Seria bom que você não deixasse isso aqui, Ed", disse ele, disfarçando a irritação.

"Elas não podem sair do pacote, você sabe. Se quiser, posso colocá-las em outro lugar."

Edward estava tendo uma atitude conciliatória e mesmo bem-humorada.

"Aceita um drinque, patrão?"

"Sim", disse Julian, surpreso de aceitar só porque queria de fato o que Edward lhe oferecia, um único gole de um uísque de qualidade duvidosa que fez sua boca se contorcer. Julian não costumava ter bebidas à mão: no passado aquilo fora perigoso: não curava nenhum mal, transformava insônia em pesadelo.

"Onde está Jo? E mamãe?", perguntou ele, não porque quisesse saber, mas simplesmente para dizer alguma coisa.

"Mamãe está nos braços de Morfeu. Jo saiu já faz algum tempo. Eu a vi quando cheguei, aliás, queria dar uma palavrinha com você sobre Jo. E sobre nossa ilustre advogada." Edward praticamente cuspiu as últimas palavras.

"Ah", Julian estava alerta, acostumado a desconfiar de tudo o que Edward dizia, principalmente quando falava sério. Ele sempre podia dar a Edward sua septuagésima sétima chance, mas desde a infância o menino jamais deixara de ser mentiroso e falso, coisa que Jo simplesmente se recusava a admitir, ao passo que ele via o tempo todo, assim como sua preguiça. Vamos com calma, disse Julian para si mesmo, mamãe sempre mimara o garoto, enquanto que papai parecia ter desgostado dele desde que começara a andar. Podia negar-se a ser enganado mais uma vez, mas não recusar a chance de conversar sobre a senhorita Fortune, ainda que de forma muito indireta. A mesma criatura inquieta que ele vira, minutos antes, quando passou pelo fliperama, sentada num banco alto como um dos garotos, jogando no maior entusiasmo, assistida por um sujeito qualquer. A cena lhe dera o mesmo sobressalto de reconhecimento da noite anterior, quando ela aparecera no vestíbulo. Era demais para sua avaliação inicial: a mulher era de terceiro escalão, uma vaca tonta... A violência de sua própria descrição muda assustou-o pela evidente grosseria. Ele só estava querendo arranjar uma desculpa.

"Escute, Julian", dizia Edward, "eu simplesmente não gosto dessa mulher. Ela é sedutora demais para não ter uma influência negativa."

"O quê? Sobre você?", gracejou Julian.

"Não. Sobre a Jo." Julian esperou que ele explicasse, enternecido com a expressão grave e pensativa do irmão. Talvez eu o julgue mal, não devo ser tão duro com ele.

"Quando eu estava chegando em casa esta noite, vi nossa mana saindo, contente da vida, se exibindo para mamãe. Vestida com a roupa da procuradora, entendeu? Toda de preto, como uma prostituta de luxo. Essa não é a Jo. É outra pessoa. No fundo ela ainda é uma criança."

É isso que você quer que ela continue sendo, pensou Julian tortuosamente, de certo modo contente. Quantas vezes ele próprio não aconselhara Jo a se vestir como uma moça e não como uma menininha? Logo afastou esses pensamentos, sabendo que voltariam, querendo suspender sua visão crítica do ressentimento suspeito de Edward, na ânsia de encontrar uma desculpa para livrar-se da visitante, só porque achava que ela perturbava a ordem das coisas. Nos olhos de Edward havia um brilho de sincera desonestidade, a malícia de sua própria e estranha depravação; Julian decidiu ignorar tudo aquilo. Passou a mão na testa.

"Desculpe, foi um dia muito longo e difícil. Acabei de passar na casa da senhorita Gloomer. Ela foi roubada, coitada. Algum veranista filho da puta. Um pão e a bengala: patético. Ela disse que foi um fantasma, mas acho que foi influenciada pelas fofocas. Um homem de cabelos brancos: ela o viu fugindo, não podia se mexer. Como não quis um sedativo, receitei xerez; fiquei com fome. Mas você estava falando de Sarah Fortune..."

Edward estava um pouco ruborizado, engolindo depressa, mas não costumava ficar embaraçado por muito tempo.

"Acho que, visto que precisamos de um advogado, devíamos arranjar outra pessoa. Essa é muito... subversiva. Impertinente, entrona. Ela faz mamãe ficar histérica de excitação e Jo virar xiita."

Eles olharam um para o outro num momento de rara cumplicidade.

"Também acho. Amanhã vamos falar com ela."

"Ótimo." Edward já ia saindo.

"Ed? Precisamos conversar mais, talvez não adiante de nada, eu sei, mas também sei que você sente ter sido maltratado, e sinto muito por isso. Esse ano não foi nada fácil."

"Não", disse Edward, terrivelmente surpreso e comovido. "Não, não foi."

O fantasma de cabelos brancos e aspecto humano até demais não foi além do jardim do terreno diminuto da senhorita Gloomer. Isso lhe permitiu ver o doutor entrar e sair, esperar a poeira baixar, sentar-se na terra ainda quente e comer o pão em grandes bocados, três fatias de cada vez, transformando-as numa massa e engolindo tudo ao mesmo tempo. Ele seria capaz de matar para conseguir os serviços de um dentista em seus molares. Imaginava que era um pouco perigoso permanecer onde estava; tinha outras coisas a fazer, a cabana da praia que ele escolhera para dormir ficava muito longe. Fazia um ano que não dirigia um carro, não ingeria uma refeição decente, não entrava numa loja nem olhava ninguém nos olhos. Sentia-se roído por dentro e aquilo o manteria vivo, enquanto durasse a corrosão.

Um ano que voara, ou antes sumira, desde o dia em que fora arrastado pela maré. Deixara-se flutuar na água fria e sob o sol quente que o salvou, surpreso até a indignação pelo fato de ter chegado sua hora. Fora astucioso em meio à maré, mexendo-se o menos possível, economizando forças para uma arrancada em direção à praia, a oito quilômetros de onde partira. A nudez em que se encontrava, a libertação que conseguira, fê-lo correr em busca de algo com que se cobrir, esconder-se numa igreja semi-abandonada enquanto levantava os braços fazendo gestos blasfemos contra Deus, demonstrando seu orgulho de ter conseguido passar a perna até no oceano. Sentia-se onipotente e livre, com uma tremenda vitalidade, em perfeita sintonia com a planície selvagem da orla marítima, caminhando por ela como um rei que inspeciona seus domínios.

O jornal, comprado com dinheiro roubado, pois roubar sempre era fácil, informou-o de que estava morto. Gostou de saber que um estranho, pelo visto, tinha morrido em seu lugar; isso lhe fortaleceu a sensação de que poderia fazer o que lhe desse na telha. Era como se ganhasse poder sobre a morte de outro homem. Qualquer investigação que se fizesse sobre sua própria vida com certeza caducaria com a mesma rapidez. De repente lhe pareceu uma excelente idéia continuar morto. Ele poderia fazer o que tinha de fazer com toda a calma, depois se apresentar e reassumir seu lugar, como uma fênix renascida das cinzas, surpreendendo a todos. O homem dissera a Edward que estava de férias, mas o tempo voava naquela terra do esquecimento, enquanto ele se embriagava de tempo, andando pela costa ou pelo interior, esgueirando-se da aldeia para a cidadezinha, dormindo a maior parte do inverno. Cada dia parecia um minuto. Na primavera, Merton o chamou. Tinha ficado muito tempo à toa: havia um trabalho a fazer. As lembranças também mudaram sua perspectiva, todas, menos uma.

Quem a enterrou? Quem tocou nela, quem a enterrou? E ali, sob a luz que saía pela porta da senhorita Gloomer, estava o inimigo. Um inimigo afável, falando delicadamente com a moradora, mas ainda assim um inimigo; e em seus próprios bolsos estavam as provas, tiradas da gaveta da escrivaninha do consultório.

Uma hora depois ele saiu. Com a mesma indiferença de um convidado que de repente tivesse lembrado da hora, esgueirou-se pela rua principal, desceu por uma viela e entrou no quintal do fliperama. A porta de trás cedeu com a maior facilidade: não havia nada de atraente num quadrado de pedra cheia de musgo, salas abafadas com máquinas silenciosas postadas como sentinelas. Sentiu-se mal, arrotou na escuridão. Ele via a si mesmo sendo caçado através das dunas e no mar; o mar se fechando sobre sua cabeça e nenhum barco nas proximidades. Ele via a matilha que o perseguia sendo conduzida pelo menino com o cachorro que o seguira, ficara ao seu lado e comera parte de sua preciosa comida com a mesma rapidez furtiva com que ele próprio o fazia. Uma cadela vermelha; a afronta saltara para a ponta dos seus dedos, em volta do pescoço do animal, que ganiu quando ele cortou sua garganta com um pedaço de vidro de garrafa achado na praia, tendo antes desafivelado a coleira para poder segurar melhor. Era uma loucura exercitar-se daquela maneira, mas ele precisava daquilo para o caso de suas forças o abandonarem. Como uma mulher ruiva, ela escorregou de suas mãos e caiu no chão, ainda respirando. Ele pensou em lápides, na cor vermelha, em nogueiras espalhando seus tentáculos sob um corpo sepultado, desejou que todas aquelas cores saíssem de sua mente, mas nem por um momento duvidou de sua própria lucidez.

> [...] *e todos*
> *Receberiam dela sua aprovação*
> *Ou pelo menos um rubor.*
> *Ela agradecia aos homens — ótimo*
> *Mas de certa forma o fazia*
> *como se considerasse*
> *minha dádiva de um nome de novecentos anos,*
> *mais uma entre os presentes dos demais.*

Sua Porphyria e a última duquesa de Browning embaralharam-se em sua mente.

O ar estava puro e cálido; Sarah estava começando a reconhecer o som da mudança da maré, o toque musical das alabardas dos barcos em canais longínquos, o grasnido noturno das gaivotas, o fato de que não existia o que se pudesse chamar de silêncio total, apenas os ruídos abrandados de uma vida intensa. Ela começava a se acostumar a caminhar, preferindo não usar o carro, mas durante todo aquele tempo que lhe parecia um ano, não um dia, ainda não vira o mar aberto. Apenas os canais silenciosos próximos ao cais gorgolejando em segredo, correntes que avançavam terra adentro, intrigantes, belas, misteriosas, e mesmo assim insuficientes para satisfazer seu desejo de um vasto céu azul, uma região selvagem cortando uma poderosa massa de água.

De acordo com seu mapa, a costa de Norfolk era cheia desses recantos. Amanhã, os Pardoe teriam de esperar, se é que já não tinham decidido mandá-la embora; por aquela noite, ela estava ligeiramente eufórica. A maré estava baixa, mas começava a encher; dava para sentir isso. Ela podia respirar, sentia-se plena. Atrás dela, um menino dormia profundamente; bons sonhos, meu jovem, hoje e sempre.

Na escuridão da noite, estava segura ali. Fora do chalé, onde as roseiras se aglomeravam junto à porta com uma certa tristeza, batidas pelo vento do mar do qual ainda não sentira o bafo quente, Sarah olhava a paisagem isolada como olharia se estivesse em casa. Aquele carneiro maluco estava pronto para saudá-la, fazê-la sorrir, dando-lhe pequenas marradas enquanto ela abria a porta e tateava à procura do interruptor. Outra coisa que ela agora sabia: não existe algo que se possa chamar de escuridão total.

A luz elétrica era forte demais. No soalho da pequena copa ela deparou com uma dúzia de minhocas, carne enlameada jazendo inerte sobre uma folha dupla de jornal. Estavam preguiçosamente enroscadas umas nas outras, como a cabeça de Medusa. Uma delas se mexia devagar; as demais com toda certeza estavam vivas, mergulhadas na inércia ou morrendo.

Tinham sido colocadas ali para fazê-la gritar, mas fizeram com que a bile lhe subisse à boca, provocando sufocação ao invés de gritos, e então o carneiro a salvou. Harry se enfiou pela pequena abertura por trás dela impedindo que recuasse, cheirou a massa informe de carne vinda do fundo da terra com todos os sinais da mais completa indiferença e arrotou ruidosamente. O coração de Sarah, que aos seus próprios ouvidos batia descompassado, foi voltando pouco a pouco ao ritmo normal. Sua pele estava quente; a vida voltava a fluir e, com ela, a lembrança do bem-estar com que voltara para casa e uma leve sensação de ridículo. Ela não viera de tão longe nem vivera tanto para se deixar assustar por um punhado de minhocas. Ansiava pela vida no campo e agora podia experimentá-la.

Desviando os olhos, os dentes cerrados para evitar a náusea, ela conseguiu achar um balde de plástico, pegou as pontas do jornal úmido e jogou tudo dentro. Saiu, foi até a estrada e lançou o balde o mais longe que pôde. Houve um ruído surdo e um barulho de água; ela ficou incrivelmente contente. Depois encharcou o soalho de água sanitária. Só então permitiu-se sentir raiva.

Uma luz acesa na casa, no outro extremo do gramado; uma luz na porta da frente, exatamente fronteiriça com a sua, e outra que brilhava nos fundos. Havia dois carros: quer dizer então que Jo estava em casa, como era de se esperar, pois já eram duas da manhã. A raiva fez com que Sarah cruzasse a grama úmida que lhe roçava as pernas nuas, grudava em sua saia, retardando seus passos. Quando chegou à janela de trás da cozinha, estava hesitante e furtiva.

Eles constituíam uma família de gente caseira que ia dormir sob a guarda dos carros estacionados em frente. Mas nem todos. Pela janela da cozinha Sarah viu Ratinho Pardoe sentada à mesa. Sem vestido de baile, sem bocas-de-leão, sem jóias, sem nada além de um roupão de dormir e óculos, parecendo a rainha-mãe sem o chapéu e com o mesmo espírito de lucidez concentrada. Estava comendo um sanduíche com certeza feito por ela mesma, lendo o *Guardian*, perfeitamente concentrada. Não havia nada daquela teatralidade, da extraordinária pompa, do sorriso eterno.

A senhora Pardoe virou uma página e dobrou o jornal com a mais perfeita coordenação, bebericando um copo de vinho com toda compostura. Ela se virou para colocar a pesada chaleira no fogão Rayburn, esfregou as mãos e continuou lendo.

Como mulher, Sarah não sabia o que era prudência. Mas enquanto senhorita Fortune, advogada, sabia muito bem o que era isso. Ela voltou para o chalé.

6

Joanna estava saltitante como um grilo. Passou à toda pela cadeira de Edward na mesa da cozinha sem beliscar suas bochechas, e foi em frente.

"Você chegou tarde ontem à noite", disse ele numa rude acusação.

"É mesmo? Nem tanto. Ah, que bom que hoje é sábado, não acha?"

"O que é que tem de bom no sábado?"

"As coisas se desanuviam, como diz Caroline, mas isso é porque ela arranjou um emprego. Talvez eu deva arranjar um também. Caroline diz que pode me ajudar nisso. Ela diz que isso distrai. Bem, de qualquer forma, preparei seus sanduíches para o caso de você ir pescar ou fazer outra coisa. Vou sair para fazer compras, o dia inteiro..." Ela virou as costas, já perdendo o fôlego.

"Pensei que você fosse comigo. Escute, desculpe-me por ter rido de suas roupas finas ontem à noite."

"Tudo bem. Não tem problema. Preciso ir, tenho muito o que fazer."

Essa nova e inédita independência, sua ruidosa valentia, palavras pronunciadas com ousada resolução, pés de chumbo ao volante e uma impaciência subjacente para o caso de ele se incomodar, tudo isso o atingiu como um vento gelado.

"Ed", disse Joanna, "o que você andou comendo aqui ontem à noite? Não sobrou nada."

"Minhocas", disse ele sombrio. Detestava ser chamado de Ed.

"Fritas ou grelhadas?"

As minhocas o estavam incomodando, e incomodaram ainda mais quando se sentou na cozinha e olhou o sol entrando pela porta. Pegar as iscas do chão da despensa num impulso de perversidade era algo de que se arrependia ligeiramente, como alguém que se excedesse um pouco na bebida.

Tudo, inclusive o sono, conspirava contra ele, e a única coisa certa era o fato de Stonewall continuar deixando as iscas, todas as manhãs, bem cedinho. Edward tinha vontade de urrar. Ele detestava a mãe e Julian desde que se entendia por gente, estava acostumado a receber manifestações de desagrado desde que começara a fazer aquelas brincadeiras sem graça, não muito diferentes da que fizera com a convidada, mas não estava se sentindo bem com aquilo. O homem de cabelo branco não devia ter roubado a bengala da senhorita Gloomer; Jo não devia agir de forma tão independente; Julian não devia ter posto a mão em seu braço nem dizer que sentia muito. Agora, a qualquer momento, a mãe poderia descer as escadas e lhe dar um beijo, e todo o confortável edifício do ódio que construíra começaria a ruir.

"Escute", disse Jo, jogando uma mochila no colo dele. "Você faz um favor pra mim? Devolva isso a Sarah, quer dizer, à senhorita Fortune, e não fique com essa cara de tonto. Diga-lhe que agradeço muitíssimo e pergunte se quer vir jantar conosco hoje."

"Julian deixou bem claro que não", disse ele ríspido.

"Gosto de Sarah e eu também moro aqui."

Ainda que aquilo fosse um pouco incômodo, pelo menos era alguma coisa com que se ocupar. Atravessando o gramado, Edward torcia para que a senhorita Fortune já tivesse arrumado as malas e ido embora, pois se ela estivesse partindo por sua causa, ele não sentiria novamente aquela estranha compulsão de se desculpar.

A meio caminho no gramado pôde ver que o carro dela não estava lá. Continuou andando, olhou pelas janelas do chalé que, pelo visto, alguém tinha limpado. A sala tinha outro aspecto. Havia um buquê de flores na pia; mais adiante, passando a cozinha, notou um xale colocado sobre o sofá sujo. O carneiro Harry guardava a porta, balindo alto. Edward lhe deu um chute, e sentiu o pé afundar na lã, enquanto ele pulava para longe, ágil naquele tipo de manobra, acostumado com as suas ocasionais tentativas de agressão. Ele deixou a mochila com as roupas junto à porta torcendo para que aquele bicho esquisito as comesse.

Ele poderia sair e ficar pescando o dia inteiro com os sanduíches que muitas vezes jogava no lixo. Será que devia procurar o homem na praia naquela manhã, adiantar o plano para se livrar de todas as limitações que a família lhe impunha? Dar-lhe um presente? Não, já era tarde demais. Melhor deixá-lo esperar. Amanhã ou depois a cadela do chalé terá ido embora e tudo ficará mais claro.

Sarah estava olhando um balcão com bolos e doces. Havia bolo de passas, panquecas, bolinhos de aveia, enormes fatias de pão-de-ló encharcadas de manteiga, todos com aquele aspecto meio desajeitado de coisa caseira. Os doces estavam por trás do vidro no café da rua principal, onde uma garota gorducha se debatia com grossas fatias de sanduíches de pão branco para uma dúzia de fregueses com seus cães tão rechonchudos quanto eles próprios. Mais acima via-se uma vitrine cheia de lã para tricô, uma discreta sugestão do que uma mulher decente poderia esperar fazer em suas longas noites de inverno.

Sarah era uma mulher decente segundo seus próprios padrões, mas raramente fazia um bolo e sabia que era meio esquisita. Trabalho com forno nunca constara de suas obrigações em relação a nenhum dos homens que ela conhecera e aquela consideração encheu-a de uma perversa satisfação.

"Coma um pouco mais", uma mulher estava insistindo com um homem. "Vai lhe fazer bem." Sarah balançou a cabeça, sentido-se leve, com o coração leve. Será que Julian a despediria por falta de tato, será que ela se importaria com aquilo? Sim, ela se importava. Examinara com muito cuidado a lista dos bens dos Pardoe. Eles eram donos daquele café, de um ou dois barcos, um pub, o salão de beleza, o fliperama, metade das lojas, mais de uma dúzia de casas. Na verdade eles eram donos da energia vital da cidade. Poderiam sufocar esse mini-império à beira-mar, incrustado como uma pedra semipreciosa na terra castanho-acinzentada e encharcada.

Sarah estava imaginando coisas; pensou instantaneamente em Ernest comendo bolo decorado com minhocas e esperava que aquilo o chocasse. Pensou em Malcolm recusando-se a comer o bolo e sentiu uma saudade forte, que até então ela conseguira evitar; imaginara-o ali com sua falta de preconceitos, o cão cheirando as sarjetas num entusiasmo criterioso, um animal muito esbelto, comparado com aqueles. Na noite anterior, durante a conversa que precedera a segunda garrafa de cerveja, Rick lhe falara sobre Stonewall e seu cachorro. E sobre como Stonewall ganhava uns trocados cavando iscas para os outros pescarem. Mais tarde ela ficou contente de ter sabido disso, pois ajudara a atenuar o efeito das minhocas no chão.

O café chegou, fraco e insípido, servido em triunfo, sem nada do apelo dos sonhos, mas o paladar de Sarah estava embotado pela indiferença e não lhe restavam sonhos, salvo a persistente visão de uma vida no campo, simples e independente. Ainda com os olhos na impressionante lista, sentiu um acesso de inveja, sem qualquer sentimento de culpa, enquanto refletia sobre o dilema da família Pardoe e sua expectativa de tomar posse de tanta riqueza. Ninguém deveria poder herdar tanto para depois passar a vida de mau humor. Houve um tempo em que Sarah encarava a riqueza como um fim em si mesmo, um instrumento para mudar as coisas e criar uma ponte para a liberdade. Recostou-se na desconfortável cadeira Bentwood, observando as pessoas que comiam sanduíches e desejou estar com fome. Os sonhos eram alimento — da mesma forma que as riquezas — para ser consumido vicariamente, apenas observando os outros usufruírem dele. Se ela mesma não conseguia mais definir suas próprias ambições, quanto mais realizá-las; sem energia para ganhar milhões ou a compulsão de roubá-los, poderia aconselhar os outros no que dizia respeito à riqueza. Como usá-la, como desfrutar dela e, se essa fosse a melhor solução, como abrir mão dela.

Um homem sentado a um canto dava grandes gargalhadas. Usava roupas baratas, enchia-se de sorvete numa alegria ruidosa. Não era rico. Os jovens Pardoe deveriam ser mais felizes que ele, encarando o mundo como um bolo para ser degustado aos poucos, sem ficar enredados em suas confusões pessoais, apáticos, desprezados, amargos. Seu dinheiro era um privilégio, seu comportamento uma afronta, e a qualquer hora os irmãos se reuniriam para mandá-la embora. Uma sombra caiu sobre sua mesa, a moça com o café falando pelos cotovelos. Rick, de pé, as manchas já desaparecendo, abriu um riso largo.

"Só estou de passagem", disse ele. "Queria mostrar ao Stonewall aqui que você não é nenhum fantasma."

"Não tenho a menor dúvida quanto a isso", disse ela afetadamente, enquanto surgiam covinhas em seu rosto, que se abria num amplo sorriso.

"Não", disse ele. "Nem eu", e seu riso ressoou no teto. "Isto é um fantasma, Stoney?"

"Negativo", disse o menino. "E aquele outro também não é."

"Ah", espantou-se ela. "Dois fantasmas?"

Stonewall ficou sem jeito, dividido entre silenciar, um sentimento de perda e o desejo de fazer o que Rick sugerisse. Ele sentia que havia ali alguma coisa oculta que se somava a sua ansiedade costumeira e o constante desafio de fazer com que Rick acreditasse nele e nunca o rejeitasse.

"O que é que você deseja?", perguntou ela. Rick gargalhou novamente.

"Nunca pergunte isso a uma dama, pois ela poderá lhe responder."

"Sorvete", disse Stonewall tristemente.

"Dois", disse ela em tom animado.

Rick se levantou para pedir, nada de ficar sentado esperando educadamente, pois sabia que podia furar a fila só com um sorriso. Ele fez um pouco de pose.

Stonewall olhava para Sarah e Sarah olhava para Stonewall. Tudo certo com ela, pensou Stonewall com desespero, tudo deve estar certo com ela, Rick gosta dela e não se tratava de nenhuma mulher que tivesse visto antes. Por seu lado, Sarah simplesmente o achava bonito.

"É um fantasma", disse Stonewall, quando o sorvete chegou numa enorme taça de vidro, coberta de *wafers* como um navio com todas as velas içadas. "Ele entrou na casa da senhorita Gloomer."

"Eu já lhe disse para ir para casa e ficar lá", falou Rick severamente. O menino ignorou a interrupção. Para que serve uma janela, senão para fugir?

"Eu o vi entrar. Eu o vi ontem à noite e o vi na praia quando estava procurando iscas. Ed Pardoe conhece esse fantasma."

Rick parecia chateado.

"Fale-me sobre isso", brincou Sarah, não muito tranqüila. "Fale-me sobre mim, antes que eu fosse a mortal comum que sou agora. Que tipo de fantasma eu era? O que fiz?" Um grande bocado de sorvete gelado fez Stonewall engolir ofegante. Todo mundo ouvindo: ele podia fazê-los esperar.

"Você costumava ir muito ao médico. Era casada. Com esse outro fantasma, eu acho. O que fica conversando com Edward Pardoe. Você foi atropelada por um ônibus. Aí foi entrando no mar e não voltou. Eu vi você, mas não era você, era outra pessoa."

Stonewall podia imaginar o que Rick ia dizer. Ele ia dizer: Você não devia tomar esse sorvete todo tão depressa, isso deixa você de miolo mole; mas a mulher com aquele cabelo ouvia atentamente, a pele subitamente mais pálida, o que fazia o cabelo ruivo parecer mais ruivo que nunca. A única coisa que Rick podia fazer era resmungar, embora estivesse felicíssimo.

"Por que você não fez nada quando viu o fantasma entrando na casa da senhorita Gloomer, seu bobo?"

Stonewall balançou a cabeça. "Porque minha mãe ia descobrir que eu estava fugindo pela janela, entendeu? Não se faça de tonto." Ele olhou esperançosamente para a taça vazia, o último bocado de sorvete descendo garganta abaixo.

Qualquer outra coisa mereceria uma gratificação melhor de um estranho. Seus olhos se encheram de desespero. Todo mundo era mais importante do que ele.

* * *

Depois que eles foram embora, Sarah apalpou os próprios braços por baixo das mangas compridas da blusa, os dedos procurando instintivamente as minúsculas cicatrizes que adornavam a parte mais roliça dos seus braços. Com o tempo elas irão diminuindo, dissera-lhe o cirurgião com uma alegria exagerada; ninguém vai notar.

Basta. Sábado à tarde, folga do trabalho: famílias, fantasmas, deveres morais e lembranças tristes — não queria nada disso. Ela queria descartar toda a raça humana — sua infelicidade, suas misérias e, acima de tudo, sua presença —, mergulhá-la no mar junto com suas próprias deficiências. Queria, enquanto voltava ao alto da rua cheia de gente, livrar-se de todos os medos na vastidão do oceano pelo qual tanto ansiara. Uma vez dentro do carro, o sol batendo no capô para piorar ainda mais a sensação de sufocamento, ela olhou rapidamente o mapa apoiado no volante, atravessou novamente a cidade e seguiu mais alguns quilômetros. Que costa tão plana e deserta. Ela desejava o que sabia poder encontrar: um lugar totalmente deserto. Um deserto com água, o vazio que andara buscando para curar seu próprio mal-estar.

Ela dirigia em alta velocidade, depois entrou por uns caminhos estreitos em que o capim alto dos barrancos roçava no capô do carro. Mantinha sempre a sua frente a linha da costa enquanto se enfiava por trilhas destinadas a contrabandistas e ornitólogos amadores, até que finalmente a terra acabou. O mapa a levara a um lugar onde ninguém precisava de Coca-cola nem sorvete.

Mais dois carros estavam parados na mesma faixa de terra. Quatro pessoas, agasalhadas apesar do calor, sentadas em cadeiras portáteis, binóculos apontados para a terra, davam a impressão de haver deixado passar a hora do café da manhã e do almoço na espera do pássaro raro que as atraíra; demorando-se ali por tanto tempo, pareciam ter se tornado parte da paisagem. Sarah os ignorou da mesma forma que eles a ignoraram, deixou o carro aberto, bolsa e chaves no banco da frente e foi correndo em direção ao mar. O duro castigo que seu corpo sofrera naquele ano deixou-o magro, elegante, vigoroso. Parou a uns cem metros dos espectadores indiferentes, despiu todas as peças de sua roupa e deixou-as no chão, equilibrou os sapatos sobre elas como um marco, a cor púrpura da blusa de seda brilhando ao sol para guiá-la em seu caminho de volta, depois correu em direção à planície azul. A areia parecia macia como lã e formava vales que eram como veludo sob seus pés. Ela corria sem parar, mas a linha das ondas parecia recuar. Então, quando topou com um estreito canal de água rasa, abandonou a perseguição. A água era suave feito seda e a brisa um silencioso leque. Ficar ali deitada com os membros nus tocados pelo sal parecia-lhe uma coisa natural e, ao mesmo tempo, deliciosamente decadente. O banco de areia funcionava como um sofá, moldado pelo próprio corpo, enquanto a água subia pelo seu pescoço e empapava-lhe os cabelos. Um milionário sibarita pagaria uma fortuna por isso. Enquanto borrifava água no ventre liso e nas coxas, tateou novamente, com um pequeno estremecimento de angústia, as minúsculas cicatrizes brancas do abdômen, que faziam par com as dos braços e das costas e que lhe lembravam larvas. Desejou esfregá-las com areia até que desaparecessem, mas de certa forma eram mais inofensivas na água, e ela não as imaginava mais mexendo-se como vermes numa carniça, devorando sua razão e vontade de viver. O sol era hipnótico; ela não podia ficar triste sob aquele misericordioso brilho, espichada como um gato junto da lareira, cochilando ao som da brisa.

Dez, quinze minutos; ela não saberia dizer por quanto tempo ficou naquela pose felina. Tampouco saberia dizer o que a fez acordar, se o longínquo som de gritos ou a súbita sensação de frio que a envolveu. Quando abriu os olhos, viu a enorme extensão de água a sua volta, lambendo sofregamente seus seios, a água fria subindo acima dos joelhos, puxando de leve como se a convidasse a deixar-se levar. Por um instante sentiu-se tentada a se abandonar como um barco à deriva, mas sentou-se, olhou a massa de água a sua frente, a superfície encrespada pelo vento, enquanto se levantava cambaleante, assustada, desorientada, aturdida como num sonho. Do cimo da elevação em que se encontrava, a faixa do mar, como a ameaçá-la, parecia-lhe mais próxima e mais clara, e o vento em seu rosto, mais forte. Ela olhou para a praia à procura de suas roupas e não as viu; dois vultos minúsculos, ao lado do carro que parecia de brinquedo, acenavam e gritavam como se estivessem aplaudindo um time invisível, dançando freneticamente. Eles pareciam estar muito longe, ao passo que o mar parecia ainda mais próximo.

Ela começou a correr. O caminho de volta não podia se comparar com a descuidada corrida em direção ao mar, quando imaginara a superfície dourada sob seus pés. Agora a areia afundava e se erguia diante dela formando sulcos onde a água se juntava em rios velozes, prendendo seus joelhos como uma criança histérica. O primeiro canal foi fácil; o segundo a fez ofegar e incendiou seu sangue; o terceiro voltou-se contra ela como uma máquina carregada de ódio. Ela não parou para procurar as roupas, foi rompendo a onda que a vergastava com as mãos levantadas acima da cabeça, inclinando-se em sua direção, a maré puxando-a pela cintura até diminuir de repente, como por encanto, no momento em que ela começara a achar que não resistiria àquela luta contra a corrente impetuosa. Os passos tornaram-se mais firmes; ela andava espadanando água na fraca corrente, reduzida a um leve puxão nas panturrilhas, depois subiu um tanto trôpega o declive em direção ao carro. O roçar dos cardos e da grama, que marcava o limite de avanço da água e o início da terra, pareceu-lhe uma bênção. Lá estava a mulher de pé, a correia do binóculo pendurada no pescoço, sapatos resistentes nos pés e lágrimas de aflição nas faces vermelhas.

"Como pôde ser tão estúpida?", gritou ela. "Ele queria ir atrás de você", acrescentou apontando o homem que estava de pé a sua esquerda, trêmulo, apoiado a uma bengala. "Eu não deixei! Ficamos gritando durante horas, ele quase teve um ataque do coração; você não ouvia, eu tinha vontade de matar você!" Então o seu rosto se desanuviou. "Ah moça tonta. Nunca ouviu falar em marés? Você deve ter ficado muito assustada."

Sarah ficou diante dela molhada e trêmula, humilhada e cheia de vergonha.

"Eu devia ter pensado nisso. Desculpe-me por ter dado esse susto em vocês. Obrigada. Vocês me acordaram. Os gritos não foram em vão. Obrigada a vocês dois." O tremor ficou mais forte.

"Suas roupas...", disse a mulher um pouco mais branda. "Sua linda blusa colorida." Esperar que ela não notasse era querer demais.

"Com certeza você vai tê-la de volta", disse o homem, solícito, precisando dizer alguma coisa para controlar a própria perturbação. "Provavelmente elas vão parar no porto, um pouco mais abaixo. Ou em algum outro lugar."

Ela teve uma tremenda vontade de rir; pôs a mão na boca.

"Acho que vou para o meu carro que lá é mais quente."

"Você quer uma manta ou alguma outra coisa?"

"Não, obrigada, muito obrigada."

Ela tinha de entrar, ligar o carro e ir embora porque enquanto não fizesse isso eles iam ficar olhando, não por malícia, mas com uma espécie de preocupação que a deixava ainda mais envergonhada e exposta. O calor do assento do motorista espalhou-se por suas nádegas, a água escorrendo no tecido; o volante aqueceu suas pálidas articulações e através do pára-brisa ela via o mar avançando, marchando terra adentro como um gigantesco exército com brancas alabardas e um silencioso grito de guerra, inexorável, irresistível, o mais primordial dos inimigos. Ficou olhando até o frio diminuir e conseguir flexionar os dedos. De dentro do próprio carro o casal a observava.

Os pneus traseiros do carro de Sarah giraram no cascalho, um som agradável. A volta trepidante, cheia de solavancos, para a estrada principal, deu-lhe vontade de cantar. Pela alegria de ter sobrevivido e pela descoberta que isso implicava.

Primeiro, caso Elisabeth Tysall tenha ficado naquela água, entorpecida, embriagada, drogada, para fazer com que sua morte coincidisse com um abençoado e ininterrupto sono, ela escolhera um método tentador, digno, e isso constituía um certo consolo. A forma como Elisabeth morrera sempre a preocupara. Em segundo lugar, Sarah agora percebia que nunca tivera um desejo de morte tão amadurecido, apesar das inúmeras tentações que a assaltavam. Tantas vezes ela quis morrer. Apanhou um cigarro, acendeu-o com dificuldade, e teve um momento de euforia cálido e selvagem.

Final da tarde de sábado, as pessoas voltavam da praia, passavam pelo carro de Sarah, sem prestar muita atenção mas vendo o bastante para perceber os seios no mesmo nível do volante. E aquilo era outra revelação. A morte e o perigo tornavam as roupas irrelevantes. Um homem afogou o motor do carro e assobiou quando o carro emparelhou com o de Sarah, ambos querendo dobrar à direita. Os filhos dele, no banco de trás, ficaram rindo de constrangimento. Sarah acenou para eles, séria, sorriu ao pequeno engarrafamento na frente do fliperama, provocado pelos veranistas que procuravam vaga para estacionar, e parou do lado, ainda sorrindo. Uma cabeça pequena com um pouco de cabelo no alto apareceu do lado da janela do carro. O rosto de Rick apareceu do outro lado. O menino desviou os olhos, mas ele não.

"Perdida de novo?" Ela pôde perceber que as manchas em volta do olho tinham ficado mais escuras, com estrias roxas, já em fase final de recuperação.

"O que é isso?", disse Rick sorrindo. "Está a serviço da lei?"

"Tenho cá minhas dúvidas. Eles vão me mandar embora. Só fui nadar um pouco."

"Se você entrar em casa desse jeito", disse Rick, "eles vão querer que você fique a vida toda."

Estivera quente pela manhã, mas o céu estava cada vez mais sombrio. Edward gostava dessa frase, um céu sombrio. Quando recebesse sua herança pintaria um céu sombrio, com anjos surgindo por entre as nuvens, descendo para abençoá-lo. Fechou os olhos e ficou pensando naquilo até o momento em que Julian chamou a todos para a horrível tristeza da sala de jantar em estilo eduardiano, com suas cadeiras cujas barras de madeira, colocadas sob o assento, ameaçavam as canelas, e onde moscas mortas caíam da cortina de veludo cor de ameixa quando eram abertas. Edward manteve-se em silêncio enquanto Julian presidia à reunião como um diretor de escola na sala de reuniões, explicando a todos, inclusive à mãe, independentemente de ela entender ou se importar com aquilo, como a advogada enviada pelo executor testamentário de seu pai não era conveniente para os objetivos de todos — eles não achavam? A mãe ria sem parar e não dizia nada, exceto "Não, não, não, você não entendeu nada". Joanna, abalada, perguntava se não fora o fato de tê-la chamado de vaca a princípio, ou as discussões do café da manhã do dia anterior que haviam tornado Julian tão inflexível. Edward simplesmente concordou com um gesto, pensou no cavalete que o esperava lá em cima e no homem que o esperava na praia no dia seguinte. Eles não precisavam de uma advogada subversiva que fazia sua irmã chorar como acontecia agora.

Quando ele viu Joanna chorando, Edward sentiu na própria pele um rubor de irritação que era exatamente o contrário de desejo. Se pelo menos ele pudesse, por um minuto que fosse, imaginar-se desejando alguma outra pessoa, rapaz, moça, mulher, qualquer que fosse o corpo, contanto que não fosse aquela menina chorona, gorducha e bonita.

"Então está decidido", disse Julian, em tom não de pergunta, mas de declaração.

Edward agora estava sentado diante das amplas janelas com a pintura dos caixilhos descascada e o vidro embaçado pelo sal da praia que lhes pertencia, que se estendia pelos tristes charcos que lhes pertenciam, vindo até a casa que lhes pertencia, ao passo que ele não possuía nada. A amargura cresceu como uma tosse dolorosa. Estava quente e abafado: as janelas da sala de jantar estavam emperradas. A mãe, sorrindo em seu vestido de noite, segurando-o pela bainha de forma que o tecido ficou pendendo na altura dos joelhos enquanto mascava um fio de linha, de repente se encheu de vida quando um carro passou pela porta da frente e ela correu para a janela. Todos a seguiram.

"Oh", fez a mãe num tom de admiração. "Oh, meus queridos!"

Joanna e Julian aproximaram-se da janela onde Edward estava lânguido mas hipnotizado.

"Seja lá quem for, está precisando de um drinque e eu também", disse a mãe. Ela ficou bem quieta, nada dos costumeiros movimentos bruscos, um tom melancólico na voz, um risinho disfarçado. Ah, danada de velha mirrada, pensou Julian não sem alguns laivos de afeição.

Sarah desceu do carro e se inclinou para apanhar a bolsa, deixando à mostra uma perfeita meia-lua de seu traseiro com uma bem-desenhada marca de biquíni; depois ergueu o corpo, a alça da bolsa separando os seios trêmulos quando a pôs a tiracolo, e recuou, nua em pêlo, para fechar a porta com o pé, sem o menor cuidado. Seu cabelo era uma nuvem agitada, os ombros bronzeados, e ela estava perfeitamente calma. Joanna sentia que não devia olhar, mas ficou de olhos estatelados e prendeu a respiração. Sarah foi cruzando o gramado em direção aos chalés, uma das mãos apoiada na bolsa como se estivesse usando um tailleur elegante, a caminho de uma reunião de negócios, andando sem nenhuma pressa nem ansiedade, sem se incomodar ou ao menos sem se dar conta de estar sendo observada. Julian mordeu os lábios num raro momento de simpatia. Oh, meu Deus, que coisa horrível para ela, não saber que estavam todos ali, examinando-a nos mínimos detalhes, com a meticulosidade de um júri; ela ficaria arrasada. Mas enquanto ele a olhava, Sarah parou, olhou para o ridículo acessório que era sua bolsa, tirou-a do ombro, jogou-a na grama alta e levantou os braços no ar. A grama estava quente e úmida; ela parecia se deliciar com a sensação de tê-la sob os pés. A bolsa de caro couro curtido ricocheteou na grama: eles continuavam a olhar. O céu estava cor-de-rosa com o pôr-do-sol adiantado; ela parecia brilhar no momento em que, a princípio com uma insuportavelmente lenta e graciosa precisão, sua figura perfeita virou uma série de estrelas perfeitas, uma das mãos depois outra, girando rapidamente diante deles de forma que só pelo cabelo encharcado se podia saber onde ela se encontrava. Depois pegou a bolsa, colocou-a na cabeça e tomou a direção do chalé que eles lhe tinham destinado, andando com os braços abertos para manter o equilíbrio, os pés nus roçando na grama com um leve ruído. O carneiro Harry ia atrás, acompanhando-a, balindo dolorosamente. Havia um fiapo de capim de um laranja brilhante pendurado em sua queixada. O sol mergulhava na água como uma grande pedra vermelha.

Eles estavam fascinados, e assim ficaram até Edward deixar escapar um risinho de satisfação. Joanna soltou a respiração que estivera presa por um minuto inteiro, e acompanhou-o num acesso de riso que fez seus olhos lacrimejar.

"Bem", disse Julian, recompondo-se. "Isso mostra que tenho razão: ela não é mesmo conveniente para nós." Edward surpreendeu no rosto do irmão um terrível e desarmado olhar de desespero.

A mãe voltou-se para ele, soltando a bainha do vestido que estivera mascando, e começou a falar com uma voz de bebê, arrulhante e aflautada.

"Será que o meu filhinho despediria uma senhora por tirar a roupa? Será? Ele seria idiota a esse ponto? Devia ser mais esperto. Nenhum homem é despedido por tirar a roupa, nem mesmo um médico." Sua voz desceu uma oitava completa, ergueu-se num matraquear triste, lastimoso mas perfeitamente articulado.

"Se Julian mandar essa senhora embora, a mamãezinha vai quebrar tudo o que estiver pela frente. Entendeu bem?"

Ele se voltou bruscamente, encarou por um tempo um par de olhos duros, determinados, e aproximou-se dela. Ela pulou para trás e começou a mascar a bainha, sem dizer nada, olhando para o outro lado. Então ele olhou para Edward buscando apoio e viu que Edward também se esquivava, olhos fitos nos degraus que cruzavam a grama alta. Joanna evitou o seu olhar, braços cruzados, ressentida, as lágrimas sempre prestes a se derramar, mas o corpo crispado. Ele se deu conta de que a reunião acabara sem um voto definitivo, mas se lhe perguntassem, já não apoiaria a decisão inicial. E o mais estranho é que não estava se importando com isso.

"Ouça", disse Joanna ansiosa para quebrar o gelo, "é melhor eu ir lá perguntar se ela está bem. Vou levar alguma coisa para ela comer. Acho", acrescentou ela, aturdida, "que deve ter sofrido algum acidente."

"Duvido", disse Edward secamente.

"Foda-se", respondeu Joanna aparentando muito mais calma do que realmente sentia. Edward sempre ficava de fora, nunca sentia nada, sempre analisando: pouco se lhe dava se alguém sentia frio, e fitou-a com um olhar que sempre a desconcertava desde que ela se entendia por gente. Aproximou-se dela devagar e pôs um braço ao redor de seus ombros.

"O que você não daria por um corpo como aquele, hein, Jo?"

Ela se virou para ele, furiosa e vermelha, agarrou o braço que estava sobre ela e lançou-o de volta como se fosse uma coisa inerte.

Da cozinha veio um som de vidro quebrado. Ratinho estava mostrando que falava sério.

7

"Ela o deixou?"

"Pode-se dizer que sim."

"Achei que ela ia fazer isso." Da cabeceira da mesa, fitando Malcolm com os olhos semicerrados, o detetive Ryan, que trabalhara com ele em muitos casos, não procurava se mostrar simpático, e não por falta de afeição pelo amigo. Exercitava a paciência que já se provara eficaz e que dedicava a toda a raça dos que chamam a si mesmos de advogados, uma raça que carece de senso comum, principalmente no que diz respeito às mulheres. Ryan sabia que sua ficha estava longe de ser perfeita, sua atitude em relação ao belo sexo ia da paixão possessiva, passando pela lascívia pura e simples que nem conseguia lembrar nomes, até a afeição comum e a aceitação do fato de que nada se podia fazer para mantêlas, uma vez que a vida e as mulheres estavam envolvidas numa grande conspiração. E para combater o desespero de Malcolm decidira provê-lo de tanto álcool quanto conseguisse fazê-lo beber.

"Devo dizer, Malc, que você era mais divertido antes de vocês se juntarem. No tempo em que você era um cara corpulento, gostava de uma cervejinha e nunca tirava a bunda da cadeira. Aí você começou a correr, apaixonou-se por uma ruiva, perdeu toda a gordura e ficou sério. Você nunca fica sentado, só corre. Ela estragou você, meu velho."

"Me dê um drinque."

"Claro. Duplo. Quer uns saquinhos de batata?"

"Não."

Ryan não gostou da forma como Malcolm olhava a meia distância, pedindo que lhe enchessem o copo a cada cinco minutos sem mostrar nem um pouco de entusiasmo num sábado à noite e nem ao menos um tremor ao levantar a mão. Aquilo anunciava uma noitada cara, mesmo naquele tipo de pub de baixa categoria que ambos preferiam. Malc era um companheiro, tanto quanto um advogado poderia ser, mas isso não queria dizer que quisesse vê-lo chorando em seu ombro: encharcaria seu casaco.

O drinque foi embora rapidamente, não tão depressa quanto o último. Malcolm sorriu. Quando ele fazia isso, era um outro homem. "Ouça, não estou aqui para chorar, estou aqui para beber, entendeu? E quero tratar de um assunto antigo, já morto e enterrado, OK? Charles Tysall, amigo seu e meu. Meu pai andou me aborrecendo novamente. Não, não quero dizer diretamente, só me irritando, como sempre. O homem não está nada bem, parece manter a calma, mas basta mencionar Charles e ele tem um ataque apoplético. Está pintando o homem como um santo, só porque o sujeito morreu e era seu cliente. Todos os clientes são heróis, essa hipocrisia me dá náuseas. Eu quero contar a ele o que Charles fez com Sarah — já lhe disse que na época escondemos todos os detalhes — e contar ao meu venerável pai o que seu cliente fez a outras mulheres ruivas. Quero que ele saiba. As pessoas deveriam saber a verdade, mesmo os homens velhos e doentes."

"Você não está nada satisfeito com ele, hein?", tornou Ryan ironicamente.

"Ele mandou Sarah embora. Tantos lugares no mundo, e a mandou justamente para Merton. Ele... precipitou as coisas."

"Ah, estou entendendo. Vingança, não é? Uma boa peça merece o troco. Você perde a garota e dá ao velho tonto um ataque do coração. Ora Malc, isso não ia adiantar de nada, ia?"

"Não."

"De qualquer forma, o que Charles fez com sua garota não foi levado à justiça, foi? Ela se recusou a apresentar queixa contra ele. Com o seu apoio. Eu quis matar você."

Malcolm levantou a mão para protestar, depois baixou.

"Ela tinha lá suas razões. Eu não queria ver ninguém especulando sobre seus motivos e continuo não querendo. Além disso, Tysall poupou esse incômodo a todos. Quando o corpo da mulher dele foi encontrado, ele seguiu o mesmo caminho e se meteu dentro d'água. O que eu queria saber é como ele pôde fazer isso? Nunca entendi. Ele nunca me deu a impressão de ter tendências suicidas. Durante todo esse tempo tentamos pegá-lo por fraude, e você pelas mulheres que ele agrediu... Ele sempre teve vontade de viver."

Ryan parecia convencido.

"Eu não tenho nada com isso. Simplesmente encontrei o sacana num café. Perguntei-lhe se ele não gostaria de ver o lugar onde a senhora sua esposa tinha sido enterrada. As cerimônias fúnebres sobre o corpo tinham sido celebradas pelas mãos grossas de outro homem. Eu sabia que ele ia ficar louco com aquilo. Moeu a mulher de pancada, retalhou seu rosto, mas não podia suportar a idéia de ver uma outra pessoa pondo a mão nela. Ouça, eu não tinha a intenção de fazê-lo se jogar no mar como ele fez: eu só queria que ele sofresse."

Ryan tomou um trago e parou. Hora de começar com as cervejas. Uísque era bom para se tomar um aqui outro ali; mais tarde voltaria a ele. Alguma coisa o estava incomodando, alguma coisa de que ele não gostava e tampouco Malcolm.

"Quer dizer então que Sarah foi para o litoral? Aquele lugar não combina com ela, não consigo imaginá-la por lá. Um lugar meio sem classe. Peixe e batatas fritas, o maior divertimento deles, trailers na praia. Não consigo ver nossa Sarah num lugar cheio de arruaceiros."

Malcolm sorriu novamente. Ryan chegou à conclusão de que o sorriso era pior que a cara amarrada.

"Você não conhece Sarah. Ela tem... gostos simples."

Ele pareceu hesitar, evitou falar mais sobre isso, e continuou. "O que eu quero saber é algo que pode afetá-la e assustá-la. O tipo de coisa que pode gerar comentários e pegá-la desprevenida, quando ela preferiria esquecer. Você teve a oportunidade de conhecer o policial de Merton quando estava investigando o caso. Você sabe o que as pessoas comentaram, eu nunca soube; advogados nunca sabem. Quanto tempo levou para Charles ser encontrado, qual era o estado do corpo?"

Ryan estava com aquele olhar evasivo que Malcolm conhecia muito bem e que lhe dava calafrios na espinha. Ele tinha a expressão de um policial a jogar com os fatos, ali onde estava, pesando bem as conseqüências da verdade, cheio de indecisão no segundo que levou para concluir que não havia nada a perder.

"Eles me ligaram quando acharam um corpo", disse Ryan com cuidado. "Dei-lhes uma descrição e ela coincidia. Tysall foi visto saindo da cidade a pé na maré montante, portanto não havia dúvida. Então o tal médico foi até o local... ele conhecia Tysall um pouco e... ah, sim, a propósito, segundo se comenta na cidade, conhecia a mulher dele muito mais." Ele deixou aquilo no ar. Todo defunto, na opinião de Ryan, tinha poucas qualidades e um grande potencial de aborrecimento, principalmente quando se tratava de mulheres.

"De qualquer forma, já tinham dito ao doutor que se tratava de Tysall, e ele confirmou, portanto era Tysall e pronto. Imagine", acrescentou ele mexendo-se na cadeira, cada vez mais incomodado, "eles dizem que encontram nas praias três ou quatro corpos a cada verão. Não identificados. Gente de navios cargueiros sem rota fixa, pescadores suicidas. Meu Deus, eu detestaria viver num lugar como esse. Três pubs, uma igreja, nada para fazer. E a mulher gostava de lá."

Ele sabia que não devia ter falado. Suas próprias dúvidas em relação àquela identificação pouco confiável deveriam permanecer exatamente o que eram, coisa sua. Se ele continuasse falando por bastante tempo naquele assunto talvez Malcolm se confundisse e perdesse o fio da meada. Sem chance, pensou Ryan, fitando aquele rosto calmo, apenas um pouco ruborizado pelo álcool enquanto o dele próprio estava afogueado; devia ter previsto aquilo. Mas quando você deixa o gato fugir do saco, pensou Ryan, não pode colocá-lo de volta.

"Eu jamais consideraria conclusiva uma identificação feita por alguém que conhecesse de vista a vítima de um afogamento", disse Malcolm, recusando-se a demonstrar qualquer coisa além de simples curiosidade. Um policial sob pressão, mesmo se tratando de um amigo, pode se tornar duro feito pedra. "Você sabia que chega a ser monótona a regularidade com que parentes próximos confundem seus mortos? Se você imagina que uma pessoa está morta e vê um corpo, isso fecha o ciclo. Eu acho que precisamos de mais um trago." Ele foi até o bar com o passo vigoroso de um atleta, a mão tateando a carteira. Nunca devia me descuidar com advogados, pensou Ryan, principalmente quando bebem. Ele afagou a cabeça sedosa e vermelha da cadela de Malcolm, que mostrou os dentes em resposta. Ali estava uma boa fêmea, sempre obediente, amorosa, que não fazia perguntas nem contava mentiras.

"Só mais uma coisa", disse Malcolm enquanto sentava. "Você deu às pessoas da aldeia uma descrição de Charles que batia com a do cadáver. Que descrição?"

Ryan franziu o rosto, fazendo um esforço para lembrar. Ele conhecia Charles Tysall, ah, sim, conhecia-o pelos dossiês, pelas fofocas e pelas mulheres. Sabia que era um assassino compulsivo, um homem com uma paixão pela destruição, buscando sempre a perfeição nas idéias e no sexo oposto, reduzindo-as a pedaços quando as encontrava, mas tanto quanto Ryan lembrava, ele só encontrara Charles Tysall duas vezes. Quanto à falecida esposa, a quem ele levara de carro ao hospital, vira-a mais de duas vezes, cada vez menos reconhecível, às vezes conversando um pouco, às vezes não. Seu rosto se desanuviou.

"Dei-lhes a descrição que Elisabeth Tysall me deu. Estávamos conversando no pronto-socorro. Ela me disse como ele era."

"Como?"

"Ela disse que ele era bem-dotado feito um jumento."

O homem da cabana na praia estava fazendo um chá. Ele tinha um fogãozinho roubado de um trailer vazio, água que pegara em uma lagoa próxima do pequeno camping, um botijão de gás roubado de outra cabana. As construções de madeira eram as suas preferidas; lembravam-lhe casas de bonecas. Elas se dispunham ao longo da praia pública de Merton, enfileirando-se costa abaixo com toda a beleza de roupas penduradas no varal sob a chuva, irregulares, de cores berrantes, desajeitadas e feinhas, decoradas de acordo com gostos individuais, como se pudessem ser permanentes. Elas eram como uma série de barracões de jardim, com portas rústicas presas a estacas, alugadas para a estação, sujeitas aos ventos e à maré, erguidas acima da areia por causa das inundações da maré alta, às quais dificilmente resistiriam. Algumas até resistiam, mais por sorte que por outra coisa, mantendo-se firmes com a pintura descascada e despidas de todo seu antigo encanto, muito depois de alguma família ter mudado para algum lugar onde as crianças tivessem outras opções além de um fliperama sob a chuva e os pais não se aborrecessem com os trailers, o frio, o gemido e o esplendor espartano da praia. O prestígio de Merton como lugar de veraneio devia-se àqueles que tinham uma energia à antiga, que gostavam de batatas, doces grudentos, garrafas de cerveja e canecas de chá. As sobras eram abundantes. O homem de cabelos brancos sentia-se grato por isso.

Meu nome é Charles e eu não tenho nome, cantava ele, balançando-se para a frente e para trás no estreito espaço da cabana, olhando o sol nascer naquela manhã de domingo. Levantei-me do mar como Cristo levantou-se dos mortos. Domingo é um dia de graça para os pecadores, e não sou um deles. Meu nome é Charles. Havia ocasiões em que ele quase esquecia. Assim como esquecia de quem fora quando tinha um nome, até voltar a lembrar. A cabana de praia, a última da fileira, estava ligeiramente tombada, o banco em que estava sentado era meio torto, de forma que ele sempre pendia para um lado. A bengala com o castão em forma de cabeça de pato ajudava-o a recuperar o equilíbrio. Era contra as regras locais ficar numa cabana durante a noite, pois o vento poderia aumentar e estimular a voracidade da maré. As pessoas obedeciam às regras. Charles tinha desprezo por essas pessoas. E também por aqueles que entesouravam os pequenos objetos que ele roubava, mas ainda assim davam chances para que ele os roubasse.

Pessoas anônimas brincavam na praia em frente à cabana durante o dia, absortos em suas atividades, seus jogos, cães, seus filhos maravilhosos, não tinham tempo de notar os velhos que passavam ao largo. Ele podia andar no meio deles como se fosse invisível. Quando juntava uma certa quantidade de gente havia uma leve agitação, as pessoas pareciam aqueles gansos que passaram sobre sua cabeça no outono anterior, e de repente ele se deu conta de que aquela sua nova maneira de viver era muito melhor do que a antiga. Quem precisava de prestígio, quando tinha a possibilidade de reclamá-lo quando quisesse? Quem precisava de apartamento quando uma cabana de praia desocupada funcionava do mesmo jeito? Lugares como aquele onde Edward o encontrara procurando Elisabeth e quem a enterrara, dando a si mesmo uma razão de viver. Quando tivesse feito isso, quando tivesse feito valer sua própria noção de justiça, ele poderia ir para casa.

Era necessário, para um homem que não possuía nome, ter uma razão. Pelo que percebera em sua indiferente e desdenhosa observação da humanidade, ninguém mais precisava de tal coisa. Eles simplesmente existiam, como animais rastejantes.

Uma criança estava tentando escalar os inseguros degraus de sua cabana. Um menininho gorducho com o traseiro engordado pela fralda e cabelos cacheados, bufando com o esforço. Charles olhou por cima do portãozinho, assobiou, mostrou os dentes e observou quando o menino viu seus olhos e recuou atabalhoado, chorando. Ótimo. Era uma coisinha asseada. Ele poderia tê-la cozinhado. Aquela idéia deixou-o aturdido.

Naquela manhã a maré se fora, cadela volúvel, deixando uma enorme faixa de terra e areia onde os bobos podiam jogar. Se eles tivessem idéia de como era difícil se manter limpo! Era a necessidade de água doce que o fazia andar quatro quilômetros até a cidade e o fazia cometer imprudências.

Das duas necessidades diárias, comer e se lavar, a última era a pior. Ele foi descendo devagar os degraus da cabana com sua bengala, subindo e descendo as dunas procurando o lugar onde ele iria encontrar Edward, se o jovem se dignasse a vir. Sanduíches seriam muito bem-vindos: ele poderia se alimentar de sanduíches e poupar o tempo que gastava em pilhagens. Seu desejo de destruição só chegava ao paroxismo quando ele estava com fome. Uma raiva hipoglicêmica, ele poderia dizer, quando ainda possuía um nome. Coisa que não tinha agora. Nem metade do domínio das palavras. Fragmentos de poesia e nada mais. A voz obsessiva e cínica de Browning, era só o que lembrava de milhares de livros.

Naquele momento ela era minha, minha, bela,
Tão pura e tão boa; pensei numa coisa a fazer
E tomei seus cabelos numa longa trança dourada
E com ela dei três voltas em sua delicada garganta
E a estrangulei...

Ele entoou essas palavras como se fosse um hino.

De dentro dos bolsos rotos do seu abrigo surripiado do átrio da igreja, puxou as cartas amarrotadas, o relatório médico e os envelopes que tirara com tanto cuidado da escrivaninha do consultório do dr. Pardoe.

"Querido Julian", imitou ele, lendo em voz alta e ofegante. "Que coisa maravilhosa saber que logo vou vê-lo... Sua afetuosa Elisabeth."

Ah, sim, ele amava você, querida Elisabeth; o bom médico amava-a até a morte; veja o que ele fez com você, para evitar que você provocasse um escândalo. Veja o relatório que ele fez. A última carta de amor, e uma receita de Diazepan em quantidade suficiente para entorpecer uma multidão de mulheres, quanto mais uma.

Charles sem nome olhava o mar. "Conseguir escapar de mim?", murmurou ele. "Nunca."

Chamas dançavam diante de seus olhos, o sol da manhã abrasando os rasos canais deixados pela maré, buliçosos e ofuscantes. Ele poderia incendiar a casa dos Pardoe, era isso o que podia fazer, uma casa onde entrara uma dúzia de vezes, todos eles tão loucos e preocupados que nunca o notaram. Charles já imaginava o crepitar do fogo, a visão daquilo na escuridão, a forma como sairiam gritando, para que ele os pegasse com uma faca ou uma bengala, um por um, com toda a calma, até que finalmente pudesse pisotear as mãos que tocaram sua mulher e a enterraram sem permissão.

As imagens o tranqüilizavam; domingo era um dia de graça. Charles sem nome apurava o ouvido para escutar os sinos da igreja, mas só conseguia distinguir o vento nos pinheiros a suas costas e o triste grasnido das gaivotas na praia a sua frente. Um dia desses, em breve, ele voltaria para casa. Ele se perguntava como conseguiria ficar limpo o suficiente para voltar para casa — e onde era sua casa.

Edward desprezava a simples idéia de ir à igreja, falava da religião como o ópio das massas. Joanna ia para fazer companhia à mãe e também para colocar flores no túmulo do pai. Claro que o jazigo do senhor Pardoe não era qualquer um: ele não poderia ter sido enterrado nas estreitas fileiras dos outros que se espalhavam no terreno de trás, mas num jazigo do antigo cemitério, comprado do vigário havia muito tempo, à custa de obras de caridade. Joanna, sentada com a mãe em meio aos fiéis, ficou pensando naquilo e percebeu pela primeira vez como as pessoas deviam se ressentir do privilegiado lugar de descanso de seu pai. Pensava também em como sua vida seria melhor se sua família não possuísse tanta coisa, como seria bom se ela pudesse se apresentar como uma pessoa desejosa de amizade ao invés de uma raça à parte, incapaz de entrar numa loja sem fazer alguém se lembrar de que estava devendo o aluguel. Talvez Rick a amasse se ela não tivesse nada, mas naquelas condições ela nunca estaria em pé de igualdade com eles, nunca se sentiria integrada, sequer ali com seus familiares, cantando o mesmo hino num mesmo gemido arrastado, alto e desafinado.

A mãe cantava com força, Lá, lá, lá-lá-lá-laá", estridente e desentoada, sem se preocupar com a letra, as plumas do chapéu caindo sobre o rosto, mais um vestido de noite púrpura arrastando-se até os pés calçados com tênis cor-de-rosa sob a capa de chuva, o rosto queimado de sol do dia anterior. Ninguém se importa, pensou Joanna defensivamente, então por que eu deveria? A mãe era popular, sempre fora; os homens sempre iam atrás dela aos bandos, notou Joanna, surpresa com sua própria observação. Pobre Ratinho, ser objeto de tanta pena.

Do outro lado das plumas, Julian pegou gentilmente o livro de hinos da mãe e virou-o na posição certa para que ela pelo menos fingisse estar lendo. Ela ignorou o gesto. No último hino do culto, ele sentiu mais do que viu Sarah Fortune deslizando do banco de trás, a última a chegar, a primeira a sair, com os cabelos escondidos sob um chapéu de palha. Ele fechou os olhos para a bênção final, sem nada dentro de sua própria mente a não ser a visão do corpo dela virando estrela, uma das mãos depois a outra, cruzando o gramado com graça.

O sol faiscava quando eles saíram da igreja piscando os olhos, o som do órgão perdendo-se a suas costas e o dos sinos tomando seu lugar. Nos caminhos entre os túmulos formavam-se grupos, mulheres com mulheres, homens com homens, uma divisão tão antiga quanto o tempo. Julian contou um pequeno grupo de fiéis bem idosos, que permaneciam juntos mais pelo hábito e pelo longo ofício de viver que por fé ou dedicação à virtude. Isso com certeza valia para o pai de Rick, do fliperama, que nunca deixava de procurar o doutor, mesmo sabendo que Julian vira em seu filho as marcas da violência causada pela embriaguez e que o velho sempre atribuía a quedas da escada. Como o pai de Rick e seu primo, o guarda Curl, o policial da aldeia, muitos outros deviam precisar da misericórdia de Deus tanto quanto Julian sentia que ele próprio precisava, mas nunca rogava por ela, porque, ao contrário daqueles homens, ele não acreditava que uma visita à igreja deixaria a lousa totalmente limpa. Ouviu um murmúrio atrás de si.

"Posso lhe dar uma palavrinha, doutor, antes que o senhor precise sair às pressas?"

Ele gostava que pensassem que vivia sempre ocupado, sempre requisitado, mas a deferência não lhe agradava. Se ela lhe fosse prestada em virtude de suas qualificações, de seu valor, ele ficaria contente, mas eles se inclinavam diante de um Pardoe por causa do dinheiro e do prestígio. Era isso que o excluía da convivência, nada mais, nem mesmo o seu jeito ríspido, que eles toleravam.

"O que você acha, doutor? Já é hora de levarmos essa história de fantasma a sério, não acha? Quer dizer, essa história com a senhorita Gloomer não teve a menor graça, não é? Pode ser que tenha sido esse desgraçado de cabelos brancos que roubou a loja de artigos de pesca e outros lugares. Quer dizer, trata-se de uma pessoa real. Não é nenhum fantasma."

"Ele não chegou a ferir ninguém, chegou?", disse Julian rispidamente. Ele não conseguia se incomodar com o caso, exceto no que dizia respeito à senhorita Gloomer. Se havia um pobre vagabundo andando de noite e roubando algumas sobras, não seria o primeiro nem o último a ir embora de livre e espontânea vontade. A idéia de caçá-lo lhe parecia um pouco repugnante, embora não o fosse para o pai de Rick nem para o guarda Curl, que gostava de exagerar os problemas da lei e da ordem.

"Meu sobrinho já o viu muitas vezes", murmurou Curl. Julian sorriu. Stonewall Jones era o menino de quem mais gostava, teimoso, discreto, incrivelmente corajoso em casos de braço cortado, catapora, e qualquer mal que o atingisse, mas não era, de forma alguma, uma fonte confiável de informação.

"O caso não é para rir, doutor. É preciso fazer alguma coisa."

"Como por exemplo?", perguntou ele um tanto levianamente, recusando-se a assumir a liderança. Eles ficaram calados. Ninguém queria fazer nada além de falar.

"Como por exemplo fechar as portas, manter os olhos abertos e deixá-lo em paz", completou.

Todos aquiesceram, um após o outro. Era o famoso "passe adiante", o máximo a que chegava o dever cívico em um dia tão quente que devia ser desfrutado, com o almoço de domingo acenando como o prelúdio da soneca da tarde. O calor os amoleceu, fez com que suas mentes se voltassem para outros assuntos. O pai de Rick mexeu na gravata que lhe apertava a garganta, incômoda. Aquela vaga disposição se reduziu a nada; Joanna chamou o irmão. O vigário estava ao lado dela, o sacristão do outro lado, dando um beijo nas faces empoadas da mãe enquanto esta o abraçava, o pó caindo em seu casaco preto sem que ele parecesse se incomodar.

A gente poderia sair pelas ruas, pensou Julian num súbito acesso de humor negro, no meu carro, com mamãe acenando para as pessoas do lugar como a rainha. Ela é a única de nós de quem eles podem gostar, porque exige tão pouco. Eles passaram pelo portão da igreja. Não havia o menor sinal do carro de Sarah Fortune, com o pára-choque amassado.

"Esperem só um minuto", disse Julian. Ele atravessou o portão de volta, disparou a correr pelo velho cemitério chegando às proximidades do lugar onde Elisabeth Tysall estava enterrada.

A mesma lápide provisória, que o desonrava; a grande paz. Suas velhas rosas jogadas na altura dos pés e do coração, flores novas em vasos novos.

O pregão do carro de sorvete tocou para os fiéis, muito depois de os sinos da igreja terem silenciado. Na praia, ele tinha muito maior receptividade e ocasionalmente se formavam filas aí pelo meio da tarde. Estacionava nos limites do camping, ao lado do caminho principal através das dunas, em direção à praia, pronto para pegar os que iam e os que vinham, que se aproximavam do furgão — próximo da barraca de comida, mas de certo modo muito mais sedutor — como de uma miragem no deserto.

"Que é que há com você, Stoney? Está passando mal com o calor ou o quê?" Rick estava servindo um sorvete de duas bolas com flocos de chocolate Cadbury por cima, observando-o derreter enquanto o passava pela janela do furgão a um sujeito que teria de ser rápido para conseguir engoli-lo antes que desmoronasse. O mais provável era que caísse tudo em sua roupa. Falando por sobre o ombro, olhava para o lugar onde Stonewall descansava, pronto para mergulhar no freezer e pegar um picolé, um *split* de framboesa ou um daqueles pirulitos gelados construídos como espaçonaves e que eram tão populares naquele ano, mas com uma aparência tão fálica que ele e Rick riam a cada vez que vendiam um, principalmente quando era para meninas. Nada tinha a menor graça naquela tarde.

"Nada", disse Stonewall de mau humor.

"Toda vez que você diz isso sei que está mentindo."

Rick estava a mil naquele dia, fazendo gracinhas com os fregueses, as manchas em volta dos olhos fazendo-o parecer um pirata, as mãos rápidas com os sorvetes, a camisa limpíssima e os cabelos caindo sobre a testa de modo que ficava o tempo todo sacudindo-os para trás e piscando. Houve uma pausa na fila. Dali a uma meia hora, quando todos começassem a voltar para casa, a coisa ia esquentar. Rick deu uma olhada no estoque e assobiou.

"Vamos lá, Stoney, conta pra mim." Houve um momento de embaraço. Stonewall olhou pela janela.

"Você anda saindo com aquela ruiva, Rick?"

Então era isso, um pequeno ataque de ciúmes, um pouco daquela antiga insegurança surgindo de novo, como se nunca tivesse realmente desaparecido desde que o menino perdera o pai e passou a chorar enquanto dormia.

"Claro que não. Eu gosto dela, só isso. Seja gentil com ela se a encontrar, Stonewall. Ela me fez muito bem na sexta-feira à noite." Rick deu uma gargalhada. Estivera rindo como uma hiena o fim de semana inteiro, implodindo com gracejos silenciosos que Stonewall não entendia.

"Então o que me diz de Jo?" Rick interrompeu o que estava fazendo e o riso.

"Isso é outra coisa", disse ele rispidamente. Stonewall meteu o tênis na porta. Ele estava se sentindo infeliz, sem saber por quê.

"Anime-se. Temos umas coisas para fazer depois. Meu pai diz que precisamos ir atrás desse fantasma. Seu fantasma de cabelo branco. Para variar, ele não quis se incomodar, deixou isso por nossa conta." Ele assobiou novamente.

"Então quer dizer que você acredita mesmo em mim?", perguntou Stonewall com voz trêmula. "Não, você não acredita, só fingiu no café para agradá-la. Você não acreditou em mim até os outros acreditarem. Você nunca acreditou que esse fantasma pegou meu cachorro."

Há dois dias, desde que achara a coleira dura e retorcida, carregava-a no bolso. Rick podia vê-la, despontando do bolso do short por cima das pernas finas do garoto, pálidas e cobertas de sardas marrom. Stonewall era tão magro e tão pálido: até suas pernas eram insignificantes.

"Além do mais", disse ele descontroladamente alto por causa da ansiedade, "quando você for atrás do fantasma vai me mandar embora. Quando arranjar uma namorada, vai me mandar embora. É isso que você vai fazer. Todo mundo faz isso."

Agora havia lágrimas escorrendo pelo rosto um tanto sujo, deixando trilhas que ficavam piores com as mãos nada limpas que as enxugavam. O rosto de um freguês apareceu na janela. Rick entregou três pirulitos fálicos, pegou o dinheiro, fechou a janela com força, sentou no chão em meio ao zumbido do refrigerador e puxou Stonewall para junto dele. Pegou uma folha de papel-toalha e passou-a com força no rosto do menino, absorvendo catarro e lágrimas, passou o braço em volta dos ombros magros e trêmulos.

"Agora escute aqui, seu filho da mãe rabugento. Entenda bem. Você é meu companheiro, meu melhor amigo, está ouvindo? E se não posso ficar o tempo todo com você do meu lado, isso não faz a mínima diferença. Você continua sendo meu melhor amigo. Antigamente, quando eu tinha sua idade, ficava com Jo Pardoe, um pouco como eu e você agora, gostava dela do mesmo jeito, só que agora mudou, e esse negócio vai ter que esperar. Acho que é culpa minha."

Stonewall pegou o papel-toalha, assoou o nariz, mas não conseguiu conter as lágrimas.

"Você gosta mais dela do que de mim", sussurrou ele. Ele ficou envergonhado de dizer aquelas coisas. Dizer "foda-se" ou "xoxota" era mais fácil.

"Ora, ora, ora", disse Rick, espantado, passando a mão desocupada nos cabelos espetados de Stonewall, um gesto que o menino sempre fingia não gostar, mas de que gostava tanto quanto Sal gostava de um afago. "Esse é um belo corte de cabelo, rapaz. E quanto a gostar... bem, eu sempre vou gostar de você e nada vai se colocar entre nós, está ouvindo? E se eu gostar de outras pessoas, elas vão ter que gostar de você também. Jo vai gostar, já gosta, ainda que o irmão dela nunca lhe pague pelo trabalho de catar iscas para ele, como você fez hoje de manhã. Ele nunca pega nada, sabia? Não faça mais isso, está ouvindo?" Ele fez uma pausa. Um outro rosto colou no vidro da janela. Rick fez um gesto de impaciência. Ele tinha de ir até o fim com aquela conversa, pois, fosse lá como fosse, era muito importante.

"Vai haver ocasiões em que vou estar ocupado e você também, mas você vai estar sempre por perto, no final das contas, rindo ou de cara feia. Qualquer filho da puta que se aproxime de você para lhe fazer mal, eu arranco a cabeça fora. Claro que gosto de você Stoney, mais do que de qualquer outra pessoa. E vai ser sempre assim até o dia em você *me* mande dar o fora, entendeu? Vou gostar de você até a morte, rapaz, e quero só ver se vai me impedir."

Ouviu-se uma batida na janela. Rick se levantou, ligou o pregão e recomeçou a assobiar. O céu sobre as suas cabeças escurecera; aquele dia o pessoal estava saindo da praia mais cedo. Uma semana de calor, uma estação de seca; mesmo em relação ao negócio, e para satisfação de seu pai, ele não podia se lamentar da falta de chuva. Um dia, ele e Stonewall teriam um império. E aí eles só iam tratar bem as pessoas de quem realmente gostassem.

"Três picolés", gritou Rick por cima dos ombros. "Rapidinho!"

Stonewall deu-lhe um chute nas canelas para mostrar que estava vivo, andou devagar até o freezer com uma pose de milionário *blasé* num espaço pequeno e seleto, e atendeu o pedido com um gesto afetado. Quatro picolés, aí a coisa disparou: dois duplos, cinco símbolos fálicos, quatro torpedos de caramelo — tão ruins quanto feios —, seis potinhos de baunilha e um sorvete em forma de melão, Stonewall rindo o tempo todo. Sentiu uma mão no ombro. Rick, é claro, não havia espaço para mais ninguém, e tampouco necessidade.

"Fique aí embaixo, rapaz, fique sentado. Eu acho que vi o seu fantasma." Excepcionalmente alto, andando a passos largos sob o céu cada vez mais escuro que dava a impressão de fazer seus cabelos brilhar, lá estava o homem sem nome. Se estivesse carregando um monte de tralhas de família, crianças chorando, sacolas com guarda-sol, garrafas térmicas, toalhas, roupas úmidas e garrafas de plástico, ele não daria na vista. Os outros tinham um objetivo. Ele parecia confuso.

"Alto", disse Rick laconicamente para o vulto que estava a seus pés, beliscando seus tornozelos. "Quero dizer, alto de verdade." Ele não disse "elegante" em vez de longilíneo, alto, magro, rosto proporcional, o rosto e o físico tendendo para o cadavérico: nenhum dos dois admitia que alguém com mais de cinqüenta anos pudesse ser considerado atraente; eles simplesmente não contavam aquela idade. "Cabeleira grande, cabelos brancos — não dá para ver as orelhas —, um pouco de barba, calças que não lhe servem. Abrigo com botões curto demais?"

Stonewall fez que sim com a cabeça, extasiado porque acreditavam nele, sem se preocupar. O homem de cabelos brancos parou na frente da janela, as maçãs do rosto chupadas aparecendo primeiro, a voz aristocrática soando em seguida.

"Gostaria muito do que você está vendendo aí", disse ele, "mas não tenho nenhum trocado." Rick se inclinou para fora do furgão confidencialmente e, falando como se estivesse contando um segredo, com a mão de um lado da boca, cochichou:

"Vou lhe dizer uma coisa, companheiro, tivemos um bom dia e está tudo derretendo. Pegue um de graça. Por conta da casa. Só não pode contar a ninguém", acrescentou ele, batendo dos lados do nariz parodiando o gesto das classes mais baixas, pouco convincente aos seus próprios ouvidos, não para Stonewall, ainda agarrado aos seus tornozelos num acesso de riso.

A geladeira do sorvete ficava à direita. Rick mergulhou, serviu um sorvete de duas bolas e o entregou. O homem não parou para agradecer ou sorrir. Rick sabia que se olhasse iria se trair, então fingiu se preparar para o próximo da fila, ao mesmo tempo em que notou como a massa cremosa desceu-lhe goela abaixo, como um rato num aspirador de pó, de uma vez só, uma coisa terrível, o pomo-de-adão subindo e descendo, uma casquinha inteira engolida. O homem poderia ter comido um cachorro, e aquele pensamento fez Rick engolir em seco. Havia algo de errado com seus dentes.

Formara-se uma fila atrás dele, e a prudência impediu o evidente desejo que o fantasma tinha de pedir mais, de modo que se foi sem um aceno.

"Acho que ele está com fome", murmurou Rick.

"Então não é um fantasma", disse Stonewall finalmente, devagar, soltando os tornozelos do outro e levantando-se.

"Só sobraram quatro sorvetes de casquinha dupla", disse Rick. "Ele seria capaz de devorar todos."

"Talvez ele tenha comido Sal."

"Deixa eu ver o espelho, Stoney. Ele me fez ficar de cabelo em pé."

Seus cabelos acabaram ficando espetados como uma cerca de arame farpado e não havia quem pudesse dar um jeito neles. A senhora Pardoe os amassava sob um chapéu ou turbante, dependendo da ocasião ou da estação. Estava usando sua estola de plumas e o chapéu horroroso quando cruzou a grama alta em direção à linha de chalés à direita, os pés tocando de leve o chão sem os sapatos de salto alto que com certeza afundariam, deixando-a pregada no chão.

As rosas junto à porta pareciam contentes com a chuva que caía do céu em gotas grandes como pétalas, fazendo vergar o chapéu sob seu peso e encharcando as plumas. A senhora Jennifer Pardoe bateu insistentemente no chalé de sua propriedade. A porta estava aberta. Ela entrou, numa terrível agitação que parou como um brinquedo com a pilha gasta quando a porta se fechou atrás de si.

Sarah Fortune estava debaixo de uma montanha de papéis na área de descanso. Parecia abatida por causa do calor e estava contente com a chuva. O mesmo acontecia com a senhora Ratinho Pardoe. Ela tirou o chapéu e a capa de chuva e sentou-se confortavelmente.

"Oh, Deus, que alívio", disse. "Será que dá para você fazer um pouco de chá? Não agüento mais isso."

Os movimentos eram ágeis e enérgicos. Nada daquele titubeio, nada de risinhos; uma senhora de sessenta e cinco anos, normal, vestida de forma estranha, apenas um pouco excêntrica, nada mais que isso. Instalou-se confortavelmente entre os papéis de Sarah, pegou-os, indiferente, viu uma cópia do testamento do senhor Pardoe; deixou-o de lado com um sorriso.

"Está trabalhando, querida? Isso faz tanto mal aos seus olhos. Você não gosta deste testamento simples? Foi tudo idéia minha."

"Quer que eu feche as cortinas?", Sarah teve o cuidado de perguntar. "Para o caso de recebermos visitas?"

"Todos saíram, querida. Não se preocupe, eu tenho ouvidos mais apurados do que antenas, e pra que você acha que eu tenho um carneiro? Se aparecer algum carro logo se ouve e se alguém se aproximar da porta Harry vai balir me avisando, aí eu volto a ser a velha caduca de sempre e você entra no jogo, está bem?"

"Claro", respondeu Sarah. "Entendo perfeitamente."

Ratinho Pardoe ficou radiante. "Eu sabia que você entenderia. Ernest já tinha me dito isso."

8

"O finado Pardoe", disse Jennifer Pardoe, "era do tipo valentão. Tinha muito charme mas também muita merda na cabeça." Ela arrotou de leve depois de usar um termo grosseiro cuja sonoridade lhe era obviamente agradável. "Era muito amável e vigoroso, e eu sempre fui conhecida como Ratinho. Eu o amava muito, de forma desesperançada mas também realista. Não tinha outra opção, ainda que o desaprovasse totalmente e considerasse, como ainda hoje considero, toda a propriedade como uma espécie de roubo. Minha opinião nunca era ouvida, meus desejos nunca eram levados em conta, até o dia em que, tendo envelhecido e estando, portanto, imune a tentações, ele começou a me ouvir e acho que terminei assumindo o controle da situação. Ele tinha verdadeira paixão pela respeitabilidade, mas não era nem um pouco respeitável. É uma pena que tantas coisas aconteçam tarde demais." Ela sorveu um pouco do chá da caneca com a fineza de um operário sedento e olhou por cima da borda.

"Não", disse ela respondendo a uma pergunta que ficara no ar. "Eu também não sou nem um pouquinho respeitável. Nem você. Sempre considerei a própria noção de respeitabilidade uma perda de tempo." Sarah balançou a cabeça, assentindo.

"De qualquer modo", continuou a senhora Pardoe, "fizemos, meu marido e eu, confissões mútuas, bem antes de ele morrer, que de certa forma nos puseram em pé de igualdade. Mas não quero entrar em detalhes agora. Ele deixou de se preocupar com propriedades e coisas do tipo, e fez esse testamento que você leu porque confiava em mim. O senhor Pardoe confiava em Julian também, mas na época ele vivia embriagado, não com álcool, entenda, mas com outro tipo de dependência, amor mal resolvido. E então meu marido morreu de uma forma estúpida. Imediatamente todos ficaram em cima de mim, dizendo o que eu devia fazer. Eles me cercavam e mesmo que no final eu tenha conseguido me fazer ouvir pelo meu parceiro, ninguém mais me ouvia. Os filhos, nem pensar. Estava certa de que eles ficariam me puxando e me empurrado em todas as direções, e eu sabia exatamente o que gostaria de fazer com todos esses bens que possuímos, assim como meu marido, pois o processo de aquisição fora apenas uma espécie de jogo para ele. Mas meus filhos não me deixariam resolver as coisas a meu modo."

"Quem iria impedi-la?", perguntou Sarah.

"Bastou eu opinar sobre o que devíamos fazer com todos esses bens e Edward me bateu. Reconheço que estraguei Edward com mimos, deixava-o fazer tudo o que queria. Ele era um bebê tão lindo", disse Jennifer com simplicidade, como se isso explicasse tudo. "Ninguém me ouviria, como sempre. Esse costume já estava por demais arraigado e eu realmente não consigo suportar confrontos e conflitos. Então decidi enlouquecer. Recolher-me ao reino da inocência e conseguir que cuidassem bem de mim. Cuidam muito bem de você, se você é louca. Cheguei a gostar disso, mesmo que às vezes haja uma certa tensão. Se você está louca, pode se dar ao luxo de se exibir, coisa que nunca me foi permitido, vestir o que quiser, falar o que quiser... uma maravilha. Você devia experimentar."

"Como por exemplo deitar no canteiro de repolhos?", perguntou Sarah.

"Sim. É maravilhoso. Mas se eu fizesse isso sem estar louca, algum tonto iria chamar uma ambulância. Para começo de conversa, cheguei à conclusão de que provavelmente sou um bocado doida. Preciso aperfeiçoar isso, não acha? Adoro andar por aí com o carneiro também, falar com os passarinhos, por que não? Só que eu não podia fazer isso se achassem que estou sã, podia?"

"Não vejo por que não."

"Minha querida", disse a senhora Pardoe dando-lhe um tapinha no joelho, "eu sei que você tem a extraordinária capacidade de entender quase tudo, mas uma coisa que na sua idade você não sabe é o quanto de poder a gente perde quando envelhece. Você tem que criar uma nova fonte de poder, à medida que a sua se esgota. Política elementar. A minha, por falar nisso, sempre foi um pouquinho à esquerda do centro. Ernest Matthewson nunca aprovou isso." Ela deu uma olhada num relógio de pulso de Mickey Mouse. "É melhor eu ir embora. Vamos ter que continuar outra hora. Será que esse rapaz, o Rick, vai vir com sorvete e com o jornal de hoje? Provavelmente não, com essa chuva e tudo o mais."

Ela gorgolejou o chá novamente e ofereceu a caneca. Todas as confissões, observou Sarah, precisavam de algum tipo de acompanhamento líquido. Elas não poderiam sair de uma boca seca.

"Esse rapaz, Rick, está apaixonado pela sua filha", disse Sarah. "E é correspondido." A senhor Pardoe fez que sim com a cabeça.

"Um namorico, espero."

"Um namorico pode ser para valer."

"Bem, não poderia haver melhor pretendente. Um belo rapaz da classe trabalhadora, exatamente como o senhor

Pardoe foi, um dia. Se lhe forem dadas as oportunidades devidas, ele vai longe. Preciso ir embora." Sarah queria fazê-la ficar mas não havia como opor-se a tão séria determinação.

"Imagino", disse Ratinho, "que vou precisar de uma bengala se tiver que continuar com essa farsa de caduquice. A propósito, menina, você tem idéia do que deveria ser feito com esta propriedade?"

"Sim. E você acabou de endossá-la. Foi você quem deu as instruções a Ernest, não foi? E não Julian?"

"Claro. Só que deveria parecer ter sido idéia do Ernest, isto é, de qualquer um que não eu. Eu disse a ele que queria fazer os meus filhos entenderem que já têm tudo o que precisam. Queria que eles chegassem a essa conclusão por si mesmos, sem que ninguém lhes dissesse. Queria que eles assumissem o próprio destino e o dinheiro só torna isso mais difícil, isola as pessoas."

"E por que ele sugeriu meu nome?"

A senhora Pardoe desviou o olhar, pôs o chapéu e deixou que as plumas caíssem até a altura do queixo.

"Estas plumas deviam ficar para trás, mas ficam mais engraçadas na frente, não acha?" Sarah continuou olhando para Ratinho, que sustentou o olhar.

"Meu velho amigo Ernest nunca faz nada sem uma dezena de motivos, sabe?"

"Nunca percebi que ele fosse tão inteligente."

"E não é, ele é apenas esperto. O que ele disse, na verdade, sobre você foi..." Ela fez uma pausa, sua primeira hesitação, como se os sintomas da insanidade tivessem voltado com o chapéu.

"Sim?"

"Que você era um catalisador. Isso quer dizer um gato bom para se alisar? Será que um catalisador pode fazer alguma coisa pelo carneiro Harry? Ele está me deixando louca."

A senhora Pardoe correu pelo gramado, cantando na chuva.

Catalisador não devia ter sido o termo escolhido por Ernest, pensou Sarah. Ele nunca usaria essa palavra. E nunca teria entendido que uma pessoa que representa um papel, como a loucura da senhora Pardoe, se transforma no personagem que interpreta.

A senhorita Gloomer estava à morte. Quando Julian voltou de sua visita das dez horas, aproximou-se da casa que não mais conseguia encarar como um lar desde que seu pai nela morrera, embora em outros tempos tivesse amado sua excêntrica falta de classe. Estacionou na entrada, ficou sentado com as mãos no volante, olhando as janelas através da chuva. A mãe dormia cedo e acordava cedo; nenhuma luz estava acesa no quarto de Edward, com sua ampla vista da costa. Eu não devia considerá-lo um espião ou um fracasso, pensou Julian. Eu não devia me alegrar com o fato de que ele e Joanna estão fora de casa e que provavelmente saíram em direções opostas, por medo do que possam fazer para se consolar mutuamente numa noite úmida como esta; tenho pensamentos malignos.

Olhou o gramado e notou, com um lasso sentimento de culpa, que ele parecia um campo de feno. A noite estava esfriando depressa; a garoa fazia a grama brilhar. No dia seguinte, se o tempo ajudasse, ele poderia apará-la, mas agora a única coisa que via era o vulto fantasmagórico de Sarah Fortune, nua no gramado. Então desceu do carro e foi andando maquinalmente em direção aos chalés, os pés deslizando suaves, roçando a grama num leve cicio. Ele podia dizer que tinha ouvido um barulho estranho e viera investigar; podia dizer que vinha saber de sua saúde depois de ouvir de Joanna a história da maré e que não tivera tempo antes, o que era mentira. Poderia falar sobre a lápide de Elisabeth Tysall e pedir a opinião de Sarah, mas ainda tinha medo; era ridículo, ele já se voltara para ir embora, quando viu a lâmpada da entrada do chalé acesa, iluminando as roseiras mirradas e, contra o fundo iluminado da porta aberta, viu o vulto dela, dobrado em dois. Ele ouviu o balido lamentoso do carneiro, ouviu a voz de Sarah tentando acalmá-lo. Julian apressou os passos. Ela não pareceu nem um pouco surpresa em vê-lo.

"Ah, é você. Veja, temos que fazer alguma coisa com este carneiro."

"Por quê?" A voz dele soou como um balido de protesto.

"Ele passou a noite fazendo barulho, a tarde também, batendo a cabeça na porta. Levei algum tempo para perceber que não queria apenas a minha companhia. Um dos chifres está entrando no olho dele."

Julian ficou de cócoras. O carneiro recuou; Sarah prendeu a lã no caixilho da porta. Julian percebeu que o chifre esquerdo estava parcialmente embrulhado num pano de prato, e notou horrorizado que a ponta crescera num ângulo tal que, em vez de ficar emparelhado com a testa, roçava o globo de um olho injetado e lacrimejante. Sob ele havia uma ferida horrível.

"Ele está sofrendo. De manhã vai estar coberto de moscas", disse Sarah prosaicamente. "Tentei puxar a ponta do chifre para trás, ele ficou bem manso, mas o chifre é duro demais. Então embrulhei-o com um pano de prato quente. Achei que ia melhorar. É isso mesmo que se tem que fazer? Ele não está gostando muito."

Julian praguejou em voz baixa, tentando lembrar-se dos rudimentos de pecuária que seu pai aprendera com esta última de suas inúmeras manias. Qual teria sido a intenção de seu pai naquela época? Ou teria sido de sua mãe a idéia de criar raças raras de carneiros? Reinvestir alguma coisa na terra, dissera a mãe.

"Não estou conseguindo ver direito", murmurou ele, sentindo o animal tremer sob sua mão. "Você não se importa se o levarmos para dentro?"

Era estranho ficar ali, à luz crua da cozinha minúscula onde uma chaleira borbulhava no fogão, com o carneiro tentando escapar por entre suas pernas.

"Parece que o calor ameniza a dor. Aqui, agarre o focinho dele." Sarah segurou-o com ambas as mãos. O terror nos olhos brancos do animal parecia encher a sala. Devagar, usando uma força considerável, Julian levantou a ponta do chifre torcendo-a com um movimento circular dos dois braços, balançando o chifre para cima e para baixo, para bem longe do olho. Rapidamente Sarah enxugou a umidade que se formara abaixo da ferida. Harry pulou e recuou. Aquilo já bastava. Eles o deixaram escapar pela porta numa pressa atabalhoada, o pano de prato esvoaçando enquanto corria.

"Ele parece uma mulher saindo do cabeleireiro com o corte pela metade. Nunca pensei que um carneiro precisasse desse tipo de cuidados." Ela se voltara para se lavar na pia, da ponta dos dedos ao cotovelo. Julian fez o mesmo.

"E eu nunca imaginei você no papel de enfermeira", disse ele num tom amistoso.

"Ora, você ainda não viu nada", disse Sarah no mesmo tom de voz. "Quer tomar alguma coisa? Temos uma boa reserva."

Toda a animosidade que havia entre eles desaparecera. Ele estremeceu ao se lembrar do chifre espiralado entrando no olho do animal da mesma forma como as lembranças penetravam seu próprio crânio. O chalé tinha cores frias, que visavam afastar o calor do verão e preservá-lo no inverno. Sarah estava com um suéter de algodão de manga curta e decote em V, os cabelos recém-lavados, o cheiro de sabonete, xampu e perfume sobrepondo-se ao odor forte do carneiro e ao cheiro de remédio do quarto da senhorita Gloomer. Sentaram-se na pequena sala de estar. Um grande xale colorido dava vida ao sofá; um feio abajur tinha sido colocado no chão para difundir a luz, transformando o lugar de tal forma que a simples resistência da lareira elétrica parecia irradiar alegria. Ao primeiro gole, ele percebeu que o uísque era excelente e que ela tomava o seu com o prazer de um *connoisseur*.

"Esses rodeios são para me dizer que fui despedida?", perguntou ela sem rancor, como se a resposta não importasse muito.

"Não. Você vai continuar no emprego pelo fato de ter uma certa experiência com carneiros. Onde aprendeu isso?"

Ela deu de ombros. O suéter deslizou um pouco na altura do pescoço; ele notou duas cicatrizes pequenas e salientes, que davam a impressão de que um sinal tinha sido removido recentemente.

"Francamente não sei. Não tenho grandes habilidades, é que os animais são mais fáceis que as pessoas. Quer um pouco mais?"

O uísque sumira num piscar de olhos. Ele fez que sim com a cabeça. Ela se levantou graciosamente, um dos braços se banhou na luz e ele viu mais três pequenas cicatrizes um pouco acima do cotovelo, brancas contra o bronzeado da pele. Não havia nada de feio em nenhuma delas, mas vê-las encheu-o de uma estranha angústia.

"Na sexta-feira", disse ele abruptamente, "falamos sobre Elisabeth Tysall. O que você sabe sobre ela?" Sarah acompanhou a trajetória daquele olhar que focalizava as marcas em seu pescoço, levantou a gola do suéter até a altura das orelhas usando ambas as mãos.

"Nada enquanto ela era viva, mas vim a saber depois. Sei que o marido me considerava uma sósia de sua esposa. Sei que ele a agrediu brutalmente e que ela se matou numa praia aqui perto. Deixou-se afogar. Ontem quase descobri como. Se aquele dia estava quente como ontem, se ela estava embriagada e drogada o bastante para deitar-se e dormir, deve ter tido uma morte bastante tranqüila, um simples deixar-se levar. Sem dor."

"Você acha?"

"Desde que ela não tenha se apavorado. Desde que tenha se intoxicado o bastante para querer se deixar levar."

Julian olhou-a atentamente, buscando sinais de impertinência em sua expressão. Agora ele podia ver que elas não eram a mesma pessoa, Elisabeth Tysall e a mulher diante dele. Tinham poucas semelhanças, além dos cabelos e do fato de pertencerem à confraria das beldades.

"Gostaria de saber sobre Elisabeth Tysall", disse Sarah em tom melancólico, "porque ninguém nunca questionou nada."

Julian tomou um grande gole do uísque e pôs o copo no lugar. A perspectiva de se livrar do peso da culpa falando sobre ela fê-lo reagir como o carneiro aliviado da dor indizível, de uma forma desajeitada e tímida.

"Os Tysall tinham um chalé em Merton", principiou ele. "Quer dizer, ela cuidava dele como se lhes pertencesse e até providenciou alguns melhoramentos; mas eles o alugavam de nós. Pareciam ser muito ricos, daquele tipo que não acumula muitas posses, não como os Perdoe. Este lugar não tem nada de glamouroso, mas Elisabeth Tysall gostava daqui. Charles, o marido, deixava-a vir sozinha para cá, embora fosse extremamente possessivo. Ele devia pensar que a mulher não estaria exposta a tentações numa cidadezinha litorânea. Não se pode dizer que temos muitas atrações para adultos. Não temos cassinos, nem lugares onde se possa ser visto. Se você entra no fliperama, não é mais convidado para os eventos sociais da região." Ele lançou-lhe um olhar significativo, mas encontrou um olhar inocente.

"Ela costumava caminhar muito, e eu também. Naqueles dias esta paisagem estava cheia de encanto para mim."

Ele se lembrou de ir bebericando devagar, sentindo-se levemente embriagado, falando mais rápido.

"Então eu caminhava com ela. Encontrei Charles duas vezes, quando meu pai os convidou para um drinque. Charles me via como um caipira aborrecido, que é o que sou. Conheci melhor Elisabeth quando ela veio ao consultório querendo uma receita. Não sei como a coisa aconteceu. Eu não conseguia desviar os olhos. A vida se tornara um vácuo entre um encontro e outro. Na semana em que eu não a encontrava, e isso acontecia muito, eu me sentia no inferno. Ela escrevia cartas nesses intervalos, zombava de mim, fazia-me recuar. Era uma namoradeira prudente, me advertiu sobre o ciúme selvagem de Charles. Eu lhe disse: deixe-o, por você eu enfrentaria o mundo inteiro; mas ela disse não, você não me conhece e ninguém leva a melhor com Charles. Então, de repente, num fim de semana, ela sucumbiu. Não dá para descrever", disse ele com simplicidade. "Eu pareceria um garoto se tentasse descrever o que aconteceu." Julian recostou, exaurido pela recordação.

"Lembro-me de ter-lhe dito: você é tão bonita, vai me deixar indiferente a qualquer outra mulher. O que vou fazer se você não ficar comigo para sempre? Separe-se dele, case-se comigo. Nunca vou me sentir assim diante de nenhuma outra mulher, você é tão perfeita. Não diga isso, dizia ela repetidas vezes. Por favor, não diga isso." Ele começou a tremer, estendeu aos mãos para os óculos, deixou o bom uísque derramar no chão.

Quinze dias depois ela voltou. Você sabe como é quando a gente tem tanta saudade de uma pessoa que chega a doer. Eu estava furioso porque ela não se comunicara comigo por nenhum meio, nem carta, nem telefonema, nada; e é claro que eu não podia me comunicar com ela por causa de Charles, mas ainda assim fiquei louco quando a vi. Minha perfeita Elisabeth, a realização de todos os meus sonhos. Só que ela não era mais perfeita, nem ao menos remotamente bonita. Na verdade, quando ela se precipitou no meu consultório mal podia ser reconhecida, a não ser pelos cabelos. Seu rosto havia sido retalhado. Parecia ter sido cortado com vidro: era difícil dizer, com todos aqueles pontos e o inchaço. Eu não conseguia olhar para ela."

Por um breve instante, Julian apoiou a cabeça nas mãos, brincou com o copo, as palmas das mãos úmidas de suor.

"Perguntei-lhe como e por que, é claro. Acho que boa parte de minha reação e de minha repulsa se devia ao meu sentimento de culpa, supondo que nosso caso tivesse motivado o que ele fizera com nela. Era difícil para ela falar de maneira clara. Sua boca estava cortada num dos cantos. Ela disse que nada tinha a ver comigo, que Charles fizera aquilo por um estranho capricho. Não acreditei. Eu estava atônito, revoltado, assustado, por isso agi como um médico impaciente e irresponsável. Receitei-lhe doses maciças de tranqüilizantes, soníferos, disse-lhe que seria melhor para o processo de cura se ela dormisse por vinte e quatro horas. Liguei para a farmácia e nem me ofereci para ficar com ela. Ao invés disso, saí e me embebedei. Não me agüentava em pé."

Ele esvaziou o copo.

"Pode me servir um pouco mais de bebida, por favor? Garanto que não vou repetir a façanha. Desde então nunca mais fiquei bêbado, embora Deus seja testemunha de que tentei."

Ele fechou os olhos e ficou ouvindo o som do líquido dentro de seu copo. Uma dose generosa o bastante para despertar sua atenção. A mão que tocou a sua quando ele pegou o copo era quente e encorajadora.

"Suponho que seu desaparecimento se deu no dia seguinte, quando eu estava sem forças até para levantar a cabeça do travesseiro, tendo cancelado o expediente de sábado no consultório onde, como depois fui informado, ela me procurara. Ela não deve ter tido uma recepção muito amistosa, apesar do estado em que se encontrava. Achavam que ela não me fazia nenhum bem e nunca gostaram do seu jeito, que era autoritário, para dizer o mínimo. Sou de opinião que uma mulher tão bonita tem o direito de ser dura e ter uma atitude defensiva, já que tantos querem tocá-la."

Ele mais agitava o uísque do que o bebia. Sarah percebeu nele um homem de férreo autocontrole, que bebia não por prazer, mas para esquecer.

"Imaginei que ela voltara para o marido. Recebi uma carta dele, algum tempo depois, encerrando a locação do chalé. Senti-me, como era de se esperar, extremamente culpado e aliviado. Aquele sentimento de culpa não foi nada comparado ao de um ano depois, quando ela foi encontrada nos bancos de areia, a cerca de um quilômetro do cais. O corpo enterrado, voltando ao mundo dos vivos."

"Como aconteceu de ela ser enterrada?"

"Ninguém sabe, ou, se sabem, não vão querer dizer agora, mas a orla muda o tempo todo. Uma parte do banco de areia pode ter caído sobre ela e, meses depois, a areia a libertou. Houve uma tempestade no dia anterior ao do aparecimento do corpo. Foi principalmente pelo crescimento dos cabelos que se pôde determinar por quanto tempo ela ficara sob a areia. Depois vieram as investigações, o marido dizendo que ela nunca voltou para Londres e que ele pensou que ela tinha regressado à América, sua terra natal. Elisabeth ficou enterrada praticamente desde o dia em que eu falei com ela pela última vez. Gostaria muito que houvesse alguma dúvida sobre essa questão, mas não há. Sempre me pesará a certeza de que fui eu quem a pôs naquele lugar. Ela veio a mim em busca de ajuda. Aquele que fora seu amante, que lhe forneceu os meios para o suicídio. A última gota. Foi como prescrever-lhe a morte."

O uísque estava esquecido e a sala em silêncio. Julian tossiu, dolorosamente.

"Charles veio ver o corpo, é claro. Ele me ligou e eu lhe disse que podia ficar no antigo chalé, mas ele não parava de perguntar como o corpo pudera ficar enterrado, como se eu fosse obrigado a saber. Fiquei furioso com ele; em suma, disse-lhe que não queria saber, gritei com ele, disse que devia tê-la amado. Foi na mesma semana em que meu pai morreu, meu comportamento desse período explica por que ele não confiou em mim. Charles simplesmente recusava-se a aceitar qualquer explicação sobre como o corpo ficara enterrado por tanto tempo, queria que eu o levasse para ver o lugar. Eu não podia, não quis. Então fui chamado para remover o corpo dele do lugar onde fora encontrado. Eu sabia que só podia ser ele. Sabe o que fiz? Chutei aquele embrulho encharcado na altura das costelas, preguei o último prego no caixão do meu amor-próprio. Depois voltei para casa para enterrar meu pai. Naquela ocasião tive a revelação de algo que me acompanha desde então." Ele começou a contar nos dedos. "Isto é, que não sou digno de estar entre a boa gente daqui, ainda mais como médico. Eu a matei, entende? Poderia ter me matado também."

Sarah levantou-se, foi até a cozinha e, de onde estava, Julian a viu colocar a chaleira no fogão e acender o gás. Uma mariposa entrou pela janela, voejou em frente ao espelho que Joanna usara para se vestir, refletindo a luz que vinha do abajur. Julian queria interromper o som do bater de asas em volta da luz.

"Quer café?", perguntou Sarah.

"Quero." Ele esperou, inclinou-se para a frente e pegou a mariposa com as duas mãos, levantou-se e soltou-a pela janela aberta. Sarah voltou, pôs o café no chão, junto da lâmpada, sentou-se no lugar em que estava, aos pés dele. Não havia nada de submisso naquela posição, apenas uma forma de exigir atenção.

"Agora ouça", disse ela. "Você precisa saber de uma coisa. Não me pergunte pelas fontes de informação, simplesmente acredite: Elisabeth Tysall não se suicidou por sua causa. Ela planejara isso antes vir para cá pela última vez e nada poderia detê-la. Ela escreveu uma carta a Ernest Matthewson, depositou-a em seu banco, para lhe ser entregue apenas caso sua morte fosse confirmada. O banco seguiu as instruções da carta. Ernest estava doente, sua mulher interceptou a carta e depois a entregou a mim. Eu a mostrei a um amigo, a ninguém mais. Na primeira página Elisabeth dizia exatamente o que ia fazer, como e onde. Ela disse que tinha tido muitos casos no passado, todos para se vingar pelo fato de Charles não a amar mais, e que o suicídio era pura vingança pela brutal desfiguração que sofrera. Ela não podia contar suas maldades enquanto estivesse viva, mas providenciaria para que seu corpo fosse achado, para que seus ferimentos fossem examinados e ele fosse desmascarado. Ela pouco sabia sobre os procedimentos da lei, aquilo não se sustentaria num tribunal. Além disso, não tinha a menor vontade de viver, coisa que perdera havia muito tempo. Ela também não precisou de seus tranqüilizantes, pois já tinha seu próprio arsenal de pílulas. Deveria haver uma outra carta fechada em seu poder, quando o corpo fosse encontrado, mas esta se perdeu."

Sarah virou-se graciosamente para se apoiar sobre o outro quadril. Julian sentiu um calor selvagem espalhar-se por suas veias. Raiva, alívio, o desejo rememorado e até agora não realizado, jazendo com a morta. Fúria, culpa.

"Isso não quer dizer", continuou Sarah com toda suavidade, "que sua reação ao rosto dela não tenha sido terrivelmente cruel, algo de que deva se envergonhar. Significa que isso não influenciou os acontecimentos. Você não a matou. Charles a matou. Quanto a chutar o cadáver dele, um cadáver não sente nada, isso é para os vivos. Seu pai acabara de morrer. A angústia faz com que cheguemos às raias da insanidade. Quando meu marido morreu, eu queria matar, maltratar, torturar. Você não fez nada disso."

Julian estava inclinado para a frente, faminto de esperança, fitando seus olhos mosqueados, achando-os insondáveis, generosos, solitários, mas sem melancolia. Ele ficou imóvel quando ela tomou seu rosto entre as mãos e o beijou. O beijo se prolongou: ele se encolheu um pouco, depois respondeu com um gemido, impelido para o abraço com um longo e trêmulo suspiro.

"Sarah, Sarah..."

"Não pense", murmurou ela. "Simplesmente não pense. A não ser em matar as feras."

Ele pensou tê-la ouvido dizer que não se devia permitir que Charles exercesse poder sobre tantas vidas, mas não tinha certeza de nada do que ela dissera. Apenas ouviu o roçar das roupas e a si mesmo subindo as escadas atrás dela, entrando no quarto às escuras onde entrava a luz da lua, tirando a camisa pela cabeça, deixando-se cair com ela na morna mistura de membros macios, unindo-se novamente naquele beijo que parecia não ter sido interrompido. Lembrando de sua leveza, sentindo sua força, esforçando-se para não a ferir nem a apertar demais. Trêmulo até que ela o conseguiu acalmar, levou-o ao momento cataclísmico em que ele sabia que gritara. Quando caiu de volta na realidade, teve vontade de chorar. Em vez disso, dormiu como uma criança.

Os pneus do carro de Edward deslizaram nos seixos; não o som sibilante de um caminho bem pavimentado, apenas o atrito entre a borracha gasta e os seixos afundados na lama depois de uma chuva morna. Pescar o que diabos leva um homem a querer pescar? Principalmente da forma como ele o fazia, uma espécie de atividade clandestina, sempre à noite, por causa do lirismo do luar nas ondas, mas principalmente porque pescar era algo que ele fazia para adquirir uma habilidade que daria inveja aos outros homens; um homem com sua visão devia ser capaz de puxar um peixe de dentro do mar como poucos o fariam; ele precisava fazer suas tentativas à noite, visto que até então elas haviam redundado em notórios fracassos. Os peixes não queriam morder a isca, mesmo depois das muitas horas que gastava há mais de dois anos; mantinham-se debaixo d'água e riam dele. As varas eram a última palavra em matéria de pesca, as iscas estavam de acordo com as recomendações dos livros, o menino Stonewall jurava que sim, com um leve toque de desprezo em sua muda subserviência. Edward admitia que precisava de um professor, caso tivesse humildade bastante para aprender. Ele era capaz de lançar a linha, mas não de pegar o peixe. Era como em tudo o mais: um fracasso era diretamente proporcional ao esforço despendido. Se ao menos o pai tivesse lhe ensinado.

A casa dava a impressão de estar vazia. "Joanna!", gritou ele em direção ao pavimento de cima, sem se incomodar com a possibilidade de acordar alguém; como eles ousam dormir quando ele precisava de companhia e de comida, nessa ordem de prioridade? Silêncio. O carro dela sumira, saíra com uma das putas das suas amigas, se é que era só isso mesmo. Ele jogou a vara de pescar na mesa da cozinha, esvaziou os bolsos do casaco das caixas de anzóis, bóias de linhas de pesca, chumbadas, remanescentes do último fracasso, assim como dos sanduíches em papel-manteiga, vaca tonta. O plástico das caixas de anzóis se quebrou, espalhando-os sobre a mesa; eram bem pequenos, não maiores que a unha do polegar. Edward jogou alguns na gaveta da cozinha. Havia sinais de sua impaciência, de seu desejo, pela casa inteira. Novas varas de pescar, novos molinetes, anzóis em todas as gavetas. A mãe, Julian e até o pai, a princípio, deixavam-no espalhar aquele caos. Todos pensavam que pescar faria dele um homem. Se ele tivesse ouvido isso uma vez... mas ouvira centenas de vezes.

"Joanna!"

Nada. Edward subiu para seu quarto, faminto e chateado, e olhou pela janela. A chuva se reduzira a uma leve garoa; o céu claro anunciava que no dia seguinte teriam mais calor. De repente sentiu-se aflito, ainda furioso. A casa de bonecas continuava coberta. Ele enfiou o punho com força no teto de madeira compensada, ouviu-a quebrar-se e se esmigalhar, as coisas que estavam dentro voaram enquanto o edifício vacilou, gemeu e silenciou. Sem coragem para fazer uma vistoria da carnificina, voltou-se para a janela; sem ânimo para olhar para o mar, olhou para os chalés.

Havia luz em uma das janela. O carneiro Harry pastava em frente de uma das três portas em que havia roseiras. Uma luz embaixo e uma luz em cima. O carro de Julian estacionado em frente à casa deles, como de costume. Edward de repente adivinhou onde ele estava. Aquilo o fez sentir-se mal.

Ele se precipitou escada abaixo pois podia estar enganado, deu uma longa volta por trás da casa, onde ficava o quarto de Julian, vizinho do de Joanna, ambas as portas estavam abertas, ambos os quartos vazios. De volta a seu quarto, tornou a olhar. A luz na porta de entrada do chalé brilhava dando boas-vindas a todos, iluminando a grama. Ele ainda via Sarah Fortune nua, afastando-se dele como um fantasma desdenhoso, um modelo para uma pintura com a bolsa equilibrada na cabeça e os braços estendidos para equilibrar-se numa postura perfeita. Salvai-me do desejo, disse ele para si mesmo, com todo o fervor da oração que ele desprezava. Salvai-me.

De volta à cozinha, sapateou sobre a vara de pescar, xingou, pisoteou o jornal que estava no chão da despensa, xingou novamente. Ele pegou um pedaço de pão, sentiu uma coceira na nuca, voltou-se. A mãe estava atrás dele, ainda com o chapéu emplumado que usara naquela manhã, e com um casaco de lã sobre o mesmo vestido. Ela estava evidentemente chocada. Melhor ainda, estava apavorada. Esquivando-se dele como uma escrava, recuando para o canto da cozinha, colocando a mão nos anzóis que estavam na mesa, dando gritinhos como se fosse um papagaio, levantando as mãos como se fosse rezar, antes que ele lhe batesse. Apenas um soco, na altura daquele chapéu ridículo, mas forte, fazendo-a curvar-se, agarrar-se ao encosto de uma cadeira ainda com um ou dois anzóis na palma da mão. Ela soltou um gemido mas não caiu, endireitou o corpo, agarrou-se à mesa com a outra mão e conseguiu se manter de pé, um pouco oscilante. O chapéu foi deslocado ainda mais para um lado, as plumas pendendo e roçando a orelha esquerda, onde uma gota de sangue começou a se formar, escorrendo devagar. Ela abriu a mão em que os dois anzóis tinham se incrustado e suspirou de forma teatral.

"O que foi que eu fiz, meu querido Ed? O que foi que eu fiz?"

Uma corrente de ar frio entrou pela porta de trás. Lá estava Joanna, os cabelos úmidos, frisados pela chuva, observando o quadro composto por mãe e filho. A mãe sentou-se com muito cuidado e começou a tirar os dois anzóis da palma da mão, um pouco trêmula, resmungando baixinho, um tanto ofegante.

Tinham sido as farpas, voltadas para trás, que haviam penetrado na pele. Elas podiam chegar à espinha do peixe sem causar dor; Joanna ouvira milhares de explicações de Edward. Os anzóis não pareciam ser tão inofensivos encravados numa mão.

"Olhem!", disse a mãe triunfante, acabando de tirar o primeiro, segurando-o próximo à luz e começando a trabalhar no segundo. "É só você fazer assim e depois assim, está vendo? Fácil, fácil." Joanna ficou aliviada. Acidentes acontecem, pescar era um esporte besta. Então a gota de sangue escorreu devagar por trás do chapéu da mãe, uma única gota, caiu na mesa e logo a mãe a apanhou com a mão ferida sugando-a sofregamente. Aquela mancha vermelha brilhante sumiu por completo. Só então ela viu Joanna. Sua voz assumiu um tom defensivo. Ela olhou para Edward assustada.

"Lá se foram eles!", disse ela alegremente, acabando de tirar o segundo anzol. "Hora de dormir! Já são mais que horas de dormir! Eu não devia ter me levantado!"

Edward estava enchendo a chaleira de água na pia. Joanna fitou por algum tempo a curvatura de suas costas, enquanto levava a mãe para fora da sala.

"Quer um sanduíche, mamãe?", perguntou ela enquanto subiam as escadas lentamente. "Você está com fome?"

"Não, obrigada, não, obrigada." Depois, como tivesse tido aquela idéia na hora, acrescentou: "Você não deve usar brincos, querida; se a gente cai por cima deles, eles nos ferem."

Joanna ficou contente por a mãe não aceitar o sanduíche. Ela não queria voltar à cozinha, com todo o calor remanescente dos corpos, a tepidez claustrofóbica, as acusações, os abalos da fé no irmão em quem depositara toda a sua confiança. Ainda não.

A maré baixou. Enganchada numa corda no cais e fazendo uma bela figura à luz da lua, estava uma blusa púrpura como um pano de igreja posto para secar depois dos dias de culto. Um par de sandálias dançou e afundou, sendo carregado para outras plagas, junto com os peixes.

Julian Pardoe agitou-se nos braços de Sarah, livre de culpa e de dor.

"Sarah?"

"Sim?", disse ela chegando-se para mais perto.

"Quando você fica louca de dor, o que você faz? O que fez quando aconteceu pela primeira vez?"

"Isto", disse ela sonolenta. "Só isto." Daí a algum tempo, um outro murmúrio. "Eu nunca fui muito boa nessas coisas de leis, nunca fui muito boa em nada, mas sou boa nisso. A lei é tão morosa. Não tem a menor graça. Devia ser muito mais do que aritmética... Há tantas outras maneiras de curar um mal." Ele não entendeu: não importava, puxou-a para mais perto, recomeçou a beijá-la, sentiu aquelas estranhas cicatrizes de seus braços, tarde demais para perguntas, deixou-se mergulhar no mais antigo dos remédios.

9

Eles podiam tentar pegar o fantasma e conquistar a glória. Stonewall e Rick estavam no barco velho e arrebentado com motor engasgado, potência de meio HP, disse Rick, mas bom para a enseada; e se você o deixasse ir com a maré, ele poderia até ganhar as olimpíadas. Eles estavam esperando pela água naquela espécie de amanhecer leitoso que fazia Stonewall tiritar. O barco estava abrigado junto do cais. Ele se debruçou para um lado com sua linha, procurando os caranguejos para vender como isca ou mesmo para jogá-los de volta na água; ao invés disso encontrou uma blusa púrpura secando numa corda de amarração, atou-a a sua magra cintura e sentiu-se absurdamente contente com o troféu. Rick estava deitado de costas, olhando o céu.

Ele se levantou para esticar as pernas e bocejou, a cabeça abaixo do nível do quebra-mar, quando ouviu Edward Pardoe passar com seus sapatos pesados e inadequados para a estação. Rick equilibrou-se no banco do meio do barco, agarrou-se ao cais e pulou para cima. Andando com cuidado, olhando rapidamente os cisnes que se alvoroçavam com a maré, Edward não percebeu mais nada. Rick pôs o dedo nos lábios quando Stonewall pulou do seu lado. De comum acordo ficaram em silêncio, debruçaram-se com os cotovelos apoiados no capô de um carro, olhando através do pára-brisa e por trás, para observar Edward dirigir-se à estrada que levava à praia, ao camping e aos bosques.

Rick estalou os dedos e fez um gesto com a cabeça em direção a Edward, parodiando uma ordem militar, que foi compreendida imediatamente. Stonewall fez uma saudação farsesca e saiu, com seus tênis fedorentos, atrás da figura que já ia desaparecendo. Rick pôs a mão na altura das sobrancelhas, ainda representado o mesmo papel. O sol ia ficando mais brilhante de minuto a minuto; a mãe de Stonewall brigaria com ele se não o encontrasse em casa para o café da manhã, e já estava passando da hora. Afinal, o que é que aquele sacana do Edward estava fazendo? Ele não ia acordar tão cedo para nada, de maneira alguma se levantaria àquela hora se pudesse evitar. Rick voltou-se e cuspiu no chão, sempre lhe fazia bem cuspir, ainda que fosse um hábito recente e do qual se envergonhava.

Ele o adquirira há algumas semanas, quando Edward veio para o fliperama e advertiu-o quanto a Joanna. "Que lhe interessa com quem ela sai?", dissera Rick. "Não vou fazer nenhum mal a ela." "É melhor você dar o fora, só isso, ela nem gosta de você, ri pelas suas costas", tornara Edward com voz arrastada. "Por isso, deixe-a em paz, ou vai ver o que acontece com seu fliperama, seu emprego e o meio de vida do seu pai e de todas as pessoas que trabalham lá de vez em quando. Foi quando Rick cuspiu, mais como resposta à primeira metade da mensagem que à segunda, impotente, como sempre se sentia, em relação à história de sua vida.

Os Pardoe e os pais tinham a última palavra. Ninguém mais. Ele lançou um olhar para o outro lado da rua, para o reino do seu fliperama. Mesmo com um pai como o seu, ele se sentia digno de qualquer moça. Andara pensando sobre aquele assunto. Aquele era o dia de encontrar Jo.

Rick abriu as portas retráteis do fliperama, entrou, indo de interruptor a interruptor. De repente o lugar se encheu de uma luz brilhante e do maravilhoso e estridente som que lhe transmitia sua força.

Stonewall pensou ter percebido o rumo que Edward estava tomando, pois por aquele caminho não havia muita escolha. Talvez o preguiçoso estivesse indo catar suas próprias iscas, para variar um pouco, mas ele não estava levando nada consigo. A estrada só levava ao camping, à praia ou ao bosque; Stonewall não conseguia imaginar o que um Pardoe tinha a ver com campings. Edward andava na barreira paralela à estrada silenciosa, com Stonewall em seu encalço, passando despercebido mesmo com aquele seu despojo, a blusa púrpura na cintura, ligeiramente excitado, mais irritado que emocionado, dessa vez um pouco indignado por ser tão insignificante. Ele estava com fome, estava seguindo Ed, que lhe devia dinheiro, estava concentrado na perseguição e furioso o bastante para arriscar um atalho. Stonewall cruzou o camping, onde a vida matinal estava apenas começando, esgueirou-se como uma sombra entre os veículos adormecidos como lesmas, e entrou no bosque, onde o vento sussurrava. Ed devia ter ido para a praia; Stonewall queria interceptá-lo. Seguiu por uma série de trilhas que passavam entre os olorosos pinheiros, mergulhavam em vales de areia, subindo e descendo até o cômoro cheio de árvores onde começava a areia. Havia um caminho que cruzava a crista, novamente mergulhando em fendas cujas entradas e saídas tinham sido abertas ou foram se moldando naturalmente. Stonewall esquadrinhou a praia, andou devagar para a esquerda. A primeira vez que ele vira o fantasma falando com Edward fora bem ali. Eles tinham se encontrado no meio daquele ermo, como duas pessoas prestes a travar um duelo.

Isso acontecera há algumas semanas. Dessa vez ele primeiro ouviu as vozes e quase foi parar entre os dois. Eles estavam sentados no meio do acentuado declive que descia do bosque até a praia, ao abrigo da viração. Edward e o homem de cabelos brancos trajando roupas velhas, ambas as mãos no castão de uma bengala, que Stonewall também reconheceu: a bengala da senhorita Gloomer. O menino grudou no chão como se tivesse levado um tiro, ficou deitado apoiando a cabeça nas mãos. Mal podia ouvi-los, com o vento sussurrando nas árvores atrás dele e os grasnidos das gaivotas lá embaixo na praia, mas tentou ouvir para ter o que contar. Seu estômago roncou, ele soltou um peido e quase pediu desculpas em voz alta. As pessoas não faziam isso nos vídeos e a perspectiva de fazer aquilo novamente impediu-o de arrastar-se para mais perto.

Rick gosta de mim: ele disse isso.

O sol estava começando a filtrar sua luz por entre os galhos das árvores acima dele, esquentando-lhe a nuca, não a areia sob ele. A luz era intermitente, como a luz estroboscópica da discoteca que ficava em cima do Ark Royal. Stonewall tremeu com uma incômoda sensação de medo, observou as moscas da areia saltando diante de seu nariz. O que você fez com minha Sal, você, de cabelo branco como o diretor da escola? A coleira de Sal ainda estava no bolso do seu short, junto à virilha; o medo deu lugar à raiva, depois ao sentimento da própria importância por estar vendo o fantasma em quem outras pessoas agora acreditavam. Logo, logo eles iriam pegá-lo, Rick e ele.

Rick gosta de mim. A gente pode fazer qualquer coisa.

Uma aranha avançava devagar num fio de sua teia, pontilhado de gotinhas de orvalho, suspenso bem próximo do nariz sardento de Stonewall. Edward e o velho ali embaixo com certeza não estavam tendo uma conversa de amigos.

Era entrecortada, descontínua, com muita contemplação do mar e muitas pausas; eles não estavam à vontade, não era como entre ele e Rick.

"Agora você está com uma bengala nova", dizia Edward. "Onde a conseguiu? Achei que estivesse sem dinheiro nenhum."

"Ah, eu dei uma paradinha para fazer uma visita a uma velha amiga, para um chá e um bate-papo, é claro. Por alguma razão peguei a bengala quando estava saindo." Edward disse um ora-ora de advertência, brincou com uma folha de relva.

"Você não devia fazer esse tipo de coisa", completou ele, irritado.

"Um homem precisa comer. Eu também não devia ter invadido o consultório do seu irmão, mas você não teve nenhum escrúpulo em relação a isso."

Silêncio, o gemer do vento, sons indistintos.

"...você achou?"

"O prontuário. Detalhes de uma comprometedora receita de venenos soporíferos. Indícios de um assassinato adulterino, em meu modo de ver."

"Ora, não, não é nada isso", protestou Edward. "Não chega a tanto."

"Chega, sim. Cartas dela endereçadas a ele. Cartas cheias de amargura que ele não enviou. Por que as guardou fora de casa?"

"Porque minha mãe é muito indiscreta, acho."

"Eu poderia matá-lo", disse o homem calmamente. "É essa a idéia, não?"

"Você quer dizer que Charles Tysall poderia matá-lo?"

"Sem precisar de nenhuma arma", disse o homem laconicamente. "Embora eu ache que ele tenha feito por merecer um pouco mais de requinte." Edward deu um risinho constrangido. O homem percebeu e se afastou um pouco mais. Seus penetrantes olhos azuis abandonaram o contínuo esquadrinhar da orla e voltaram-se para Edward. Pareciam ligeiramente fora de foco; o próprio sujeito se lhe afigurava ainda mais traiçoeiro do que antes. Apenas sua fala mantinha-se perfeitamente controlada.

"O que, suponho, viria a calhar para os seus objetivos, como já conversamos, embora de forma indireta. Seria melhor ainda para você se sua mãe morresse no mesmo acidente. Você e sua querida irmã, senhor e senhora de tudo o que você descortina, teriam uma maravilhosa paisagem com que se divertir."

"Acho que sim", murmurou Edward, ainda se sentindo desconfortável, embora seu corpo estivesse trêmulo de excitação. Ele preferiria que seus desejos fossem apenas imaginados, não expressos, executados sem que ele o soubesse. À luz da manhã, seus sonhos se tornavam violentos e vulgares; ele queria primeiro acalentá-los depois adiá-los. Os sonhos eram muito mais agradáveis antes de se tornarem reais.

"Ainda temos a tal mulher conosco", apressou-se em dizer. "Isso complica um pouco as coisas."

"A tal que sua irmã chamou de vaca."

"Agora ela não a chama mais assim. Escute, temos que pensar sobre isso."

"Claro. Penso o tempo todo."

"Quero dizer, deixar de lado por um tempo..."

"Você está mudando de idéia?"

"Não, não."

"Talvez você preferisse não saber..."

"A gente poderia combinar outro encontro, digamos, para daqui a dois dias. Trouxe a chave de um trailer, muito bem equipado, na quarta fileira à esquerda, no fim... Qual é o problema?"

O homem alto e magro estava arquejante com um riso sem alegria, um desagradável som sibilante que o sacodia de alto a baixo e fazia sua bengala tremer.

"Nada. É tarde demais para mudar de idéia. Acha mesmo que vou ficar num lugar escolhido por você, onde possa me encontrar?"

"Posso entregá-lo à polícia", ameaçou Edward.

"Para quê? Para que eu lhes conte sobre nossas conversas? Ora essa!"

Mais uma vez, aflorava a questão do equilíbrio de forças entre eles, que Edward fazia de conta não existir, mas que estivera lá o tempo todo, desde o começo, negando seu controle sobre o homem, desmascarando a ilusão de que ele era um grande benfeitor e que o outro era um servo bem-agradecido.

"Não faça nada antes que eu lhe diga para fazer."

O homem ergueu as sobrancelhas, estendeu as mãos. "Você acha que eu faria isso? Sua doce irmã preparou sanduíches hoje?"

"Sim, desculpe, eu tinha esquecido."

Edward se foi sem olhar para trás, disparando a correr pela praia, com dificuldade, perturbado, ansioso para fugir dali. O homem também se levantou e foi para a esquerda, saindo do ângulo de visão do menino.

Stonewall perdera a maior parte da conversa, exceto o diálogo esquisito sobre trailers. Algo o imobilizou, barriga no chão, a inércia da fome impedindo-o de levantar-se e seguir o fantasma, o sol na cabeça, a interminável contemplação da aranha com o canto do olho, a luz do sol passando por entre as árvores. Pensando na bronca de sua mãe, imaginou se seria melhor ficar mais um tempo até a ansiedade atenuar um pouco a raiva, mas depois de uns dez minutos de indecisão concluiu que aquilo poderia piorar ainda mais as coisas. Ficou pensando também nas mentiras que poderia inventar para explicar por que saíra escondido tão cedo numa manhã de segunda-feira, seduzido pela tentação do barco de Rick, sem condições de dizer onde estivera no caso de que aquilo significasse uma condenação sumária e, de certa forma, em meio a todas essas maquinações cheias de ansiedade, alguma coisa, que era mais do que a lembrança de Sal, o incomodava, como estar a meio caminho da escola e perceber que tinha esquecido os sapatos. Stonewall odiava as manhãs de segunda-feira como aquela: eram dias cheios de culpa.

Rick gosta de mim.

Hesitante, levantou-se cambaleante e virou-se para correr colina abaixo em direção ao bosque. Parou, deu um passo atrás, o coração na boca, tropeçou, caiu de bunda no chão, ofegante. O homem de cabelos brancos estava ali, olhando-o do alto, vindo de parte alguma, apoiado na bengala como alguém que não tivesse necessidade disso.

"Eu o conheço", disse o homem. "Não conheço? E você me conhece."

Stonewall balançou a cabeça numa negação frenética, tentou levantar-se mas a areia escorregava sob seus pés. Ah, sim, ele agora se lembrava do homem. Há quase um ano, aquele homem transpondo os canais, Stonewall tentando fazê-lo parar e avisar-lhe de que a maré era muito mais veloz que qualquer um que tentasse lhe escapar, e levando um empurrão em troca desse esforço. Um homem que parecia ter ficado mais alto e mais magro, que adquirira aquela auréola de cabelos brancos. Ele devia ter vivido como um animal para chegar àquele estado. Seus braços pareciam duas varetas, ele estava sujo.

"Você espiona para o doutor", disse o homem devagar. "Você não passa de um espião. Até se parece com ele. Você o ajudou a enterrá-la? Pôs os seus dedinhos imundos em cima dela, você e o doutor? Isso que estou vendo em sua cintura é a blusa dela? Você pôs as mãos em suas tetas? Pôs?"

O menino ia abrindo a boca para protestar — nunca fiz nada. Não sei do que você está falando, me deixe em paz, o que você fez com minha cadela? Não houve nenhuma palavra, apenas um grito agudo.

Stonewall levara as mãos à cabeça: o castão da bengala da senhorita Gloomer quebrou três dedos dele. O segundo golpe fez um ruído surdo em seu crânio; ele chegou a ouvir o ruído da fratura sem sentir a dor, como um dente sendo extraído pelo dentista, e o terceiro golpe ele já não podia sentir. Seu corpo soerguido curvou-se sobre si mesmo, tombou para a frente, rolou ladeira abaixo por sobre agulhas de pinheiros e relva pontiaguda, os cardos e os espinheiros grudando-se em seu short, sem nada sentir, os olhos abertos para a luz que brilhava entre os pinheiros, o gemido do vento transformando-se num bramido e depois num grande silêncio. Ele parou de perceber o sol, sentiu uma leve surpresa quando seu corpo se sacudiu mais uma vez e depois parou, encolhido em posição fetal com as mãos de novo na cabeça da forma como Rick o instruíra em caso de queda. A última sensação que teve foi a de descansar encostado ao tronco marrom de uma árvore, cuja casca arranhava seu rosto, e por fim aquele arranhão causou dor, humilhação, uma vaga sensação de que estava no lugar errado, na hora errada, simplório, um mero bebê que queria chorar e não ser maltratado daquele jeito. Ele não podia fechar os olhos, mas não conseguia ver nada.

Rick gosta de mim.

O homem olhou-o calmamente. Se resolvesse terminar o trabalho que começara, provavelmente iria rasgar as próprias roupas e ele não tinha roupas sobrando. Nem o bastante para ir para casa. Fosse lá onde fosse.

Foi um café da manhã ameno, o irmão mais velho estava de bom humor, Joanna observou. A mãe levou sua refeição para fora de casa, sob o sol; não havia nem sinal de Edward nem nenhuma má vontade da parte de ninguém. A mãe vestira seus trajes domingueiros naquela segunda-feira, e usava um turbante com um broche. Com um relutante senso de justiça, que sempre se deturpava para proteger o caçula, Joanna estava reconhecendo para si mesma que Julian estava tratando melhor a mãe, conformando-se ao seu nível infantil, entrando em suas brincadeiras, exceto quando ela se aproximava do fogão. Ela notara um ferimento no rosto de sua mãe, a marca do brinco que usara no dia anterior claramente impressa, uma diminuição pouco comum da ânsia de chamar a atenção para sua loucura, uma mudança na atitude de exibi-la. O vestido era turquesa, cintilante, com mangas-balão, os mesmos tênis cor-de-rosa do dia anterior. Joanna a estava vendo naquele momento, pela porta da cozinha, dando comida aos passarinhos, espalhando farelos de pão com movimentos exageradamente largos e desnecessários. Joanna sentiu que ela estava inquieta. Ela própria estava inquieta, queria contar a Julian sobre a cena que tivera a impressão de ver na noite anterior, Edward e Ratinho, algo terrível. O espírito de lealdade impedia a revelação até para si mesma. Edward nunca faria uma coisa daquelas; sua imaginação pregava-lhe peças. Aquilo tudo devia fazer parte do alvoroço que tomou conta deles desde que Sarah Fortune chegara, uns poucos e longos dias atrás.

"Jo, não se preocupe em fazer comida hoje", disse Julian em tom amistoso. "Mamãe não se importa muito, seria uma perda de tempo. Escute, há séculos que eu queria lhe perguntar que fim levou aquele rapaz com quem você estava se encontrando? Aquele Rick, do fliperama, não é? Um bom sujeito. Eu dei uns pontos no seu joelho o ano passado, ele foi muito corajoso, sei que a gente não costuma falar sobre essas coisas, mas sabe, nem cheguei a lhe dizer que gostava dele..."

"Que novidade!" A surpresa e a energia incansável a fizeram assobiar.

"Que diabos você quer dizer com isso?"

A mãe voltou para dentro de casa. A saia do vestido estava enfiada nos calções, num dos lados. Ela fez uma pirueta, depois chamou o carneiro Harry para entrar.

"Será que Harry pode entrar?", perguntou ela com toda a delicadeza. O carneiro parecia debochar; um parecia ser tão tonto quanto a outra. "É que ele está tão bonzinho hoje que eu o convidei para tomar café."

"Não em dias de semana, mãe, a senhora sabe disso", disse Julian calmamente. "Joanna, o que você quer dizer com isso? Que fim levou Rick? Vocês romperam ou coisa assim? Eu esperava, bem..."

Joanna teve um ataque de raiva. Como ele podia se mostrar tão calmo e preocupado quando a única coisa que queria era pôr a mãe numa casa onde nunca a deixassem vestir suas próprias roupas? Quando fora ele o primeiro a anular todas as suas chances com o Rick, afastando-o com ameaças?

"O que eu quero dizer", rugiu ela, "é que não, não rompemos. Mas é um pouco difícil para um homem continuar saindo com uma moça quando o irmão mais velho dela lhe diz para se afastar porque se não o fizer perde o emprego.

Está entendendo o que quero dizer? E não estou mentindo. Rick já era muito retraído. Você só piorou as coisas."

Ela estava lavando a louça do café com as mãos trêmulas. A calma de Julian só alimentava sua fúria.

"Jo", principiou ele.

"Não me chame de Jo!", gritou ela. A mãe caiu na gargalhada e saiu novamente, cantarolando com uma estranha satisfação. Julian deixou o fogo daquela raiva arder por um minuto, até que a agitação de Joanna foi diminuindo aos poucos; então aproximou-se dela na cozinha e ficou ao seu lado, junto da pia, enxugando a louça à medida que ela a lavava, lamentando consigo mesmo por não fazer esse tipo de coisa mais vezes. Sem pedir licença, Sarah voltou a ocupar seus pensamentos. A vida é curta demais para fazer bolos, dissera ela em algum momento naquela manhã; aquilo o fez rir e o fazia sorrir agora. Eu gosto de minha irmã, pensou ele, só que nunca digo isso. Gosto deste lugar, embora não desta casa, e não sou o pior dos médicos. Eu posso viver se me permitir viver.

"Ali está a porta", disse ele. "Vá até o cais e pergunte ao Rick qual dos seus irmãos o ameaçou. O que eu posso dizer é que não foi este aqui. Ah, e ponha na cabeça que só o simples medo de fracassar pode explicar que um homem abra mão de uma moça maravilhosa como você. Vocês, mulheres bonitas, parecem não ter consciência de quão terríveis são. Vocês nos dão o maior medo."

Ela continuava naquela atitude desafiadora, assaltada pelas piores dúvidas. É muito mais fácil censurar que agir, tão mais simples chafurdar, ficar remoendo mágoas.

"Maravilhosa!", repetiu ela raivosamente.

"Oh, sempre, sempre tão maravilhosa", disse a mãe balançando a cabeça como o carneiro no vão da porta.

"Extremamente bela, se prefere que eu diga assim", disse Julian com toda a seriedade. "Se pelo menos você se visse como as outras pessoas a vêem."

"Como quem, por exemplo?", retrucou ela ainda em tom de desafio, tirando os cabelos dos olhos. Ele fingiu refletir, pensar numa opinião que ela respeitasse. Nem o vigário nem o gentil sacristão que beijou sua mãe na saída da igreja; ele não podia citar nenhum dos homens de seu estreito círculo de relações.

"Sarah Fortune diz isso. Ela disse isso a mim. Eu não perguntei. Nada como uma mulher bonita para reconhecer outra."

A porta da frente bateu. A tosse inconfundível de Edward ecoou ao longe. Joanna não conseguia encarar Edward. Ela fez um gesto ofensivo em direção a Harry, na intenção de todos os presentes, muda, abrandada, lisonjeada, incapaz de dizer alguma coisa com graça, ainda tentando eliminar todas aquelas cantorias de advertência que vibravam dentro de sua cabeça como o órgão de uma igreja, contra as coisas que Edward dissera.

"Entre e tome um pouco mais de café, mamãe", disse Julian. Ele estava tentando distraí-la de seus ostensivos esforços para pôr Harry para dentro da cozinha, como se precisasse de um cão de guarda, mas também para desviar a atenção do dilema de Jo, uma vez que a moça não poderia tomar uma decisão com refletores sobre ela. Vendo aqueles dois, pensava Jo com uma preocupação fugaz, será que ele poria a mãe num asilo, como dissera Edward? No final das contas, ela não queria pensar sobre nenhum deles, queria simplesmente sair correndo.

As vistosas listras de sua leve saia de algodão flutuavam a sua volta enquanto ela caminhava estrada abaixo a passos rápidos, produzindo um belo efeito. A influência de Sarah

Fortune a fizera vasculhar seu guarda-roupa e as lojas locais à procura de coisas que realmente a agradassem. Se ela fosse Sarah, como prenderia Rick? Com toda a calma, indo direto ao assunto, sem corar nem fazer rodeios inúteis: "Posso falar com você, por favor?". Foi o que Sarah disse quando elas falaram sobre o assunto. Ela disse: "Descubra a verdade e, se for o caso, arranje outra pessoa". Fora uma longa conversa, enquanto escolhiam as roupas.

O fliperama era um grande vazio de som, ainda não estava pronto para receber a multidão de pessoas que entrariam ali mais tarde, encheriam as proximidades do cais com carros e ficariam sentadas como bonecos, comendo batatas fritas. Joanna não passou a blusa a ferro nem ajeitou os cabelos, mas entrou naquele lugar à meia-luz, temporariamente cega. Rick estava limpando as máquinas. Thunderbirds V, ela leu; Street Fighters, Space Wars X, Kung Fu, um verdadeiro cemitério de divertimento. Ele parou e olhou para ela.

Seu rosto abriu-se num lento sorriso. Por trás dele, surgindo da escuridão apareceram as largas e vulgares feições do pai. A mão pesada apertou-lhe o braço em sinal de advertência, enquanto a outra tocava o boné saudando Joanna. Hipócrita, pensou ela, grosseirão e hipócrita. Os hematomas de Rick ainda impressionavam um pouco. Ela deslocou o olhar dele para o velho e novamente para ele, desafiadora. Ele pareceu encolher diante dos seus olhos.

"Nós vamos pegar o furgão", disse Rick.

Dirigindo em direção ao bosque, pela praia, Rick ligou o pregão, ignorando os grupos de crianças madrugadoras que acenavam. Joanna estava empertigada. Depois do camping, onde uma estrada esburacada com a placa IMPRÓPRIA PARA VEÍ-

CULOS levava ao bosque, Rick dobrou à esquerda e parou uns duzentos metros adiante. A compulsão que as pessoas sentem para se agregar sempre o intrigara, pois aquilo se lhe afigurava uma completa perversidade. Saindo da trilha mais usada, mesmo a tão pouca distância de outras duas mil almas, raramente se encontrava alguém. Até parece, dissera ele a Stonewall, que os seres humanos amam uns aos outros, considerando a tendência que têm para se juntar.

"Faz tempo que estava querendo falar com você", disse Rick a Joanna, apoiando-se no volante do carro. "Mas como foi você quem me procurou, pode falar antes." As mãos dela descansavam no regaço; ele notou que ela roera as unhas e naquele instante ela estava respirando fundo.

"Rick, você gosta de mim, nem que seja um pouco? Ah, sei que é uma pergunta boba, você não diria que não, certo?"

"Diria, sim, mas estaria mentindo. Claro que gosto de você." Ele estava furioso com o tremor de sua voz. "Você e Stonewall são tudo para mim." Então respirou fundo como Joanna, sem a menor afetação. "Só que seu irmão Edward disse que você estava apenas querendo brincar comigo e eu não podia suportar uma coisa dessas."

"Edward?", disse ela devagar, num tom desesperado.

"Quem mais faria isso? Ele disse também que poderia nos tomar o fliperama. Eu não devia ter dado ouvidos a ele, não é, Jo? Não devia, não é?"

Ela começara a chorar, não saberia dizer se de alívio ou por se sentir traída.

"Não, não devia. Nós nunca faríamos uma coisa dessas. Papai não faria, Julian não faria, Edward... Sabe o que a gente devia fazer com todas as coisas que a família tem? A gente devia devolver tudo, livrar-se de tudo, deixar que as pessoas ficassem com tudo." As lágrimas a impediam de falar.

Lá fora, no bosque, estava frio. Eles andaram durante um tempo em silêncio, andando como por instinto em direção ao mar. Você poderia viver aqui o tempo todo e nunca deixar de ser atraído para o mar: todos os passos levavam naquela direção, no inverno ou no verão. Rick queria fazer amor com ela ali mesmo, entre as agulhas dos pinheiros, da forma como vinha sonhando há meses; como estava muito nervoso para tentar, porque era uma coisa muito importante e ele temia que não desse certo, enlaçou-a pela cintura. O choro foi cessando, devagar.

"Eu fiquei tão desesperada, Rick', disse ela com um suspiro fundo e trêmulo. "Tentei não me sentir tão desesperada, mas não consegui."

"Nem você e nem eu." Ele apertou-a mais. "Você está sumindo. Não deve continuar emagrecendo."

Ela teve vontade de rir, ainda querendo chorar; voltou-se para ele ao mesmo tempo em que ele se voltava para ela, e se aninhou em seu peito, os cabelos flutuando no rosto dele enquanto ele os afagava, olhando sua cabeça de cima, surpreso. Depois saíram andando de braços dados, procurando um lugar ainda mais tranqüilo para sentar, algum lugar onde a luz do sol chegasse sem os incomodar.

"Eu seria capaz de matar seu irmão Edward", murmurou Rick. "Hoje cedo ele já estava na ativa. Pedi a Stonewall que o seguisse, só de brincadeira." Joanna não gostou da referência a Edward. Ela queria acreditar que a relação entre Edward e aquelas histórias mesquinhas era apenas um engano que seria esclarecido, mas em outra ocasião.

"Então Stonewall não fez o trabalho direito. Edward chegou quando eu estava saindo de casa."

Rick parou, um pouco perturbado, mas não o bastante para distraí-lo das batidas do próprio coração. Mais um pouco e ele morreria; mas desde que pudesse ficar com ela, tomá-la em seus braços, o resto poderia esperar.

Os pés dele sentiam a maciez da areia numa depressão em forma de divã à esquerda da trilha, protegida por uma árvore encurvada a meio caminho entre o último aclive antes da parte mais alta e a estranha vastidão da praia, onde duas pessoas em busca de uma luz mais suave sabiam que não era o caso de ir. Eles se sentaram lado a lado, tranqüilos mas embaraçados, e ele, com a maior das impaciências, querendo fazer tudo direito, tendo o tempo como aliado.

"Você me quer, Jo? Tem certeza?"

Em sua boca, aquele nome abreviado era lindo, ela adorou, olhou para ele e a expressão de seu rosto foi mudando devagar. De uma pasma e fascinada beleza, suas enormes pupilas se estreitaram, negando o amor de seus olhos, transformando seu rosto numa máscara de perplexidade, quase de dor.

"Há uma pessoa nos observando", murmurou ela. "Ali."

Rick afastou-se dela, voltou-se e gritou: "Quem está aí?". Olhou atentamente as áreas alternadas de luz e de sombra produzidas pelos galhos buliçosos, ficou à escuta, não ouviu nada além do gemido do vento. Olhou em volta cheio de desconfiança, os punhos cerrados, pronto para a luta, e viu um lampejo púrpura.

Uma manga e uma mão apareceram por trás da árvore, um fio de sangue formando uma gota brilhante na ponta dos dedos, parando de repente, como se nunca fosse cair. Rick nunca teria reconhecido aquela simples mão, mas ele conhecia a cor daquele trapo de seda. Stonewall, o estúpido espião, sempre querendo pregar peças, aquele tampinha imbecil.

"Venha cá, seu malandro bobo!", gritou Rick.

Lentamente, a mão escorregou. Ambos olhavam, hipnotizados, na expectativa de se divertir. O rosto de Stonewall, machucado, cheio de listras vermelhas, os olhos arregalados, apareceu primeiro. Uma mão se mexeu num arremedo de saudação real, fazendo um gesto amplo, vagaroso e teatral até que devagar, violentamente, com um pouco de espuma na boca, Stonewall cambaleou na direção deles.

Logo depois que Julian saiu, antes das oito horas — pelos cálculos de Sarah, que não verificou no relógio —, ela sentiu uma forte pontada de dor que a fez sentar num dos lados da velha banheira, segurando a cabeça entre as mãos. O tinido da caldeira que produzia água quente mais por acaso que por arte, canos reverberando dentro das paredes como o som de um órgão, embaralhava as lembranças, impedia de pensar, dava vontade de gritar. O mesmo se dava com a própria dor, intensa, cedendo devagar, levando ao pânico porque ela sabia que não era uma dor sua e não podia fazer nada, não podia descobrir a causa ou a cura, apenas sentir e rezar para que fosse embora.

Era aquela velha aflição de sempre, um excesso de conhecimento vicário. Ela sempre teve um sexto sentido para perceber a solidão, atravessando a rua ou numa sala, semelhante a um Exocet, que é capaz de reconhecer o calor e cair sobre ele. Agora toda a dor, física e mental, parecia cair sobre ela, projetar-se de outro corpo no seu e instalar-se em seus membros, para ser tratada pelo sucedâneo de prece a nenhum deus, a prece que muitas vezes era uma espécie de maldição pela empatia que de certa forma ela adquirira.

Uma espécie de telepatia, dissera Malcolm com desprezo. Aquilo lhe era proveitoso antes da época de Charles Tysall e Malcolm, quando ela aumentara sua renda praticandodo uma prostituição seletiva, menos preocupada com o dinheiro do que com o divertimento e a liberdade, simplesmente uma mulher empregando seu tempo em exercitar as suas habilidades. Ela nunca se considerou uma terapeuta, simplesmente uma pessoa sem um moral convencional do tipo inútil, que só servia para atrapalhar. Além disso, gostava de dormir com homens, desde que lhe agradassem. Afeição ou respeito, eis o segredo; qualquer um dos dois servia. Alguns preferiam conversar: não muitos. Ser uma puta de bom coração significava ouvir antes ou depois, não importa qual fosse o desejo deles, contanto que o trabalho fosse reconhecido, e quase sempre ela recebia sua recompensa.

Sarah lavou-se meticulosamente, matando o odor do contato sexual com um pouco de pena. Abandonar os hábitos de uma promiscuidade refinada por estar com Malcolm não significou perder nem a empatia nem os instintos. Gente como Malcolm seguia um sistema de regras, ela seguia outro, só isso; ela não via nada de mais no seu sistema, não conseguia sequer considerá-lo uma maneira estranha de viver.

Ou mesmo uma estranha maneira de ser. Naquele momento olhava a própria imagem refletida através do vapor que se condensava e escorria no espelho do banheiro, tendo eliminado todo o odor do sexo, a pontada reduzindo-se a uma dor difusa, localizada na cabeça, nas costelas, na mão. Ela não queria olhar para si mesma, mas não podia fechar os olhos, eles pareciam estar paralisados, fitando o vazio. Ela abriu a torneira da banheira para produzir mais vapor, coçando as pequenas larvas da parte posterior dos braços onde Charles Tysall deixara sua marca, sabendo que ele estava vivo, que deixara cicatrizes em sua pele, como em Elisabeth, e agora em uma outra pessoa. A dor aumentou.

Ela olhou para o vapor. Houve um breve desejo de que alguém, qualquer um, devolvesse seu olhar, que uma mão pousasse sobre seus ombros nus e varresse os vermes, como ninguém o fizera, nem Malcolm, apesar de todos os esforços, ninguém, pois que ninguém realmente jamais o tentara.

Sarah ficou parada, olhando a própria imagem enevoada no espelho, e cuidou de manter os olhos abertos, para o caso de que outros olhos, mais inocentes, se fechassem.

10

"Todos se foram! Todo mundo saiu!"

Entregue a seus próprios desejos, a senhora Jennifer Pardoe tendia a ficar zanzando, falando sozinha, uma pequena excentricidade, pensava ela, uma medida para preservar a sanidade diante do fingimento constante. O problema é que já estava ficando difícil saber quem era quem. Ela se pegou agindo de forma estranha, mesmo quando não havia ninguém por perto. Ajudar nos trabalhos domésticos há muito que estava fora de questão: fingir-se de louca diante da família já era bastante exaustivo, embora nos últimos tempos requeresse menos esforço. Ratinho Pardoe estava feliz em mostrar a própria utilidade nesse meio tempo. Fazia uma limpeza leve, não muito eficiente, nos móveis, cozinhava um pouco para se divertir, passava o aspirador de pó uma vez ou outra, pois nunca quisera que Joanna se tornasse uma escrava, embora tivesse lhe passado pela fértil imaginação a idéia de que o peso excessivo dos encargos domésticos pudesse levar Joanna a se rebelar e a exigir que os homens da casa a ajudassem. O estratagema não funcionou: como dona de casa, Joanna era muito dedicada para sua idade.

Ratinho suspirou. Uma linda garota de dezoito anos deveria ter mais o que fazer do que se preocupar com a cozinha, ou permitir que o irmão impusesse sua presença por toda a parte por meios grosseiros como espalhar aquela tralha de equipamentos de pesca. Olhem só para isso, sempre ocupando uma ponta da comprida mesa molinetes, pesos, chumbadas, coisas horríveis para exibir o poder masculino. O senhor Pardoe fizera o mesmo. No ato de arrumar com lânguida pachorra a cozinha e a despensa, a senhora Pardoe tinha objetivos vagos, mas bastante variados. Aquilo lhe permitia esconder os vestígios das incursões predatórias à despensa, nas primeiras horas da manhã; tornava mais fácil atribuir a culpa de seus gostos extravagantes e vorazes aos homens da casa. Ela podia cair na tentação de fazer outro bolo horrível que ninguém conseguiria comer, isso lhe permitia irritar todo mundo. Ninguém comera o que ela fizera para recepcionar Sarah Fortune.

"Cada um deles vive em seu próprio mundo, meu caro", disse ela a Harry, que estava de sentinela na porta de trás, um esperto cão de guarda que daria o alarme se alguém se aproximasse simplesmente dando um fraco balido, que aos ouvidos da senhora Pardoe soava como alguém tossindo na igreja, um discreto rumor abafado por um lenço. Por falar nisso, o sacristão que a saudara tão afetuosamente no domingo viria para o chá naquela tarde, o que seria realmente muito bom, como sempre fora durante anos, nas segundas-feiras. A senhora Pardoe riu um risinho fanhoso que ela abafava com um pano de prato, fazendo-o morrer como o som de um trompete, o queixo apoiado na mesa. Sim, vou tomar um chá. Havia certas frases que lhe provocavam essa reação, como por exemplo o vigário dizendo "Vou bater um fio pra você", querendo dizer que iria telefonar; Joanna perguntando "Onde está o bico do aspirador pra enfiar nas gretas?". Descrições rudes, gritadas com tanta inocência. Ratinho sentou-se à cabeceira oposta com a cabeça apoiada nos nós dos dedos e riu baixinho até recuperar a sobriedade que normalmente se seguia àquele riso às ocultas, a não ser em ocasiões especiais que requeriam silêncio, quando as risadas continuavam até que sentisse vontade de vomitar, numa espécie de embriaguez clandestina. Partilhe isso com outra pessoa e ela se torna sua amiga, um pouco como uma piada de sexo, e aquilo, disse ela para si mesma, bastava.

Havia algo que ela tencionava dizer a Sarah Fortune. Algo importante. Meu Deus, meu Deus. Esquecera. Talvez ela estivesse mesmo ficando tantã.

Na arrumação que fizera na mesa tinha tirado do lugar uma coleção de anzóis em caixinhas. Semelhantes, embora maiores que os anzóis leves e grosseiros que entraram na palma de sua mão no dia anterior. Ela os olhou, receosa, e sentindo uma raiva surda contra eles. Os brinquedinhos de Edward; ele pescando para disputar com seu pai, usando a pesca como um álibi, como seu pai. Então aquele espírito de leviandade atacou-a novamente, um desejo de brincar com as coisas. Um impulso malévolo. Ela esconderia todos os molinetes, jogaria fora todas as chumbadas, daria nós nas linhas, varreria todos aqueles anzóis. Depois diria: eu estava brincando, queridinho. Eu estava só brincando; da mesma forma que você, quando me bateu.

Havia um prato com manteiga mole na mesa, junto com o leite, uma tigela de patê de fígado na despensa, queijo, fatias de pão no cestinho. Ela faria sanduíches para os homens. Depois faria não um bolo, mas bolinhos de trigo para recebê-los quando voltassem para casa. Eles nunca o comeriam, e o desperdício daquilo que não comeriam serviria para irritá-los.

Julian pensou que passaria a vida toda sendo perseguido pelo som do pregão do carro de sorvete. Rick e Joanna passaram por ele na estrada, voltando do cemitério aonde fora fazer as pazes com Elisabeth Tysall, medir com os olhos o pequeno comprimento e a estreita largura de seu túmulo, pedir perdão para ambos, examinar a lápide. Aquela imitação dos carrilhões do Big Ben, distorcida pela velocidade, chegou até ele quando voltava para o consultório. Quando entrou, ficou assustado com a quantidade de sangue nas roupas de sua irmã, impressionado com a sua tranqüilidade, que excluía qualquer traço de histeria, e com a forma como eles tinham ajeitado o garoto, mantendo-o aquecido; pareceu-lhe melhor que continuassem como estavam. A ambulância poderia levar algum tempo para chegar; o hospital ficava a alguns quilômetros de distância, o furgão era um carro com boa estabilidade e ele próprio um sujeito pragmático.

Na verdade, se imagina que um médico sempre saiba o que deve fazer, mas ele não sabia; tudo estava obscurecido pelo sangue e pela ansiedade, mas ele era obrigado a fingir por causa dos outros. As estradas por onde passavam eram cheias de flores-de-noiva, o veículo avançava como um carro fúnebre. Joanna dirigia com prudente competência. Rick segurava de leve a mão do menino enquanto o doutor apertava uma bandagem contra a cabeça e ia desfiando uma série de clichês adequados à situação, entre as palavras delirantes e desconexas do doente, pronunciadas de modo indistinto, com voz pastosa.

"Fale com ele", disse Julian a Rick. "Diga-lhe alguma coisa. Faça-o piscar os olhos."

Os olhos do menino estavam arregalados e agitados. Rick começou a lhe falar.

"O que você acha, hein, Stoney? Reconheço que o jogo Omen III não passa de um monte de merda. Achei que a gente devia conseguir aquele que tem uns tigres. Street Fighters VIII? Um pouco fácil demais, não acha? Você é muito metido a sabichão, só porque consegue jogar todos eles. Sabe de uma coisa, você pode pedir um só para você. Vou arranjar uma almofada especial para o assento. Como a rainha. Não? Então vou lhe arranjar um pôster com um mulheraço: Madonna. Quem fez isso, Stoney?"

"Fantasma", o menino disse em voz alta e distinta. "O que se afogou."

"Você tinha razão quanto ao Omen, estou lhe dizendo", continuava Rick num tom coloquial. "Um joguinho vagabundo, aquele. Um jogo sobre afogamento podia funcionar. Fantasma, foi o que você disse? Nunca ouvi falar desse."

"Fantasma", disse o menino. Ele levantou a mão em protesto e fechou os olhos. Rick virou a cabeça, cheio de fúria.

"Será que adianta alguma coisa?", murmurou ele. "Filho da puta. Será que adianta?"

"Perfeito", disse Julian. "Perfeito. Continue falando. As coisas estão indo bem. Continue falando. Pergunte-lhe coisas."

"Sobre fantasmas?"

"Qualquer coisa que o faça piscar."

Fora um longo dia. As pessoas estavam de mau humor, os veranistas inquietos, desejando um ar mediterrâneo para combinar com o tempo, rebelando-se contra as batatas fritas. Houve um princípio de motim próximo ao camping quando a sorveteria ficou sem sorvetes e o furgão não apareceu. No salão de beleza, o calor era sufocante, e as fofocas também, as mesmas histórias difusas, repetidas à exaustão; ninguém queria, embora todo mundo precisasse de uma tempestade, não uma pancada de chuva como a do dia anterior, mas uma tempestade barulhenta.

Quando chegaram as notícias de que Stonewall Jones se chocara, sabe-se lá como, com uma árvore, tendo sido levado ao hospital no carro de sorvete de Rick porque o doutor Pardoe achou que seria mais rápido do que esperar pela ambulância, o caso não era mais grave do que o acidente acontecido naquela manhã na estrada de Norwich, ou a notícia de que alguém não devolvera a bicicleta alugada do senhor Walsingham, se embebedara e jogara-a no cais. Alguém foi procurar a mãe de Stonewall, mas ela tinha saído para comprar alguma coisa, como as mulheres sempre fazem. No salão de beleza, onde o suor escorria por baixo das roupas de lã sob os três secadores (quarenta por cento de desconto para idosos), elas pensavam que seria bom que a senhora Pardoe viesse: pelo menos teriam aquelas cores e o perfume, azul-turquesa, dourado ou prateado, e o cheiro de lavanda Yardley.

Eles esperaram por ela ao meio-dia, à uma; depois olharam para o céu e esperaram chuva.

Vindo da praia, Charles notou antes dos outros os sinais de uma escuridão anormal, e de sua parte esperou pelas trevas. Da porta de sua cabana de praia, ficou observando aqueles panacas, todos eles, veranistas ingleses que deveriam saber muito bem que a chuva e o frio nunca eram mais que um sopro numa costa que não tinha um clima definido; olhou-os hesitar até o último minuto, observando, comentando o céu que foi ficando cada vez mais baixo até se confundir com a terra, continuando a olhar e a esperar dizendo "Será que vai chover?", e correndo para se abrigar só quando a pesada chuva caiu e era tarde demais para evitar o encharcamento. Como outros anglo-saxões meio perdidos em festas ao ar livre, a reação era igual à de tropas desnorteadas se dispersando na praia. Enquanto isso, Charles se perguntava se podia pedir outro sorvete quando passasse pelo furgão, os cabelos brancos empastados na cabeça, as mangas da camisa enroladas, calças arregaçadas, o casaco pendurado no braço, os olhos vermelhos e cheios de areia.

Nem furgão, nem comida, simplesmente a queimação que se espalhava das tripas para o cérebro e depois voltava, um mal que ameaçava consumi-lo, enquanto ele começava a andar, como um prisioneiro, ao lado dos outros que se enfiavam desajeitadamente dentro de furgões, uns poucos enlameados que ainda conseguiam rir, correndo pelo passadiço para chegar à aldeia.

Comida já não resolveria seu problema; o papel no bolso de trás, seco como seus ossos, estalou quando ele o tocou; o ódio tomava o lugar da fome. Outras visões, fantasias de vingança e fracasso. Deitado no chão, rolando, gemendo na escuridão enquanto um homem continuava a dar pontapés. O vidro penetrando no pescoço de uma cadela vermelha. O cachorro na praia, suas mãos abarcando um pescoço, como era mesmo o nome? Sarah. O que ele fizera a Sarah? Havia bancos ao longo do passadiço. Charles sentou-se quase na extremidade. O céu estava negro e a silhueta de todos os edifícios claramente delineada. A curta e vigorosa pancada de chuva parou, temporariamente inofensiva, deixando a luz anunciadora do trovão, a fantástica e promissora luz que precede a tempestade.

Sarah, esse era seu nome. Uma dentre outras ruivas, a puta. Aquela que incendiara sua imaginação quando a viu cruzando a passos rápidos o vestíbulo do escritório de Ernest Matthewson, a própria imagem da perfeição inocente, rindo como uma menininha que achava que a vida não passava de uma boa piada. Com um casaco vermelho que contrastava com os cabelos intencionalmente desarrumados, resultando numa espécie de esplendor quando combinado com aquela sofisticação impecável que era a sua marca. E Ernest, cheio de desconfiança, respondeu ao que ele lhe perguntou. Ernest sempre respondia às perguntas de clientes valiosos como Charles, mas nem sempre era sincero. Nossa querida Sarah, dissera; essa jovem solteira, dedicada à carreira. Charles dera em cima dela. Convidou-a para jantar e a fez esperar; percebeu nela uma indiferença irritante, seguiu-a, mandou segui-la. Sentiu-se espicaçado por ela, uma cópia da antiga esposa, o modelo ideal para a nova, sem outra marca, por enquanto, senão a da lealdade. Tão pura e tão boa, refinada e elegante... Outras mulheres pulavam através de arcos como cachorros de circo, respondendo ao estalo de seus dedos. Esta, não. Não esta puta que dormia com velhos e jovens, juízes, advogados e rapazes, conspurcava-se com solitários desajeitados, ignorava seus dotes superiores em função daquela vida suja, mergulhando-o no desespero. Nem tão pura, nem tão boa.

Aquele pensamento o roía por dentro, como um rato rói o couro. Nada podia matar sua fome, ou os diferentes tipos de fome que tinha agora. Charles examinou as próprias mãos, observou as veias, os nós dos dedos agora mais proeminentes por causa das carnes que minguavam, depois percebeu com um susto que seus dedos entrelaçados apoiavam-se no castão da bengala ostensivamente roubada da senhorita Gloomer, agarrando-a como um velho. Loucura, estupidez, fanfarronice ficar sentado em plena aldeia segurando um objeto obtido por meios desonestos pelos padrões locais, embora não pelos seus. Ele o pegou porque o queria, portanto, logicamente, tornou-se seu. Como uma mulher, uma amante ou mesmo dinheiro. Até que alguém resistisse e o lançasse nas trevas em que se encontrava. Um homem batera nele. Ele perdera todo seu poder até o momento em que saiu do mar.

Desdenhosamente, Charles vestiu seu casaco encharcado, abotoou-o sobre o peito magro com a bengala escondida, o castão formando uma bossa na altura dos ombros e a ponta da bengala aparecendo embaixo como uma terceira perna mais curta. Ele começou a andar cruzando o cais, agora deserto, a não ser pelos que estavam dentro dos carros numa espécie de divertimento forçado, fora do alcance da vista por causa da chuva e da condensação interna. O fliperama estava inundado de gente, música, ruídos eletrônicos, o cheiro de algodão-doce e cebola que fez Charles quase desfalecer. Ele engoliu em seco, levantou a gola do casaco, foi andando na direção leste; passou pelo cais e continuou seu caminho, tão inocente quanto qualquer um que corria para casa. Sua casa era a cabana na praia, o celeiro, o pórtico da igreja. Ele não conhecia outro lar.

Lembrando-se de seu objetivo, fazer com que a fome cumprisse o seu papel, voltou-se em direção à mansão East Wind.

"Mais chá, coração? Eu vou embora."

Ratinho Pardoe estava deitada em sua cama ao lado do sacristão, ambos com uma xícara de chá numa das mãos e um cigarro na outra, uma manta cobrindo-lhes os joelhos. Todo mundo louvava a caridade do sacristão em visitar os doentes e os velhos (era o mais robusto deles), e só ele e sua amiga Ratinho sabiam que essas visitas em dias de semana não eram exatamente o que se podia chamar de filantrópicas. Eles simplesmente se conheciam, no sentido bíblico. Conheciam-se há muito tempo, e a senhora Pardoe dava-se a conhecer dessa forma a vários homens da aldeia que atendessem a determinados requisitos. A saber, que eles deviam dedicar-lhe uma afeição absolutamente não possessiva durante as longas viagens de negócios do senhor Pardoe, e que sua discrição fosse bem maior que seu peso. Ela gostava de homens pequenos e asseados, exatamente o contrário do corpulento senhor Pardoe. Aquelas pequenas infidelidades começaram como um jogo de olho por olho, dente por dente, depois se tornaram um hábito prazeroso. As pessoas precisam tocar a vida adiante.

A essa altura, ela e o sacristão normalmente se contentavam com o aconchego de um abraço e o delicioso conforto de uma confiança mútua e secreta. Aos olhos de ambos, a verdadeira atitude cristã consistia em abster-se de fazer julgamentos, de ofender o próximo e desfrutar dos dons de Deus onde quer que se encontrassem.

O sacristão estava prestes a aceitar um pouco mais de chá e talvez um tantinho de álcool para combinar com o tamborilar da chuva nas janelas, quando Ratinho, não apenas por instinto mas também por seu ouvido apurado, ouviu o alarme dado pelo fraco balir do carneiro na porta de entrada, sob sua janela. Não era à toa que cuidava bem de Harry. Ela pôs os dedos nos lábios; o sacristão colocou a xícara no pires com muito cuidado, sorriu sem susto, pois aquela não era a primeira vez que eram interrompidos. Bastava ele ir para a cadeira ao lado da cama, assumir a postura menos confortável de um caridoso membro da Igreja da Inglaterra, enquanto Ratinho ajeitava o vestido e recolocava o chapéu. Então ela poderia começar a falar alto e pronto. Dessa vez ela balançou a cabeça.

"Espere", disse ela. "Não tem nenhum carro. Vou ver o que é."

A dor de cabeça de Sarah acabou quando os céus se abriram para deixar a chuva cair e o céu começou a rugir como as entranhas de um gigante com indigestão. Ela passara a manhã trabalhando no caso, levantando listas de propriedades, montante dos aluguéis, prazo de validade dos contratos de locação, maior ou menor facilidade de venda, valor por metro quadrado, um trabalho de pura especulação, atormentada por uma dor penetrante por trás dos olhos. As freqüentes idas à janela da cozinha revelaram a ausência de carros na porta do casarão, com exceção do seu. Havia outro estacionado próximo ao jardim, provavelmente de alguém que estava fazendo uma caminhada. Talvez a senhora Pardoe, sozinha em casa, não gostasse do barulho dos trovões; Sarah não fingiu para si mesma que atravessara o gramado por caridade; fizera-o antes porque queria companhia e a continuação da conversa do dia anterior, que resultara em mais questões do que as que respondera, deixando-a com vontade de saber mais. Havia algo na senhora Pardoe que as aproximava: algo de que gostava, um certo amoralismo que só ela podia admirar.

O carneiro trotou em sua direção, depois se afastou, reconhecendo nela um amigo, não um estranho. Sarah passou pela porta de trás, entrou na cozinha, onde tudo estava mergulhado na típica pachorra de meio de tarde. Na mesa de pinho havia uma pilha de sanduíches de aspecto burlesco, o pão cortado em placas, o recheio de queijo amarelo e o patê solidificado nada convidativo, repugnante, dando a impressão de que se tratava de uma grande pilhéria, um sanduíche feito por uma criança em suas primeiras e desastrosas incursões no terreno da economia doméstica. Ao lado havia uma fileira de bolinhos murchos de uva passa que faziam os da casa de chá parecer o supra-sumo do refinamento.

Havia um outro motivo para sua visita, além do desejo, meio pessoal e meio profissional, de importunar a senhora Pardoe quando ela estava sozinha. Sarah estava precisando de leite. Parecia-lhe grosseria gritar dentro da casa como se estivesse chamando um cachorro, por isso entrou no corredor que ia dar na porta da frente, nas salas de estar e de jantar, sentindo o calor de uma presença recente, o cheiro de uma limpeza feita meio ao acaso, notando as flores murchas que foram deixadas na mesa desde o jantar da última quinta-feira, as cortinas semi-abertas e, no primeiro degrau da escada que levava ao pavimento superior, uma pluma de chapéu. Consciente de que se comportava como um invasor, Sarah subiu as escadas, parou no patamar de cima. Ouviu um ruído de vozes que vinha de um dos quartos da frente, recuou e parou. Havia outra porta aberta. Sarah aproximou-se e olhou para dentro.

O quarto de Edward: não era difícil imaginar. Havia um cavalete perto da janela de onde se descortinava a mais bela vista da cásа. Foi a paisagem que primeiro lhe chamou a atenção, depois o cavalete que mostrava sua estranha, minuciosa versão da paisagem, pintada com as tintas do ódio. Ela virou o rosto, perturbada. Olhou, então, para a casa de bonecas, o teto quebrado, as salas de dentro intactas. Pequenas figurinhas grotescas, agarradas umas às outras. Livros no chão, o quarto de um sonhador. De repente sentiu-se embaraçada: estava agindo como um espião. Ela não podia chamar Ratinho, pois já estava no pavimento superior. Pé ante pé ela saiu e desceu de volta à cozinha.

Ela podia simplesmente pegar o leite, para o décimo quarto café do dia. Um refrigerador grande e antigo, *circa* 1955, ronronava no canto da cozinha, com suas formas arredondadas e o puxador enferrujado. Dentro dele, uma mistura de alimentos e de sobras, mas não havia leite, e ela não podia pegar aquele que estava em cima da mesa. Então Sarah lembrou-se de ter visto Joanna trazer garrafas da despensa e foi naquela direção.

Ela entrou e ficou espantada. Naquele lugar havia produtos não perecíveis em quantidade suficiente para resistir a um cerco, potes de geléia às dúzias, cheios e vazios, mel e maionese, fileiras de pacotes de açúcar, chá para um ano, seis garrafas de leite, duas já abertas e rançosas, quatro tortas comidas pela metade, algumas alfaces murchas, dois repolhos da horta já meio passados, quatro pães, uma metade de frango, meio pernil, um prato de patê, uma sobra de bolo de creme, uma dúzia de latas de pêssegos, abacaxi, atum, sardinhas, milho verde e feijão. O tipo de provisão que seria adequada a um bunker. O horrível bolo de chocolate que ela já vira antes, intacto e já meio passado devido à atmosfera úmida como a de um porão. Nas lajes do assoalho havia jornais molhados e sujos, totalmente deslocados naquele lugar onde se guardava a comida.

A porta se fechou atrás dela, a despensa ficou escura de repente, com um pouco de luz do céu tempestuoso penetrando por uma única e pequena janela de tela para manter afastadas as moscas, que haviam penetrado em pequeno número e giravam em volta da lâmpada preguiçosamente, desprezando tudo, principalmente o bolo. Sarah sentiu o desejo perverso de apanhar o papel do chão, uma prova de força e curiosidade, uma forma de mostrar coragem, pois ela não ignorava o que jazia inerte sob o jornal. Suas irmãs tinham estado no chão de sua cozinha.

"Ah, sacana...", alguém xingou do outro lado da porta.

Esse alguém estava na cozinha. Uma tosse curta. Sarah gelou e, tomando consciência do intrometimento, ainda mais agachada daquela maneira, encolheu-se com medo de ser surpreendida. Senhor, diria a lei, ela era uma visitante a quem se permitiu, de comum acordo, cruzar os umbrais daquela casa, mas não para ficar remexendo coisas no soalho da despensa, às escondidas. Um outro tipo de percepção fina, um bom ouvido, informou-a de que a tosse, o arrastar de pés ali perto, não era de Edward, nem de Julian, Joanna ou Ratinho. Cada voz tinha seu timbre próprio, uma entonação tão única quanto a de uma cantora de que ela gostasse e que não podia ser imitada, e esta, embora lhe soasse vagamente aristocrática e familiar, não lhe parecia ser uma daquelas que ouvira recentemente. Lá fora, do outro lado da janela de tela, o carneiro Harry estava balindo com uma hostilidade patética, e o som, ouvido primeiro à distância, abafado pela chuva, aproximou-se como se o animal tivesse dobrado uma esquina e gritasse de surpresa.

"Oh, Deus." O tom não era o de uma prece, apenas uma imprecação um tanto surpresa, que ela emitiu quando a pessoa, fosse quem fosse, esbarrou na mesa da cozinha. Houve um ruído rascante: papel, uma cadeira arrastada, um súbito silêncio, o som de algo sendo engolido, um arroto de satisfação, tudo a intervalos de segundos. Sarah ficou de quatro e aproximou-se da porta da despensa. A porta não fechava, empenada há décadas, sem que ninguém se desse conta de que ela deveria fechar, uma porta que batia mas nunca fechava completamente. Pela abertura, num ângulo desfavorável que não lhe permitia ver mais que a metade da cozinha, ela tentou olhar e, em desespero, empurrou a porta um pouco para ver o homem à mesa. Um vagabundo magro e alto. Cabelos esbranquiçados presos num pequeno rabo-de-cavalo que mais parecia um rabo de rato — e não o rato amistoso das histórias em quadrinhos —, pegando o último dos sanduíches monumentais, bebendo sofregamente da garrafa de leite, os olhos fixos nos bolinhos, não por causa do gosto ou da forma, mas pelo tamanho...

Ratinho Pardoe desceu as escadas ruidosamente, enfiando o chapéu na cabeça. Ela parecia ter perdido uma pluma, pegou-a no último degrau, colocou-a no peito, adotou o andar típico de uma senhora digna e entrou na cozinha. Havia um homem sentado à mesa enfiando o dedo num bolinho e depois levando-o à boca. Estava usando um casaco, algo que ela já vira antes, algo que devia ter sido tirado de um guarda-roupa que ficava lá em cima, onde todas as roupas usadas pelo finado senhor Pardoe permaneciam largadas e esquecidas, lembrou ela mais tarde. Naquele instante ela se lembrou apenas do papel farsesco que desempenhava. Ajustou o chapéu num ângulo maluco, começou a girar entre os dedos a pluma que pegara na escada, puxou a barra do vestido de noite para a altura do joelho e entrou lépida na sala.

"Olá... áá", arrulhou ela. "Olá, oláá... ááá!"

Era uma saudação própria para um pombo, suave e gentil, mas imperativa.

"Você está fazendo chá?", perguntou ela, andando em direção à pia. "Ah, seja gentil. Eu também quero um pouco, mas não sei como se faz. Nada como a ajuda de um homem."

Ele se levantou meio aturdido, pegou a chaleira da beira do fogão e sacudiu-a. Ela a tirou da mão dele com um sorriso desvairado, recolocou-a com força no lugar, os amplos quadris sacudindo num ritmo que ninguém ouvia, cantarolando o tempo todo, o cantarolar transformando-se num arremedo de ópera, acompanhado de gestos de ópera.

"Dizei, gentis senhoras", disse ela num gorjeio, "se o amor conheceis...

"É amor essa febre, que tanto me perturba...

"É amor essa fe... bre, que taantoo me perturba?"

* * *

Então ela sorriu para ele novamente, inclinou-se para a frente quando a chaleira, ainda morna, começou a chiar, puxou o lóbulo de sua orelha esquerda como quem brinca e sussurrou-lhe na direita.

"Estou com uma amigo lá em cima, entendeu?", disse ela com um piscar de olhos malicioso. A farsa estava indo muito bem. De seu ponto de observação, Sarah podia julgar: tão boa que beirava o ridículo. A senhora Pardoe merecia um Oscar, mas o homem não gostou daquilo.

"Você vem sempre aqui?", trinou ela. "Ah, sim, claro que você vem. Eu já vi você antes. Você é amigo do meu filho Edward e acho que está usando o casaco de meu falecido marido. Meu Deus, meu Deus, você comeu aqueles sanduíches. Menino tonto!"

Agora ela estava do lado oposto da mesa, debruçada sobre ela, recolhendo todos os bolinhos com movimentos frenéticos, as costas viradas para o fogão.

Isso era demais para o intruso. Ele se encolheu quando ela lhe puxou a orelha; o gesto foi exagerado, interrompeu o transe em que ele se encontrava por causa de sua performance, como se a senhora Pardoe tivesse saído de repente de sob os refletores, tornando-se humana, ameaçadora. O fato de recolher a comida antes que tivesse saciado a fome aumentou sua irritação. Ele se moveu rápida e astutamente, dando a volta à mesa e indo em sua direção, a bengala sob o casaco batendo nas cadeiras. Agarrou brutalmente as fitas de seu vestido, ergueu-a de forma que o corpo dela ficou apertado contra o seu. Então girou-a num movimento rápido, agarrou suas mãos, apertou as palmas com força contra a chaleira e manteve-as ali. Houve uma reação retardada, ambos ofegantes.

De seu ângulo de visão, Sarah não entendeu imediatamente o que estava acontecendo. Ações ditadas pela maldade eram difíceis de sondar, geravam perplexidade ao invés de reação imediata. Um grito agudo de medo e dor saiu dos lábios de Ratinho Pardoe; ela começou a lutar, mas Charles manteve seu corpo pendente, apertando os joelhos contra a parte posterior das coxas dela, cobrindo as mãos dela com as suas e mantendo-as firmemente apertadas contra a chaleira, quando esta começou a ferver, e então Sarah entendeu.

Não houve nenhum cálculo em sua reação. Quando o grito se reduziu a um gemido, ela irrompeu pela porta da despensa segurando o jornal, atirou seu conteúdo no mesmo instante em que o grito se mudava em gemido de súplica. Uma coisa marrom, úmida e inerte se mexeu no pescoço do homem de cabeça branca; um ser vivo caiu no fogão com um chiado. Algumas minhocas caíram sobre o calor da chaleira e do fogão, outras nos braços do homem e outras a seus pés. Ele saltou para trás, escorregou na carne, firmou-se, olhando o chão e vendo uma cobra.

Ele levantou os olhos devagar até encontrar os de Sarah, que estava a um metro dele, ainda com o jornal na mão. Seus olhares se cruzaram num perplexo reconhecimento. Ela devia ter sabido, pensou depois, devia ter sabido quem era ele desde o primeiro momento, o estilo do seu abraço, a forma como puxava para si o ser que pretendia torturar. Ela devia ter sabido, pelo que lembrava.

O gemido de Ratinho Pardoe foi aumentando novamente, reduzindo-se em seguida a um soluço. Ouviu-se então o barulho de passos pesados descendo a escada. O homem começou a se afastar das duas mulheres e das minhocas que se contorciam no fogão e no chão, sem tirar os olhos do rosto de Sarah, as mãos avançando para pegar os bolinhos e o leite na mesa, recolhendo-os sem olhar, mas com todo o cuidado, como se tivesse memorizado a posição de cada um deles, enfiando-os nos bolsos. A bengala bateu novamente nas pernas de uma cadeira fazendo grande ruído. De forma quase inconsciente, Sarah se viu avançando na direção dele, tomada de uma raiva que não sabia o que era medo, não reconhecia nenhum risco, não desejava nada senão vingança violenta, com um grito preso na garganta. Suas mãos transformaram-se em garras; sua voz se ergueu como o bufar de um gato.

"Charles... seu merda."

A porta do corredor bateu com estrépito, o sacristão entrou feito um raio avançando para Sarah que estava com as mãos prontas para bater, o rosto branco de raiva. Ele agarrou-a, segurou-a pelos pulsos gritando. "O que está acontecendo aqui?", bradava ele esbaforido enquanto ela se contorcia. Charles escapuliu pela porta, mergulhando na chuva. Sarah sentia aquele pequeno corpo redondo segurando o seu e gritou: "Me larga, seu merda estúpido, me larga, porra!".

"Não", gritou Ratinho Pardoe, trêmula, mas firme de repente. "Não, não faça isso. É a última coisa que deve fazer."

Sarah voltou à terra e percebeu que Ratinho estava certa. Ninguém deve perseguir um fantasma.

Os trovões haviam cessado mas a chuva continuava, caindo do céu impaciente. A senhorita Gloomer gostava da chuva. Depois de um chá especialmente saboroso, ela levantara da cadeira para pegar sua bengala, um gesto automático pelo qual se recriminou, encontrando outra de que gostava menos, então resolveu não se mexer e colocar uma manta sobre os joelhos. O simpático doutor, que não tinha consciência de ser um bom homem, viria visitá-la às seis. Não havia necessidade, de todo modo ele não ficaria muito tempo porque não gostava de incomodar, era rápido e respeitava sua privacidade. O roubo a abalara, deixou-a mais fraca, mas não tão fraca que não pudesse pensar. O que a gente precisa na vida, dizia ela a uma platéia imaginária, como diria ao doutor quando chegasse, é uma infinita capacidade de perdoar. As pessoas são apenas umas coisinhas atribuladas, crianças e animais, sabe, elas fazem o que podem; são irrefletidas e egoístas, amam sua própria carne e seu sangue mais do que qualquer outra coisa — é assim que elas são. Se você quer dar um jeito na vida, doutor, arranje uma família.

Pensando no que lhe diria quando ele chegasse para tomar um cálice de xerez, o pobre e pequeno corpo da senhorita Gloomer abandonou o ofício de viver. Ela morreu em sua cadeira de encosto vertical, calçando os sapatos de inverno e de verão, pensando em crianças e em quão pouco ela se lamentara em sua vida, inclusive de sua incapacidade para fazer um bolo — por que se preocupar com isso, quando se pode comprar um melhor na confeitaria? Este era um dos maiores mistérios da vida. Julian a encontrou. Segurou sua mão, que já esfriava, chamou a ambulância, que levaria algum tempo para chegar. Ajeitou os olhos e a boca, observou o efeito imediato da morte sobre o rosto.

Rick deixou Joanna em casa com um beijo meio ausente, perfeitamente compreensível dada a situação, depois saiu no furgão e o estacionou na frente do fliperama. Claro que ele tinha de viver, aquele doidinho, tinha de viver, era de ferro, o doutor disse, se batessem naquela cabeça com uma bengala ela iria ricochetear. Um mal-estar o fez sair do carro devagar, atraído pela confusão, pelo cheiro, pelo barulho e pela possibilidade de esquecer tudo por um momento. Não entrou imediatamente; passou pelo fliperama e continuou andando até o cais, onde comprou peixe e fritas e comeu sem sentir gosto de nada, ficando ali no sereno sem tampouco se dar conta disso. Empurrar a comida e mantê-la no estômago era vital. Ele arrotou mas não cuspiu e foi trabalhar.

"Você está atrasado, rapaz, está rolando muito dinheiro por aqui, onde diabos você se meteu?", disse o pai. Rick levantou-o pela gola do casaco, sacudiu-o até ele gritar, depois largou-o no chão. Não se disse palavra nessa breve troca de opiniões, apenas os sons ofegantes que estabeleciam um precedente. Aquilo bastou.

"Ouça, pai", disse Rick, agarrando-o com uma força meio inconsciente, "você tem que fazer alguma coisa útil amanhã."

"Certo, o que é, filho?", perguntou o pai, quase com respeito.

Rick fez uma pausa. "Temos que comprar este lugar para não devermos nada a ninguém. Mas primeiro temos que planejar tudo e encontrar esse fantasma. Ele pode ter dado cabo de Stonewall. Precisamos encontrá-lo."

Malcolm Cook inspecionou o apartamento de Sarah Fortune em Londres, encarando sem ânimo e um tanto desafiadoramente o elegante espelho que dominava o corredor estreito, refletindo a imagem de quem entrasse e dos quartos de ambos os lados. Ele não esperava ver o mesmo espelho da última vez, pois Sarah, que apreciava e sempre comprava coisas bonitas, desfazia-se delas com a mesma facilidade e mudava-as de lugar o tempo todo. Malcolm era o oposto, preferia os objetos sóbrios e duráveis que pretendia conservar consigo para sempre.

A seu lado e mantendo-se bem junto dele, a cadela de pêlo vermelho, que sempre fora indiferente à energia negativa do lugar, não estava suportando aquela atmosfera de introspecção.

Comecemos novamente. Abra esta porta e pense sobre o apartamento. Encare-o do ponto de vista dela. Será que a pintura nova das paredes mudou alguma coisa em sua mente? Será que ela teria saudade daquele lugar, considerando-se sua história? Se quisesse entendê-la — se é que algum dia isso viesse a acontecer — teria de retomar cada um dos passos de sua provação. A princípio ele só conseguia ver a si mesmo naquele lugar, usando sua enorme energia para tirar as manchas, admirando-se com a quantidade de sangue; esforçou-se para apenas sentir, sem lembrar, trêmulo.

Então era aquilo a primeira coisa que fizera por ela, andar pelo apartamento enquanto ela se recuperava, cobrindo todas as marcas com verniz e tinta, três demãos de cada. Talvez isso tenha sido um erro, assim como estimulá-la a esquecer os pormenores mais delicados, deixar todo o episódio de lado como se fosse um presente inútil. Talvez o melhor fosse tê-la forçado a reviver o episódio várias vezes, exorcizando a dor sem remédio, para conseguir enfrentar o trauma. Em vez de dizer o que dissera o tempo todo: olhe para mim. Olhe para mim, por favor, estou aqui, toque-me, ao invés de olhar para trás; estou aqui para você, sou todo seu.

O apartamento tinha aquele calor abafado de lugares fechados no verão. Ele queria escancarar as janelas, mas desistiu, imaginando, em vez disso, o lugar na escuridão. Esforçou-se para pensar. Qual teria sido a pior coisa daquela noite de julho, cuja importância, no que lhe dizia respeito, era ter lançado Sarah ensangüentada, prostrada e carente em seus braços?

Ele voltou à porta da frente, voltou-se, como se estivesse entrando pela primeira vez, como fizera, na semi-obscuridade, a despreocupada, maravilhosa e amoral Sarah. Entrando em seus próprios domínios ligeiramente apreensiva. Vendo pelo espelho do corredor Charles Tysall, escondido no quarto da direita, esperando. Voltou-se para fugir, tarde demais. Agora Charles estava atrás dela, agarrando-a, fazendo-a olhar-se num espelho como aquele, fazendo-a despir-se diante de sua própria imagem refletida, rindo, escarnecendo, desfiando sua litania de ódio e frustração, chamando-a de lixo. Depois jogara o espelho no chão, que se partira em milhares de fragmentos, cacos grandes, bordas afiadas e lascas menores, brilhantes. Charles, atirando o corpo nu de Sarah naquele leito de dor sangrenta, mantendo-a ali à força, enquanto ela se contorcia contra o vidro e ele esperava acabar com aquilo, cortar seu rosto, sua garganta, tudo o que conseguisse alcançar; ela se esquivava e ele golpeava, sem se incomodar de cortar seus próprios dedos longos.

Malcolm estremeceu novamente, a boca aberta, os olhos vendo novamente o que descobrira naquela ocasião. Levado pela cadela e seu misericordioso gosto por portas abertas, lugares desconhecidos, cheiro de carne esfolada, eles subiram as escadas. Charles furara o pescoço coberto de pelagem avermelhada com um caco de vidro maior, chegando quase a matá-la. Sangue canino de mistura ao humano: o mesmo cheiro.

Com tanto sangue, tanto vidro, ele não sabia como fazer para removê-la. Havia todo o sangue coagulado de um matadouro, mas nenhuma de suas comodidades. Ele a envolvera nas toalhas brancas que ela deixara de molho; qualquer contato com a sua pele fazia-a soltar pequenos gritos ofegantes, que ela tanto se esforçara para reprimir que sua boca também começou a sangrar. Ela não podia se levantar, sentar, desmaiar, reclinar-se, uma criatura retalhada pelo vidro, o apartamento reverberando com seus gemidos.

O que Sarah lembraria mais intensamente, quando tocava aquelas pequenas cicatrizes que marcavam os pontos onde miríades de fragmentos de vidro tinham penetrado tão fundo, deixando-lhe os braços, parte do abdômen, as costas e os ombros cobertos de suvenires? Ela costumava tocá-los com freqüência: eles coçavam, dizia desculpando-se, como alguém que estivesse com soluços. Ele tentava analisar a dor, como nunca o fizera antes, porque estava muito ocupado em oferecer (em vez de imaginação) ajuda, calor, esquecimento e a panacéia do amor.

A humilhação, era disso que Sarah se lembraria. Ficaria arrasada por ter se mostrado incapaz de resistir, por sua covardia, pela perda do controle, pelos lamentáveis rogos para fazer cessar as agressões. Assim como a vergonha de ter chorado na presença dele, suplicando pela própria vida e um pouquinho de dignidade. Seria o veneno da vergonha, por não ter feito nada para evitá-lo, por deixar que tudo acontecesse sem perceber o que estava por vir, por só ter esboçado uma reação tarde demais, equivocando-se, tornando-se indefesa. Isso aniquilaria seu espírito e deixaria um vácuo cheio de ódio.

Olhando o espelho, ele se solidarizava com ela nesse sentimento. Malcolm se envergonhara de sua própria impotência, mas aquilo não era nada comparado à vergonha que ela sentira. Devia tê-la feito falar. Ninguém conquista o futuro reprimindo o passado, e uma dor como aquela, agora ele percebia com toda a clareza, nunca desaparece. Era como se ele tivesse tratado um ferimento com um curativo, quando só uma cirurgia poderia resolver o problema.

O prosaísmo da lógica levou a melhor. Amanhã teria mais um dia de trabalho duro. E no outro também. Ele podia reorganizar sua vida para ir procurá-la, uma tarefa apropriada a um homem que dizia amar, mais do que meramente possuir.

Quando estivesse mais tranqüilo. Quando pudesse pensar nela não como gostaria que fosse, mas como ela realmente era. Não tão pura: boa segundo seus próprios padrões. Apenas, indelevelmente marcada.

11

Edward chegou em casa trêmulo. O mormaço quase tropical o fez ansiar por uma outra terra e por um banho, mas ele não conseguia se decidir a entrar. Passara a manhã inteira na imobiliária onde trabalhara sem conseguir tirar da cabeça o homem de cabelos brancos. Ele o via em todos os homens que passavam na rua. Até o seu chefe, também de cabelos brancos, hoje lhe parecera ameaçador, em vez de desdenhoso.

Edward detestava trabalhar na imobiliária, detestava trabalhar e ponto final. De todos os empregos, este, uma sinecura, era o de que menos gostava, pois o confrontava a toda hora com os bens que sua família possuía, fazendo-o arquitetar os piores projetos. Os Pardoe não possuíam um único edifício bonito, justificava ele para si mesmo; tampouco na aldeia inteira havia um que se salvasse. Não fosse isso ele levaria seu trabalho a sério. O lugar deveria ser demolido, como poderia um homem de bom gosto se conformar com aquilo?

Hoje, toda a sua agressividade e atitude defensiva pareciam ter desaparecido. Sentia-se nu, vulnerável e mesquinho. Não fazia diferença trabalhar num escritório que praticamente pertencia aos Pardoe. A consciência sempre tinha a possibilidade de solapar o dinheiro.

Edward sabia que deveria ser capaz de identificar o fantasma de cabelos brancos ao menos pelo nome, mas aquilo nunca lhe parecera importante, quando tudo o que eles planejavam não passava de brincadeira. Ele devia ter mantido sob controle o delinqüente que descobrira, mas a situação era outra. Edward dera abrigo e por vezes alimentara aquele espírito de porco durante esses três meses. Tudo em função de seu divertimento e de seus sonhos meio maléficos, meio românticos, que acalentavam o seu cotidiano e lhe davam algum sentido. Aquilo já lhe dera ânimo para andar de cabeça erguida, mas agora o fazia querer se esconder. Ele pretendia fazer o mal, mas a realidade, o olhar de ódio do homem de certa forma o levava mais longe do que lhe permitia sua própria covardia. Edward podia bater em sua mãe de vez em quando, podia detestar seu irmão, mas querer que desaparecessem não era a mesma coisa que desejar vê-los mortos.

O mal-estar, que começara quando soube do roubo à senhorita Gloomer, de certo modo aumentara por causa da simples presença de Sarah Fortune e se materializara num prato indigesto depois daquela conversa matinal, como muitas das comidas preparadas por Jo e todos os bolos malucos feitos pela mãe. E triplicara quando seus dois colegas, de volta de uma refeição rápida no pub de propriedade dos Pardoe, falaram do fantasma. Por trás do cheiro de queijo e cebola que Edward sentia quando eles falavam, que se sobrepunha ao forte odor da cerveja que os dois estavam tomando, ele ficou sabendo como Stonewall Jones se deparara com o fantasma nas dunas e levara uma bengalada na cabeça. A moça que atendia no bar trabalhava no consultório até o meio-dia, depois mudava de ares e ia para uma atmosfera menos estéril. Era a mais inteirada das fofocas, pois dispunha de duas fontes.

O sangue de Edward esquentou, a lenta digestão daquelas notícias produziam suor sob sua camisa de algodão impecavelmente passada a ferro por Joanna, mas agora toda amarrotada e empapada. As notícias provocaram-lhe coceiras por todo o corpo, como se tivesse sido picado por insetos e estivesse intoxicado. Edward nunca estivera em nenhum lugar onde pudesse ter contraído malária: nunca se arriscara a isso, não tinha dinheiro nem disposição, preferindo o descontentamento e o escárnio de seu lar. Sentado à porta da própria casa, desejava ir o mais longe que um avião pudesse levá-lo. Para qualquer outro tipo de selva onde ninguém o conhecesse.

Os carros estavam enfileirados à frente da casa como de costume: o de Jo, o de Julian, o da visitante e mais um outro, como se a casa estivesse sediando uma reunião. A chuva tinha amainado. Edward sentia aversão por todos eles, principalmente por Joanna. No gramado úmido, um outro fantasma, o de Sarah Fortune nua, ainda vagava pálida e atormentadamente, cruzando a grama em círculos regulares, a única coisa realmente bonita que ele vira nas últimas semanas. Ora, vamos, disse ele para si mesmo enquanto uma chuvinha fina tamborilava no pára-brisa de seu carro, vamos com isso. Aja como homem, faça alguma coisa. Um homem deve ser capaz de pescar, como seu pai, um homem não tem vergonha de ser o que é, mesmo que isso o torne preguiçoso, artístico, egoísta, incestuoso. Um homem deve ser grande, não pequeno, indeciso e medroso. Edward olhou suas mãos delicadas, sentindo-se de repente excitado só em pensar em todas aquelas realizações que ele queria evitar. As mãos estavam trêmulas, mais trêmulas do que ao perder o controle e bater na mãe, na noite anterior. Um homem deve saber se controlar. Ele também precisava ter alguém com quem desabafar.

Viu luzes cintilando ao longe, quando ergueu o olhar acima dos charcos para contemplar o mar que ele gostaria que estivesse mais próximo, ainda que sua proximidade o intimidasse, da mesma forma que a própria casa, toda iluminada como uma horrível árvore de Natal. Agora, de uma coisa ele tinha certeza, mais do que todas as outras: tanto quanto lembrava, sempre detestara aquele lugar. Olhando de relance através das vidraças, pôde constatar duas coisas. Primeiro, que o carro desconhecido pertencia ao guarda Curl, o único membro da força policial trabalhando em período integral; segundo, que a luz à porta do chalé de Sarah Fortune, a meia-distância, era convidativa como uma estrela cintilante.

Nove e meia, ele viu no relógio; a noite de verão estava apenas começando. Mais de perto, a luz parecia antes uma advertência, um aviso de que se devia manter distância, uma arma contra aquela escuridão fora de hora criada por uma tempestade zombeteira. Era irônico, pensou ele em meio à persistente ansiedade, que seguisse os passos de seu irmão tão mansamente, trilhando o mesmo caminho com a mesma humildade. Bateu à porta com força, compondo um ritmo toc-toc-toc, toc-toc-toc, em vez de bater uma vez só, como se quisesse mostrar que era um filho da puta despreocupado que iria embora assobiando se não atendessem, mas de todo modo esperando.

Ela atendeu depois de um bom tempo, menos encantadora do que antes, mas ainda bonita. Uma mulher que a princípio lhe lançou um olhar duro pela janela, depois disse "Entre" em tom de neutra amabilidade.

"A que devo o prazer?", disse Sarah friamente. "Já recebi a visita de todos os membros de sua família. Você me dá a impressão de que se sente mais à vontade fora de casa do que dentro dela. Sente-se." O charme e o calor estavam de volta, o tom predominante era o de troça, um pouco da aspereza se desfizera.

"Você passou em sua casa?", perguntou ela naquele tom direto, tranqüilizador e familiar. Edward, da mesma forma que os seus colegas depois do almoço, cheirava levemente ao pub aonde fora e no qual ficara por uma hora ou mais, depois de uma malograda e hesitante busca no camping e nas dunas, onde não encontrou o menor vestígio do homem de cabelos brancos. A solidão do lugar e o pôr-do-sol encerraram a busca: Edward temia secretamente o escuro. Ele balançou a cabeça.

"Fui à procura de uma pessoa", murmurou ele. "Por quê?"

"Ah, então você ainda não sabe. O fantasma da aldeia assumiu a forma humana esta tarde. Ele veio até aqui e atacou sua mãe. Ela está bem", acrescentou ela, olhando-o bem atentamente, de braços cruzados, a uma certa distância. Edward sentou pesadamente, esfregou os olhos num gesto patético que o fez parecer um bebê que tivesse crescido demais.

"Não é a primeira vez que ele vem aqui, não é?"

Edward não respondeu. O silêncio era uma confirmação.

"Sabe, eu estava presente", continuou ela, "quando esse não-fantasma chegou. Repito as palavras que sua mãe disse a ele: 'Você é amigo do meu filho Edward, já vi você antes'. Sua mãe vê um bocado. Concluí que é você quem atua como seu assistente. É difícil imaginar como um homem, mesmo cheio de recursos como Charles Tysall, pode continuar vivo em segredo quando se supõe que esteja morto. Não seria possível se não recebesse ajuda. Não muita, talvez: ele gosta de agir sozinho."

“O que você quer dizer com isso?”, Edward perguntou com uma raiva súbita. “Charles Tysall? Ele morreu afogado, no ano passado. Meu... conhecido disse que foi enviado pela família, isto é, pela família da mulher. Talvez o irmão da mulher. Estava tirando umas férias prolongadas, disse ele, experimentando uma vida mais rústica. Disse que queria saber...”

“Quem enterrou Elisabeth Tysall na areia”, completou Sarah por ele.

“Sim”, disse Edward, aturdido. “Como você sabe?”

“Edward”, disse Sarah, “estou começando a achar que você é um idiota. Não um idiota legítimo, contudo, mas uma imitação muito boa.” Ela descruzou os braços. Ele olhava para ela como um animal esperando ser chicoteado. Ela deu um leve sorriso. Aquilo não teve nenhum efeito no sentido de atenuar seu poder de intimidação.

“Eu ofereci um drinque a seu irmão, portanto acho melhor oferecer a você também.” Fazia aquilo com relutância. Observando seus movimentos, Edward sentia-se paralisado com a consciência de sua própria fraqueza e um terrível desejo físico que ele sabia, desde já, que soltaria sua língua emperrada.

“Eu conheci Charles Tysall”, disse ela. “Sei também que ele estava obcecado com o destino de sua mulher. Não há dúvida quando à identidade, como é que você se envolveu com isso?”

“Ele atacou Stonewall Jones hoje de manhã”, disse Edward de repente, ignorando a pergunta. “Não consigo acreditar que tenha feito isso. Não consigo imaginar por quê. Ele não é um fantasma, é um monstro. O menino foi gravemente ferido. Nunca tive intenção de provocar isso. Francamente, nunca pensei numa coisa dessas.”

A mão de Sarah ergueu-se até a cabeça com um breve grito. Ela passou a mão pelo rosto na região atingida pela dor, os olhos se enchendo de lágrimas.

"Oh, coitadinho, coitadinho. Eu queria tanto saber rezar."

Edward sorveu a bebida, perguntando-se se deveria responder àquele comentário, uma vez que não sentia nada por Stonewall Jones, apenas conseguia imaginar a diferença de tamanho entre o homem alto e o menino indefeso. Julian deve ter gostado de ficar ali bebericando aquele excelente Glenfiddich, pensou ele para distrair-se um pouco das preocupações. O pensamento lhe veio sem o menor traço de amargura. O ciúme apenas subsistia.

"Eu não devia ficar fazendo gracinhas, não é?", perguntou Edward. "Eu o encontrei quando ele invadiu o chalé vizinho a este." Ele inclinou a cabeça para a direita, encolheu-se. "Achei divertido não denunciá-lo. Eu não queria inquilinos aqui neste verão, eu os odiava; crianças, baldes e pás, carros estragando a paisagem. Então Charles, se vamos chamá-lo assim, começou provocando um pequeno incêndio para mim. Nada de muito drástico. Nada que pudesse se espalhar."

Ela balançou a cabeça, como se entendesse perfeitamente.

"Lá estavam também algumas de minhas pinturas. Um nu de Joanna. Não queria que ela visse se fosse fazer a faxina, não sabia como me livrar dos quadros. Eles eram um pouco... sugestivos. Pintei-os usando a imaginação, claro. Pura fantasia."

"Você está apaixonado por ela?" Uma pergunta delicada, sem censura ou condenação. Ele se sentiu grato por isso.

"Se estou? Não sei mais."

"Mas sente ciúmes de outros homens?"

"Sim."

"Ciúmes de Julian?"

"Sim! Sim! Sim!", gritou ele. "O desgraçado é seguro demais, adulto demais e disciplinado demais, meu pai o amava. Ele nem tem necessidade de aprender a pescar!"

Edward se aquietou tão subitamente quanto sua voz se erguera, encostou-se no sofá coberto com a manta, mal-humorado. Suas estratégias de auto-afirmação vinham à tona. Ele olhou para aqueles olhos implacáveis e desviou a vista.

"De qualquer forma", resmungou ele, "manter um fantasma foi um bom esporte a princípio. Eu fico entediado a maior parte do tempo. Então ele começou a me perguntar sobre Julian, sobre o quanto ele conhecera Elisabeth Tysall. Bem, eu sabia tudo sobre isso. Julian quase perdeu a cabeça por causa daquela puta, eu o espionei. O fantasma queria provas de que Julian tinha alguma coisa a ver com a morte dela. Dei a entender que tinha, mas eu sabia que não. Julian é mole demais para fazer mal a alguém."

"Elisabeth Tysall foi uma vítima", disse Sarah asperamente. "Não ouse chamá-la de puta. Você não sabe quem ela era."

"Não", admitiu Edward. A culpa era uma coisa deletéria, entalava na garganta como uma espinha de peixe.

"Quer dizer então", disse Sarah, "que você brincou de faz-de-conta que Charles era uma criatura sua. Pensou que estava levando a melhor sobre ele. Onde ele está, Ed?"

"Não sei", murmurou Edward. "Simplesmente não sei. Eu lhe dei a chave de um trailer desocupado. Ele não está lá. Talvez numa cabana em algum lugar na praia; ele gosta da praia."

Ela era tão poderosa que parecia arrancar as palavras dele, como um peixe fisgado, sem nenhuma força para escapar. Ainda de pé à sua frente, Sarah puxou a blusa pela cabeça. Uma belo tom de pele, uma seda castanho-avermelhada, observou Edward, ao mesmo tempo em que pensava: "Meu Deus, ela está louca; vai me estrangular com a blusa. Ela se descobriu até os ombros, deixou a blusa em volta do pescoço e virou-lhe as costas. O gesto era chocante e estranho, fez com que ele recuasse com um grito logo interrompido.

"Por favor, olhe as minhas costas", ordenou ela. "Vamos, olhe. Com seu olho de artista. Olhe de perto e diga o que está vendo."

Ele queria desviar os olhos, fugir dessa visão terrível; hesitou e olhou. Uma espinha dorsal graciosa, arqueando-se ligeiramente até a fina cintura, a carne sedosa coberta de cicatrizes, três ou quatro cortes maiores, a maioria pequenas marcas profundas, horríveis, contrastando com o bronzeado da pele. Ela baixou a blusa cobrindo novamente o torso, deixando-o aliviado, nauseado, mas desperto.

"Eu só queria fazer uma demonstração", disse ela enigmática. "Cortes como estes é o que você ganha quando brinca com Charles Tysall. Ele faz você rolar sobre cacos de vidro. Ele o joga em cima dos cacos de um espelho quebrado. E quando você termina de sangrar, se bem que na verdade isso nunca acontece, ele ainda o deixa pensando que foi tudo culpa sua."

Edward tinha visto. Com sua sensibilidade para cores, ele podia imaginar o sangue brilhante saindo dessas feridas, carne e pele numa pasta indistinta, num flagelo ritual. Ele via o sorriso do homem naquela manhã, a precisão de seus movimentos, o ar de eficiência.

"Ele fez isso?"

"Ah, sim. Bem devagar."

Edward cambaleou em direção à cozinha com ânsia de vômito. A única coisa que conseguiu expelir foi bile, o que sobrou de uma dia sem comida, sem os sanduíches da irmã para preencher o vazio, apenas duas garrafas de cerveja, três doses de uísque e uma dieta de ansiedade. Ele bebeu um pouco de água, contemplou a escuridão, recobrou-se, voltou murmurando desculpas.

"Tudo bem", disse Sarah serenamente, mas seca. "Confesso que normalmente não provoco esse tipo de reação lisonjeira quando tiro minha roupa."

Edward corou, e ficou bem menos tenso. Mesmo daquela forma, tão séria e intimidadora, ela era capaz de fazer um homem pensar que sua situação não tinha nada de irremediável.

"O que devo fazer, Sarah? Que diabos devo fazer?", perguntou ele humildemente.

Ela notou que ele não perguntou nada sobre sua própria história, nada sobre as cicatrizes, nada que demonstrasse preocupação por outra pessoa que não ele mesmo. Os homens, *in extremis*, eram sempre assim; ela estava acostumada com aquilo na versão adulta, e ele era apenas um menino brincando de faz-de-conta. Ela o avaliou, considerou seu próprio código para lidar com a miséria, recorrendo ao simples, embora efêmero, conforto físico. Aqueles homens precisavam inspirar afeição e respeito, aquele não inspirava nada daquilo. Tudo o que ele merecia era uma possibilidade de redenção.

"Eu não sei. Pare de sonhar com riqueza e em transformar a paisagem em algo de que você goste. Se odeia este lugar, deixe-o. Você é o filho caçula, o fracassado, como diz sua irmã. Aqui será sempre um fraco. Mude para outro lugar, antes que seu novo amigo arrebente você."

"Ir embora? Sem nada?", perguntou ele, incrédulo, olhando para a mesa cheia de papéis, anotações sucintas numa caligrafia legível, avaliações, listas.

"Sim. Com o bastante para se sustentar por algum tempo, talvez. De qualquer modo, não vai sobrar muito da herança. Não depois que sua mãe acabar com ela."

Ela olhou para ele, as manchas cor-de-rosa de suas faces eram uma versão estranha das de sua irmã. Sarah falava pacientemente.

"Ela quer devolvê-la, meu caro Edward. Ela pretende devolver todas essas propriedades às pessoas da aldeia que precisam delas. É isso o que ela quer."

Ele começou a rir. Um riso cavalar que se prolongou até seus olhos se encherem de lágrimas.

"Você precisa de comida e de uma injeção de juízo, Edward Pardoe. Nunca se sentiu assim antes de trabalhar na imobiliária e descobrir quanto herdaria, não é? Você pode continuar, impunemente, com seus sonhos, sua pintura e casas de bonecas, Ed. Poderia até ganhar a vida com isso, mas não conseguiria sair impune de um assassinato."

Comida. Esse pensamento já não o seduzia. Charles entrou no beco por trás do quintal da casa da senhorita Gloomer, que desembocava numa estrada tão curvada quanto o corpo dela e ia dar na rua principal. A aldeia estava cheia de arrabaldes como aquele, antigas serventias de passagem, caminhos usados para entrega de carvão e peixe antes que alguém sequer sonhasse em parar um carro puxado por cavalos à porta de suas pequenas portas, quando famílias inteiras viviam apinhadas em casas que, na opinião de Rick, mal davam para uma pessoa.

O problema de Charles não era comida: depois daqueles sanduíches que mal tocara com seus dentes podres, ele podia considerar que por aquele dia já estava saciado. Algo que havia nos bolinhos, como cabelos raspando em sua garganta, fê-lo tossir e parar onde estava, nauseado e sedento, mesmo depois do leite que bebera para ajudar a comida a descer.

Havia torneiras de água doce no camping, fáceis de achar no escuro, quando ninguém estava por perto. Cedo demais para voltar para a praia, longe demais para ficar sem água.

"Dêem-me água", murmurou ele, "e não haverá lugar em que eu não possa ir, nada que eu não possa fazer, mesmo tendo apanhado de mulheres; reduzido à impotência pelo sexo frágil, quando podia ter torcido seus pescoços como se faz com galinhas, da mesmíssima forma."

Ele não tinha nenhum plano, não tinha sentido planejar, mas uma sensação de que estava deixando o tempo passar e atrasando a vingança. A imagem de Sarah Fortune gritando com ele se sobrepôs à do rosto de Elisabeth, mas nessas ocasiões as duas imagens eram sempre indistintas. Cabelos avermelhados, cadelas vermelhas: uma sensação de fraqueza. Será que sempre fui assim? Será que nunca fui forte? Quem me amou?

Havia uma torneira no cemitério. Talvez se ele fosse ao segundo túmulo de sua esposa, onde deixara os cardos, ela o deixasse entrar para dormir. Talvez voltasse para ele, purificada, bela, como era antes. Porphyria. Tão pura, tão boa. Diria que a perdoara, faria que ressurgisse dos mortos como ele próprio ressurgira do mar.

Seu caminhar era silencioso na escuridão; um velho percorrendo a aldeia, sem forças para imprimir a seus passos um ritmo militar, moroso e irritado com a própria fraqueza, cuspindo no chão com desprezo por sua própria indolência, deixando de perceber o sangue no catarro na passagem do portãozinho do cemitério. Ao lado do túmulo da mulher, quase acreditou que ela podia levantar-se e cumprimentá-lo; ajoelhou-se, sentindo-se de repente humilde, e tateou suas formas na escuridão.

As mãos dele encontraram pétalas. Alguém as trouxera para ela. O chão estava coberto de flores novas, molhadas de chuva, com cheiro de céu. Presentes para uma maravilhosa dama.

Alguém. Algum homem, algum ladrão lhe rendera aquelas homenagens durante a noite. Charles espalhou as flores numa fúria de pontapés e frenéticos movimentos das mãos, ignorando o acesso de dor quando se curvou para estraçalhar as rosas e margaridas, quebrando as hastes, jogando-as o mais longe que podia, chutando os vasos, sem se incomodar com o barulho que fazia, pisoteando as pétalas como se estivesse apagando fogo numa furiosa dança ritual, e finalmente deitando na terra nua que a cobria. Um pobre pedaço de chão. Mesmo para além da morte, mesmo agora, no exato momento em que ele a perdoava, alguém reclamara seus direitos primeiro, como já acontecera antes. Fora tudo em vão.

Ninguém tem nada a ver com minha imagem, pensava Ratinho Pardoe, que não estava gostando nem um pouco daquela indecisão. Ela vinha se permitindo ter um aliado por vez, e eles a iam deixando por uma questão de diplomacia; primeiro o sacristão, em seguida Sarah. Eles falaram um pouco sobre o fantasma e sobre quem ele era, e durante todo esse tempo Ratinho manteve as mãos na água gelada. O sacristão, que fora pescador, tinha dado um jeito nas minhocas; pairava no ar um repugnante cheiro de carne queimada, concentrado nas imediações do fogão Rayburn, saindo pelas janelas mas persistindo teimosamente.

O céu continuava com sua cor metálica. Ratinho pensou consigo mesma que sempre se lembraria das cores que enchiam aquela sala: o contraste da pele rósea do sacristão com sua roupa preta, a palidez de Sarah, suas sardas, os cabelos, o tom avermelhado da blusa, e finalmente as cores do melhor chapéu de Jennifer Pardoe com velhas plumas sobre a mesa, cuja superfície parecia ter um brilho amarelo sujo. Só então ela notou o total desaparecimento dos bolinhos de um amarelo mais carregado, salpicado com os pontos escuros das uvas queimadas. Ela devia estar louca. Falara com Sarah de forma um tanto irracional e excessivamente aberta sobre sua vida, tagarelando sem parar, disse ela como desculpa, e durante todo o tempo fixava o lugar onde tinham estado os bolinhos. Não havia ninguém olhando quando ela fez aqueles bolinhos, e no entanto ela os fizera.

Ratinho sentia frio sob o vestido de noite e a camisola de lã, uma combinação de peças que, não fosse por isso, ela apreciaria muito. Sentia-se também um pouco só, mas não o bastante para aceitar a sugestão, feita anteriormente, de chamar um médico. "Tenho um em casa", dissera ela a Sarah, "e uma filha, embora eu deteste ter que contar com eles." Ratinho percebeu, tranqüila, que a cara senhorita Fortune mostrara-se pouco propensa a chamar a polícia, revelando com isso ser muito prática. Elas cruzaram os olhares na direção do telefone, partilhando a mesma desconfiança em relação à autoridade. A polícia questionaria, pensou Ratinho, a qualidade de sua comida. E seus motivos, que ela agora não conseguia lembrar.

Então Joanna chegou em casa. Depois de trinta minutos de depoimentos ao guarda Curl, um processo tão lento quanto a liberação de Sarah fora expedita — ela tomara a esferográfica de sua mão e escrevera por ele. Sarah também foi embora, pouco antes de Julian chegar, e lá estavam eles todos reunidos, com o caso adiado pelas notícias que acabavam de chegar. *En famille*, com todas as complicações de praxe. Oh, meu Deus.

O problema é que Ratinho Pardoe não sabia se devia continuar discretamente louca ou ostensivamente lúcida. Fora tão agradável, mesmo com as mãos cheias de bolhas, conversar com as duas únicas pessoas do mundo que sabiam que ela era capaz de pensar. Sentia muita falta disso, não conseguia decidir se continuaria com a farsa diante da filha e do filho, nem conseguia se lembrar de como aquilo começara, nem por que, e principalmente não conseguia imaginar como se explicaria em relação a todos aqueles meses de impostura. Julian olhava para ela com toda a atenção. O remédio que passara em suas mãos latejantes tinha sido aplicado com muita delicadeza. Não. Por Deus, não; ela não poderia continuar com aqueles chilreios, não depois de ter ouvido o que o mesmo fantasma fizera com Stonewall Jones, o menino que costumava acenar e dançar para ela no jardim toda vez que trazia as iscas para Edward. Suas próprias mãos, sua fortuna tinham pouca importância diante daquilo, além do mais seus filhos estavam ouvindo o que ela dizia, realmente ouvindo, não fingindo.

"Acho que o choque desanuviou um pouco sua mente, mamãe", disse Julian, falando sem partir do princípio de que ela estava o tempo todo desligada. Ela lhe lançou um olhar astuto. Ele não parecia estar brincando; como Joanna, estava simplesmente preocupado, ouvindo atentamente. Joanna alvoroçava-se pela cozinha, trazendo comidinhas para ela, o remédio para todos os males; Julian ofereceu-lhe vinho. Sempre que passava pela mãe, acariciava-a. Ratinho sentira falta dos afagos, algo que uma louca não podia se permitir se viesse dos filhos, evidentemente, não do sacristão.

"Sim, querido", disse ela a Julian, com expressão grave. "Acho que minha mente está melhor. E agora, o que o guarda Curl vai fazer?"

"Vai mandar um carro da polícia para passar a noite aqui e organizar um grupo de busca pela manhã. Esse policial não consegue fazer nada rápido. Não serve para o ofício."

O pai dele não era vagaroso, pensou Ratinho, com um sorriso secreto, cheio de reminiscências. Ele fora uma figura elegante e vivaz, com um brilho nos olhos para completar, ora se não. Nas terças à tarde, durante muito tempo.

"Uma caça ao fantasma", murmurou ela, esquecendo-se de acrescentar o riso maluco. Ela devia dizer que sabia quem era o fantasma ou que o vira com Edward? Podia ficar de sobreaviso até descobrir o que as outras pessoas sabiam. A consciência dela era inconstante em seus lampejos, mas Ed estava sempre presente, independentemente do que tivesse feito.

"Acho que Rick não devia participar desse grupo de busca", disse Jo. "A gente não sabe o que ele seria capaz de fazer. Julian, existe esperança para Stonewall? Rick gosta muito dele."

Sentaram-se à mesa, lado a lado.

"Bem, a única coisa que posso dizer é que isso ajuda."

Ela encostou a cabeça em seu ombro, por um breve espaço de tempo, a primeira vez que eles se tocaram, pelo que ela se lembrava. Ele acariciou seus cabelos loiros ternamente; ela não se furtou ao gesto.

Ratinho olhou para eles. Filhos, amem-se uns aos outros; onde está meu menininho trocado, Edward? Gostem de mim, gostem uns dos outros, mas de vez em quando prestem atenção ao que digo. É só o que quero. Acho. Ela deu uma risada.

"Quando esse Stonewall vier com o carro de sorvete, vou dançar feito Tallulah Bankhead."

A cozinha foi sacudida pelas risadas e por aquela animação deliciosa e um tanto histérica. Julian serviu mais vinho. Eles não pensavam em Sarah Fortune, unidos no esquecimento dos estranhos, embora todos, com diferentes e secretos graus de tristeza, pensassem em Edward.

"Espero que tenha ido pescar", disse Joanna, a propósito de nada, entre uma risada e outra.

Ratinho olhou para o ponto da mesa em que os bolinhos tinham estado e descobriu como é fácil o riso mesclar-se ao pesar, como a loucura nem sempre é fingida.

O silêncio se prolongara. Sarah lembrava-se do cheiro das minhocas.

"Será que eles vão ficar sabendo?", perguntou Edward. "Quero dizer Jo, Julian e mesmo outras pessoas, sobre o fato de eu conhecer esse homem, Charles? O fantasma?"

"Sim, sua mãe vai contar isso a eles. Ela pode dizer que você deixou Charles entrar na casa outras vezes, e também no chalé aqui ao lado. E se o menino Stonewall se recuperar e se lembrar, ele vai contar que viu você em algum outro lugar."

"Oh meu Deus."

"Isso não quer dizer que eles saibam ao certo o que vocês conversaram", disse ela um tanto fria. "Você podia ter tido pena dele, podia ter cumprimentado um estranho que parecia interessante." Ela falava com uma ponta de amargura.

"E o que você vai dizer a eles?"

"Nada que contradiga o que você mesmo vai dizer. Sou uma advogada: só falamos o que devemos falar. Tenho muita prática nesse assunto." Ernest Matthewson veio-lhe à mente, como um espectro malévolo.

"Mas tem um preço. Ajude a encontrar Charles. Ajude a salvar sua família e a si mesmo."

"Só isso?"

"É o bastante. Você instigou Charles. Planejou varrer sua mãe e seu irmão da face da terra, ainda que isso não passasse de um devaneio maligno. Não é verdade?"

"Sim", tornou ele secamente.

"Bem", disse ela num tom que ficava entre a ameaça e a promessa, "acho que seria melhor para todo mundo se ninguém nunca ficasse sabendo disso."

"Gostaria de ir embora", disse Edward sensatamente. "Tentar viver em algum outro lugar."

"É uma boa idéia", disse ela numa aprovação serena mas tão calorosa que ele quase acreditou ter sido o autor da idéia. "E acho que o melhor a fazer agora é ir para casa."

"Você quer vir comigo? Quero dizer, será que é conveniente você ficar aqui sozinha? Para a sua segurança?" Aquela manifestação de sincera preocupação lhe trouxe uma sensação agradável como um gole de chá quente. Ela pareceu pensar por um instante.

"Não. Obrigado. Esconder-se não é a melhor maneira de lidar com o medo. Corre-se o risco de criar o hábito."

"Não seria melhor eu ficar com você, então? Pelo mesmo motivo?"

Ela pareceu pensar um pouco e balançou a cabeça.

"Não."

"Como uma promessa de um bom comportamento daqui pra frente?"

"Para ir treinando?", sugeriu ela, ironicamente.

"Algo do tipo."

O vento aumentara com a maré, impelindo a água, estimulando o movimento. Não os ventos uivantes do inverno, mas um vento buliçoso, engrossado pela chuva, eclipsando a orla enquanto o mar avançava lentamente, enchendo o cais, lambendo a borda do quebra-mar, alagando o estacionamento, agitando-se à beira da estrada, aproximando-se da entrada do fliperama e das lojas de presentes, carregando o lixo da noite e finalmente trazendo-o de volta, fazendo uma retirada estratégica na iminência da destruição. Preso por trás do casco de um barco esquecido, o corpo inchado de um animal morto soltou-se e saiu flutuando para outro ponto da costa. Dois rapazes holandeses de um cargueiro pegaram um escaler e remaram em direção à costa e às luzes.

Na praia, o mar mordiscava a terra, obedecendo ao vento sem muito entusiasmo. As pessoas que estavam nos trailers mais próximos da água se alvoroçavam durante a noite: com o terreno embaixo delas de certa forma mais macio, seu abrigo assentara-se mais pesadamente no chão depois da chuva. O mar avançava até onde começavam as dunas, para além do nível atingido pela maré alta da tarde, delimitado preguiçosamente pelas variegadas algas que levavam os incautos a pensar que a água não podia ir além daquele ponto. Como uma leve punição pela arrogância do homem, a água atacou as estacas de sustentação das duas cabanas mais próximas, já carcomidas por ataques similares. A casa ocupada pelo fantasma tombou para um lado com um gemido e se ajeitou para dormir como um bêbado de muletas, enquanto a água, em seu recuo, carregava do soalho levantado o cobertor roubado de Charles Tysall e outros suvenires.

Um iate sofreu as conseqüências do orgulho dos seus donos, que ignoraram as advertências e foram parar num banco de areia, onde ficaram presos, pendendo para um lado. Nas primeiras horas da manhã a sirene do barco salva-vidas soou o alarme fantasmagórico, gemendo e lamentando-se pelo estorvo.

Julian o ouviu das profundezas de um sono no qual se defrontava com terríveis assassinatos, com a família, os inconvenientes da medicina naquela região e com o corpo de Sarah Fortune. Ouviu-o como um réquiem, pôs as mãos nos ouvidos, recusando qualquer mensagem que não fosse um canto de esperança.

12

Rick ia correndo. Corria com uma graça desajeitada rumo ao posto salva-vidas, a aldeia brilhando atrás dele. O canal estava semicheio, os diques do quebra-mar ostentando seu turvo esplendor. Os pássaros que voejavam e giravam, e que ele nunca se preocupara em identificar, chamaram a atenção de seu olhar indiferente, pássaros que saltitavam, corriam, piavam um tanto desafiadoramente, parte da paisagem que era sua e ele nunca notara. Stonewall ficava de joelhos para falar com os passarinhos na época em que estava aprendendo a gostar dos riachos, e na ocasião Rick rira dele; um menino falando com os passarinhos, uma lição para você. Quanto tempo se leva para conhecer realmente uma pessoa?

Ele corria compassadamente, começando a ofegar, querendo um pretexto para parar e continuando a correr.

Quase dois quilômetros até o posto salva-vidas, no ponto em que o canal entrava no mar aberto, muito mais longe a pé do que de carro. Stoney, que tinha metade do tamanho de Rick, conhecia tudo sobre os pássaros, quem sabe até sobre as abelhas. Rick corria vendo tudo aquilo com novos olhos, as pegadas na lama dos barrancos, as coisas que Stonewall observava.

Ele corria em busca do esquecimento, para que o esforço dos músculos acostumados a outro tipo de uso limpasse sua mente das recentes conversas sobre fantasmas e vingança, conversas com seu tio policial, a falta de boas notícias, e a lacrimosa insistência de Jo: Não vá com eles, Rick, por favor. Se o amor fosse uma questão de exigências conflitantes, ele só podia atender à mais forte, que ainda não era a dela. Por isso corria os dois quilômetros até a praia, desviando-se do bosque, passando pelo posto salva-vidas, pulando do dique para a areia. Ali ele correu num ritmo mais lento, a areia macia, os pés sujos das poças de lama rasa, o som da brisa em seus ouvidos, um dia fresco com um sol hesitante, uma promessa de vento e apenas uns poucos veranistas teimosos dispostos a jogar. Um belo dia para caçar.

Ele passou pelas cabanas de praia a sua esquerda, notou que duas delas tinham sido derrubadas pela maré sem saber que o fato era recente, anotou aquilo mentalmente como mais um detalhe apenas, disparou a correr numa faixa de areia macia e começou a se cansar. O suor entrava-lhe nos olhos; ele o secava distraída e infrutiferamente com as costas da mão, piscava, cambaleava, tornava a piscar.

Um cachorro vinha correndo em sua direção, por um momento pensou ser a Sal de Stonewall; aquela visão fora tão chocante e a expectativa de ver o próprio Stonewall tão forte que o fizeram parar e prender a respiração.

O cão parou de repente e ficou correndo em volta dele, latindo, querendo brincar. Apesar do coração pesado e do nó na garganta, Rick sentiu o lento aflorar de um sorriso. Evidente que não se tratava da cadela avermelhada de Stonewall, mas de um cocker spaniel macio, sem nada em comum com Sal senão aquele temperamento agitado, tonto e buliçoso de que o menino gostava. Aquilo deu a Rick uma idéia, o primeiro pensamento construtivo em meio a toda aquela confusão e pessimismo. Comprar outro cachorro para Stonewall: isso o faria sentir-se melhor.

Um homem vinha atrás do cachorro, correndo na mesma direção, de costas para o sol, correndo com aquela elegância decorrente da experiência que Rick nunca alcançara e que admirava por ser tão diferente de seu jeito desengonçado de jogar braços e pernas para todos os lados, desperdiçando o fôlego e a energia. O homem se movimentava numa marcha econômica, sem esforço, de forma que, quando parou, foi quase um alívio notar que ele estava brilhando de suor.

"Bom dia." Uma voz agradável. "Não se preocupe com a cachorra. Ela gosta de todo mundo."

Rick continuava com aquele nó na garganta. Só agora entendia o amor do menino pela cadela, ao acariciar as orelhas macias daquele cachorro, sentindo roçar nas suas pernas nuas e úmidas aquelas vibrações de infinita confiança.

"O cachorro de Stonewall também era assim", disse ele abruptamente. "Gostava de gente. Demais."

O cachorro encostou-se em suas pernas trêmulas. Tendo começado a falar, Rick tinha que ir em frente, senão essa estranha informação, passada de forma tão intempestiva a um estranho, pareceria ainda mais esquisita. Ele falou com voz áspera, como se suas primeiras palavras tivessem alguma intenção retrospectiva, em vez de fraqueza.

"Você precisa ter mais cuidado com seu cachorro", advertiu ele. "Há um maníaco à solta por aqui. Come cachorros no café da manhã e tenta matar meninos."

"Você está brincando." O homem chamou seu cachorro, que veio correndo atrás dele. Rick ficou zangado.

"Não, não estou. A polícia está organizando uma busca nesta região. Nós o chamávamos de fantasma, mas ele é bem real. Por isso, cuide-se, não é bom ficar correndo sozinho por aqui. Mesmo correndo rápido como corre."

Ele estava com inveja e tagarelando muito. Precisava tagarelar, falar com um estranho era muito mais fácil do que tentar se entender. De repente o homem estendeu a mão. Rick olhou-a como se estivesse olhando um monte de merda.

"Malcolm", disse o homem, com um sorriso que não admitia recusa.

Era uma coisa tão esquisita apertar as mãos e declinar os nomes em plena praia, que Rick o fez, embora aquilo lhe tenha dado vontade de rir e o tenha relaxado um bocado. Talvez tenha sido conseqüência da corrida. Eles acertaram o passo, andando na direção de onde Rick viera. Rumo ao lugar onde o grupo de busca se formara na faixa de terra junto ao posto salva-vidas, um grupo heterogêneo, circunspecto, ansioso para cumprir o dever.

"Talvez eu possa ajudar", disse Malcolm.

"Pode sim. Olhe só para eles. Uma turma de velhos. Todos são bem-vindos. Mesmo com um cachorro maluco como o seu."

Não havia nenhum jovem no grupo. Rick olhou para eles mal-humorado. Aquele sujeito, Malcolm, era o mais jovem de todos, com exceção dele mesmo, melhor ele ir junto. O resto parecia pertencer a uma congregação religiosa.

Eles eram velhos o bastante, porém, para trabalhar sem reclamar, com um empenho que em outras circunstâncias dedicariam aos seus jardins; talvez o tio Curl soubesse o que estava fazendo quando os escolheu, mas mesmo com todo o esforço eles não acharam o homem de cabelos brancos ao fim de um longo dia. Nem Rick, nem o estranho de Londres que mostrou ter tão grande valor, nem os outros trinta que vasculharam o bosque. Entraram e saíram dos trailers, olharam as cabanas da praia uma por uma, cruzaram os baixios, olharam dentro de barcos. Entraram na aldeia, ignorando o cais cheio de gente, onde ninguém poderia se esconder, afastando-se da costa e vasculhando as casas de veraneio vazias, avançando mais, passando pelo conjunto habitacional da Prefeitura, pela igreja, entrando nos celeiros das redondezas. Os dois homens que se dirigiram ao cemitério expressaram seu desgosto com muxoxos ao deparar com a confusão de flores espalhadas; quando viram o pedreiro assentando um lápide de fino mármore branco, pararam um pouco para admirar o trabalho. Procuravam um homem com uma bengala e cabelos brancos, uma forma sem necessidades nem substância, de outro modo fariam jus a poucos prêmios e a nenhuma glória. Eles começaram a achar que se tratava mesmo de um fantasma, que fugira ou voltara para o lugar de onde viera, entregando-se ao abraço do mar.

Rick e seu aliado Malcolm estavam no bar do Crown on the Green, o único hotel de Merton, lugar onde Rick pusera os pés apenas duas vezes. O convite foi de Malcolm, que disse estar hospedado lá. Dane-se! Meu pai que cuide do fliperama.

Stonewall Jones sonhava com o mar, o fliperama, sua cadela e lembrava-se de que alguém gostava dele mais que de qualquer outra pessoa.

A noite caiu sobre a terra sem nenhum gemido. Sarah arrumava as malas sentindo sua iminente inutilidade sem amargura, mas preocupada. Novamente diante daquele pouco edificante balcão de bolos, ela sabia, pelas suas andanças na cidade, o que estava acontecendo a sua volta e não queria saber mais. Eles o encontrariam, ela imaginava; seu desespero faria com que se descuidasse. Mas ela não queria que fosse encontrado. A não ser talvez por ela mesma, como a realização de um ano inteiro de pesadelos, nos quais ela o tinha amarrado e indefeso e o fazia sentir o que fizera com ela, sentir o que era ser tão humilhada. Encontrá-lo assim aplacaria aquele fogo que a queimava por dentro, a ânsia de vê-lo arrastar-se, de arranhar seu rosto com as unhas longas e polidas, de vê-lo implorar. Nu, da mesma forma que ela ficara, gritando e gemendo da mesma forma que ela numa casa vazia, sofrendo como ela queria que ele sofresse, consciente daquela irremediável perda de orgulho.

Sentia uma dor no estômago; considerou aquilo uma conseqüência de todo o autocontrole, o uso de seu charme e de seus bons modos no dia-a-dia em vez de se permitir ser a pessoa despreocupada que sempre foi. Uma dor que nasceu com o incipiente pesar por Elisabeth Tysall e por si mesma, que não passaria nunca. Uma dor que era o resultado de suas próprias preces agnósticas e a sobra de todos os seus pensamentos violentos e viciados em relação a ele. Se o lar era a morada do coração, não existia essa coisa de lar. Ela arrumava suas coisas com indiferença, metade dela expectante, metade ausente.

Ratinho Pardoe deixou o seio da família, subiu as escadas dando a impressão de que ia dormir, depois saiu pela porta da frente, as mãos enfaixadas iluminando o caminho na escuridão. O cuidado dos filhos para com ela durante todo o dia, seu afeto, o extraordinário interesse que demonstraram lhe causaram um estranho sentimento de culpa, uma espécie de indigestão emocional que a assustou. Esse sentimento não era uma segunda natureza para Ratinho: ele a fez cruzar o gramado pé ante pé, já se ressentindo de necessitar de Sarah Fortune, que sabia demais sobre todos eles e agora saberia ainda mais, porque ela não tinha mais ninguém com quem contar. O carneiro Harry ia atrás dela, mas Ratinho não estava com medo, e só as razões pelas quais ela estava sem medo — não do fantasma, pelo menos — faziam com que se sentisse um pouco envergonhada.

"O que você está fazendo?", gritou ela, olhando para a sala de estar do chalé quando a porta se abriu sem hesitação. "Vim para saber se você está bem", acrescentou menos convicta. Ambas sabiam que aquilo não era verdade. Sarah cumprira sua tarefa. Ratinho tinha muitos motivos para se sentir grata a Sarah, e isso era bastante para fazer que qualquer um parasse de se preocupar. O xale que cobrira o sofá não estava mais lá, a lâmpada da mesa de volta ao seu lugar, a sala sem as flores que lhe davam um aspecto aconchegante, todo o ambiente de volta à impessoalidade de apenas mais uma casa para alugar.

"Estou arrumando meu bordel ambulante", disse Sarah com um sorriso. Ela agia de uma forma, pensou Ratinho amargamente, que tornava muito fácil gostar dela. Não era daquele tipo de mulher que sai por aí contando suas intimidades, era tensa feito um tambor, mas de certa forma terrivelmente descontraída, os olhos cheios de todo tipo de coisas e idéias, embora sem nenhum indício de julgamento crítico.

"Arrumando as malas? Para quê? Precisamos de você, querida."

"Não, não precisam. Já terminei." Ela indicou com um gesto a pilha bem-arrumada de papéis no chão. "Avaliações. Na noite passada Edward me ajudou, foi por isso que o segurei aqui por tanto tempo." Seus olhares se cruzaram e se desviaram, reconhecendo tratar-se de uma mentira aceita por ambas. Ratinho pegou uma garrafa da pia da cozinha, dois copos do escorredor, serviu bebida por conta própria. Agia como se o clarete fosse para ela: estava já um pouco bêbada, queria ficar mais ainda. A consciência a incomodava. Por que haveria de se preocupar? Se um intruso comeu sua comida e queimou suas mãos, tinha de se haver com sua própria digestão.

"Vocês, Pardoe", disse Sarah sem o menor tom de censura, enquanto se acomodavam, "costumam carregar a mão nos temperos. De qualquer modo, pode ler as notas manuscritas... Minha caligrafia é muito clara, não tem nada de ambíguo; o que fiz foi sugerir de que propriedades vocês podem dispor primeiro. Vendê-las a preços extremamente baixos, em condições de pagamento facilitadas, às pessoas que atualmente as ocupam. São as casas comerciais, a começar pelo pub e pelo fliperama, depois as lojas. Devolver a alma à cidade. Certo?"

Ratinho aquiesceu, gorgolejando o vinho, que coisa deliciosa!

"Você não vai querer ficar sem recursos", continuou Sarah. "A liquidação de tudo isso, assim como os recursos para completar a educação de Edward e de Jo, um modesto pé-de-meia para os três e vinhos finos e festas para você, tudo isso pode vir dos chalés de veraneio que vocês possuem. Se os venderem a preços bem baixos às pessoas do lugar, para que possam sustentar suas famílias, ainda sobra bastante, se bem aplicado, para sua velhice. Seja lá quando isso acontecer."

Ratinho sorriu àquele arremate e estendeu o copo para que ela o enchesse novamente.

"Não vamos precisar de Ernest Matthewson para resolver todas essas coisas?"

"Não, não precisam dele. Ele ia gostar de fazer isso, mas vocês não precisam dele. Um contador daqui mesmo, um corretor honesto... o de vocês não é, por falar nisso."

"Muito ruim de cama, o Ernest", disse Ratinho pensativa. "Tão apressado."

Sarah bebericou sem dizer nada. Ratinho suspirou, satisfeita.

"Que alívio", disse ela radiante. "É o que acho mesmo. Conversamos sobre isso hoje, e todo mundo deseja a mesma coisa. Eles vivem aqui, querem se sentir à vontade, integrados. Que crianças bem-educadas elas são. Tomaram a atitude certa. Todos concordam que ninguém espera mais do que o estritamente necessário. E nunca precisamos de mais do que isso, você não acha?"

"Claro", disse Sarah com a medida certa de entusiasmo na voz para que a senhora Pardoe continuasse. A dor que sentia no abdômen estava cada vez mais forte, imune ao efeito do vinho, uma dor belicosa, que procurava outros pontos para atacar.

"No final das contas", continuou Ratinho, aceitando mais álcool como se fosse um convidado especial, "não seria terrível ter que contar a eles para fazê-los concordar? Terrível!"

Ela reassumira aquela postura de recepcionista de hotel que Sarah concluiu não ser totalmente desvairada.

"Terrível", concordou calorosamente.

"Quero dizer: e se eles não me tivessem ouvido? Achei que nunca me ouviriam quando convenci meu marido a fazer esse testamento. Quando ele começou a ter os problemas do coração, entende? Nós dois estávamos tão bem; eu sabia que ele não prestara atenção na forma como a frase fora redigida. Todos os meus filhos..."

Ah, sim, ele notou, pensou Sarah. Deve ter visto Stonewall Jones na estradinha de acesso à casa entregando iscas, então notou. O menino ficaria alto e corpulento como o verdadeiro pai, com os olhos parecidos com os de Julian Pardoe, com todo o jeito de se tornar no futuro a imagem cuspida e escarrada do irmão muito mais velho. Quando você vai para a cama com um homem, você sabe a cor de seus olhos, sabe onde os viu antes em outro rosto, junto com outros gestos característicos e um determinado modo de comer e beber. Você sabe.

"Eu teria contado a eles", disse Ratinho. "Com certeza eu lhes contaria, se não tivessem concordado em abrir mão das propriedades logo que pudermos." Ela suspirou. "Eu ensaiei a cena mentalmente milhares de vezes e decidi me fingir de louca. Haveríamos de estar, nenhum deles ouvindo, em volta da mesa com Ernest Matthewson à cabeceira. Lendo aquele trechinho do testamento. Como é que era mesmo? Eu certamente saberia, fui eu que o concebi. 'Para minha mulher e para todos os *meus* filhos...' Isto é, os filhos dele. Não os meus e dele, os *dele*. Aqueles que trazem seus jeans, digo: genes." Ela pronunciou essas palavras com ênfase, como se Sarah não percebesse o trocadilho, soluçou, recompôs-se e continuou.

Os filhos *dele*? Bem, creio que Julian é filho dele. Tenho todos os motivos para achar isso. Os outros? Joanna, provavelmente. Edward, não. Para mim era tão evidente. Foi por isso, talvez, que meu marido e ele nunca se deram bem. É tão difícil contar. Agora não preciso fazer isso."

"Não mesmo?" A pergunta de Sarah era melancólica.

"Não", disse Ratinho. "Da mesma forma como você não precisa informar à pessoa que está diante de você qual foi a última com quem dormiu. Agora as coisas são fáceis para vocês, que tomam a pílula. A natureza me ajudou: eu poderia ter tido muitos outros bebês, mas não tive. O que também foi uma boa coisa, pois nunca saberia de quem eram."

"Eu esbocei uma legação em separado para seu novo testamento", murmurou Sarah. "Metade do montante líquido de seus bens, incluindo uma boa casa e uma parte dos terrenos na orla, para Stonewall Jones, depois de sua morte."

Ratinho aquiesceu, sem nem ao menos pedir esclarecimentos.

"Concordo plenamente", disse ela. "Eu já tinha pensado nisso. Posso ser egoísta, mas não sou desonesta."

"Tudo fica bem quando acaba bem...", disse Sarah, pondo o restinho do vinho no copo da senhora Pardoe.

"Não totalmente", disse Ratinho. "Eu não pretendia ficar falando demais sobre minha família, agora que tudo está resolvido, de certa forma. Não estou pensando neles, não penso numa mesma coisa por muito tempo. A não ser nisso."

Ela remexeu no bolso do penhoar que usava por cima de uma camisola cheia de babados abotoada até o queixo, com brincos que pendiam sobre a gola rendada. Tirou um pacotinho aberto na parte de cima. TAMANHO 2.0, Sarah leu.

METAL FINO: PROJETADO E APERFEIÇOADO PARA PESCA NO LITORAL. Ela virou o pacote e leu mais... ANZÓIS DE ALTA QUALIDADE FEITOS DE AÇO-CARBONO. Ela pôs um deles na palma da mão. A ponta afiada feito uma agulha, com uma graciosa farpa invertida. O anzol era preto; ela o sentiu contra a sua pele, inofensivo enquanto a farpa não pegou. Os anzóis, cada um com um olhinho na ponta da haste, arqueavam-se delicadamente no seu inocente envelope de polietileno.

"Só uma coisa me perturba", disse Ratinho Pardoe, aparentando indiferença, "pus um monte desses anzóis nos sanduíches. E nos bolinhos."

Ela bateu levemente com o copo no nariz.

"Só fiz isso de brincadeira. Edward me deixou louca de raiva deixando-os todos ali. Harry podia ter comido um. Ninguém nunca come o que eu faço: só faço para irritá-los. Durante todos esses anos precisei cozinhar; agora posso fazer só de brincadeira, sanduíches, por exemplo. Eu os avisaria dos anzóis se alguém se aproximasse deles. Para dar uma lição em Ed, para que ele nunca mais deixasse esse tipo de coisa na cozinha, como seu pai fazia. Ou me bater. O que é que você fez com o Edward, minha cara? Ele está tão gentil."

Sarah viu Charles Tysall, saindo da cozinha, enfiando os bolinhos amarelos no bolso.

"Só aquele sujeito, Charles", disse Ratinho alegremente, "comeu todos os sanduíches. Não sei como ele fez isso, mas fez", acrescentou ela com uma ponta de orgulho. "Comeu todos."

Sarah olhou para o anzol na palma de sua mão, lembrou-se do som da deglutição de comida e do leite. O anzol era de um metal tão fino, uma polegada de comprimento, pequeno o bastante para que um homem morto de fome o engolisse. Ela apertou a pequena farpa invertida entre o polegar e o indicador, sentiu-o perfurar a pele.

"São muito afiados, hein, querida?", observou Ratinho.

A dor no abdômen de Sarah aumentou ainda mais.

"Depois eu penso sobre isso", disse Ratinho, adiando qualquer decisão com um sorriso. "Ele teve o que mereceu."

Rick nunca podia beber: bastava um pouquinho para lhe subir à cabeça, por isso ele precisava ter cuidado; naquele momento não estava bêbado, apenas com a língua solta. Que coisa horrível, na aldeia em que ele vivia, necessitar da companhia de um estranho numa noite como aquela. Não havia novidades quanto a Stonewall: ele se certificara disso com Jo e com o médico. Assim, ele podia ficar onde estava, com aquele homem tranqüilo, ambos sujos, e os outros homens do bar chique abrindo espaço para eles. Duas garrafas pequenas de cerveja simplesmente fizeram-no ficar comovido. Rick queria estar com Joanna para acariciá-la, mas continuava lá, dando a Malcolm todas as informações que ele conseguira tirar do tio Curl e de outros. As técnicas mais sutis de interrogatório utilizadas por Malcolm funcionavam tão bem num bar quanto num tribunal, principalmente quando a vítima estava fragilizada, maleável e confusa. Malcolm sabia o nome, a identidade, a história local e a *persona* do homem que estava sendo caçado. Como Sarah Fortune, ele era bem real.

"Seu primo Stonewall pensou que essa Sarah Fortune era a senhora Tysall, não é?", perguntou Malcolm.

"Só no princípio. Meu outro primo teve a mesma impressão no salão de beleza. O que você acha que o fantasma queria na casa dos Pardoe? Além do fato de ser um lugar isolado onde ele poderia conseguir comida, o que ia querer por lá? Um lugar sem ninguém que o guarde, a não ser um carneiro?" Os olhos de Rick se arregalaram e a súbita compreensão anulava o efeito do álcool. A menção a Sarah Fortune fê-lo corar; pensou nela com um amistoso sentimento de culpa e uma pequena pontada na virilha, percebendo que a ansiedade o fazia encolher o ventre ainda mais.

"Você acha que ele pode ter ido lá por causa de Sarah? Ora, isso não faz o menor sentido. Com certeza ele nem ao menos sabia que ela estava lá."

"Escute", disse Malcolm. "Em sua outra vida, Charles era obcecado por Sarah Fortune."

"E ainda é?", Rick resmungou, novamente confuso, mas olhando de soslaio. "Dá pra entender."

Eles beberam pensativamente. Não, com esse cara não, pensou Malcolm. Com certeza não, nem mesmo Sarah.

"Então talvez ele volte lá. Tudo bem. Eles puseram gente montando guarda, Jo me disse quando telefonei. E de qualquer maneira há dois homens na casa, bem... um e meio, se você contar Edward. Acho que o cara já foi embora há muito tempo. Conseguiu se virar durante meses sem ninguém, por que haveria de precisar de alguém agora?"

Rick tomou o último gole de sua cerveja e não queria dizer mais nada. Malcolm falava devagar.

"Oh, não acho que Charles vai voltar em busca de Sarah. Nem que Charles tome a iniciativa de ir atrás dela. É mais provável que se dê o contrário."

"O que você quer dizer com isso?"

"Que Sarah vai nos levar a Charles. Sarah o encontrará."

Rick não entendeu.

"Bem, vamos fazer uma coisa", disse ele. "Encontro você na frente do fliperama. Às sete horas, se estiver fazendo sol. Oito, se estiver chovendo, certo?"

Malcolm estava calado, o gosto de seu bom uísque, amargo.

A sala onde ele estava tornara-se aterradora. Ele repetia como um mantra a frase "Meu nome é Charles e eu não tenho nome". Quando finalmente se moveu em direção ao espelho quebrado e fora de uso pendurado na parede da sala contígua, na mesma altura da alta pia de pedra, a única coisa que conseguiu ver foi o brilho amarelo de seu rosto, os dentes escuros, os olhos avermelhados e secos. Tinha passado tanto tempo sem espelho que aquela visão o transtornou. Se tivesse se olhado no espelho no último ano, teria visto o estrago, teria visto que não seria mais possível ir para casa. Ele estava começando a cheirar mal. Sangue, sujeira e frio, suor quente e putrefação. Algo dentro dele estava mortalmente ferido. Afaste-se um pouco e olhe para mim, querida. Morrendo. Ele abrira a boca e levantara a mão várias vezes, deixara a mão descer para limpar a espuma que se congelara em volta de sua boca perfeita, os lábios crispados de dor, a testa franzida, consciente de estar perdido, seu longo corpo magro curvado. Havia retratos na parede no lugar onde ele havia crescido. Mulheres ruivas com a ameaçadora compleição de seus antepassados, sendo ele próprio a melancólica criança enjeitada.

Finalmente ele berrou de raiva e frustração, gritou como uma criança num acesso de histeria e ouviu seus gritos diminuir, reduzindo-se a um choro. Arrastou-se para mais perto da saída quando percebeu que já escurecera. Uma luz incidiu sobre o rosto e os cabelos brancos sujos; estava a três metros da ajuda, mas ninguém via, ninguém ouvia, o lugar estava cheio de som.

O rá-tá-tá das metralhadoras, música feérica, gongos, música popular em altíssimo volume, a algazarra de uma feira, o tilintar de moedas e crianças gritando ao longe elevavam-se triunfantemente. Nos intervalos, uma voz zumbindo "Cinqüenta e nove, venta e chove; número onze, cara de bronze; cinqüenta e cinco...". O bip-bip-bip das máquinas, as músicas chorosas, os ritmos, e o apelo místico das máquinas vendendo seus produtos para os possessos.

O esforço para gritar o levou a um paroxismo de riso silencioso, algo que desculpava as lágrimas. A ironia de um homem culto agüentando aquela orquestra de sons eletrônicos vulgares, com a luz púrpura brincando sobre a pele amarela, que ele sentia como se fosse possível arrancá-la fora, enquanto as compridas mãos apertavam o abdômen.

Alguém que se perdera, procurando uma privada que não existia, chutou as pernas estendidas depois da entrada da ante-sala, xingou e voltou. Mais tarde, um outro, ignorando-o mesmo quando sua boca se abriu para gritar novamente, largou-o lá no chão, tomando-o por um bêbado, não um moribundo. Pensar em beber fez sua garganta se contrair; ele estava sedento, só fora ali em busca de água, que ele não conseguia alcançar, e estava seco depois de vinte horas sem beber.

Charles cochilou; quando abriu os olhos todo o barulho cessara e ele olhava a quietude da escuridão total, tendo perdido a oportunidade de conseguir socorro enquanto dormia. Entrou em pânico, sangue na urina que encharcava as calças do abrigo, repugnância pelo próprio cheiro. Ele se arrastou.

Afastou-se das máquinas mortas, que jaziam feito caixões de defunto na sala de trás, passando pelo chão banhado pelo luar feérico, iluminado pelas aberturas da porta de vaivém que dava para a estrada e para as máquinas automáticas de bilhetes no estacionamento do cais. Agarrou-se à maçaneta de dentro, sentindo-a chacoalhar e o edifício inteiro tremer quando se pôs de joelhos e olhou para a noite num gesto de súplica, procurando a lua e a salvação.

Viu um vulto aproximar-se, bater o pé, virar de costas, acender um cigarro que iluminou seu uniforme, apagar o cigarro quando alguém passou por perto, dizendo: Boa noite, seu guarda. Uma mulher tratando o policial com a deferência de um cão, da mesma forma que o cão dela mordia-lhe os calcanhares. Melhor morrer feito um cão do que viver como um.

Começou a se arrastar de volta, devagar, apoiando-se no Omen III e no Street Fighters IV. Que sede, que sede, que sede.

Sala após sala, sussurrou ele.
Vasculho toda a casa...
Da próxima vez, ela própria!
Não o que está por trás dela.

Browning na boca. As estrofes de uma ladainha para um velho trôpego que só conseguia lembrar-se de indecências. Não o vagabundo que ele mesmo forjara, mas de verdade. Tendo voltado à sala da máquinas mortas, ele se borrou todo. A vergonha foi tão insuportável, o próprio ato tão doloroso que ele chorou.

Stonewall Jones acordou sentindo uma tremenda vontade de ir ao banheiro e muita vergonha por isso. Ele estava aturdido, mas muito lúcido em relação ao que queria. Coca-cola, não leite; o abraço de sua mãe, não o da enfermeira.

Ela nunca dominara a arte de viajar com pouca bagagem nem de conferir tudo que levava na hora de voltar para casa. Na luz pálida do amanhecer, notou que estava levando menos do que trouxera, uma blusa púrpura, as calças e sapatos doados à sofreguidão do mar, uma blusa preta e calças colantes que ela esperava que Joanna aproveitasse. A moça não a procurara, o que ela não estranhava numa pessoa normalmente tão prudente; Sarah sabia que era portadora de uma espécie de vírus, uma espécie de constrangimento moral que provocava nas pessoas normais certa inquietação.

Ela se dobrou de dor. Charles povoara seus sonhos, a percepção de sua presença era avassaladora. Saber daqueles anzóis mortíferos no corpo dele a exauria. Ela acordou com o pipilar dos pássaros, agudos e alegres. Talvez aquele fosse o sinal de que ele fora encontrado.

A névoa marinha descera, o ar estava ameno, úmido, a luz esforçando-se por abrir caminho.

Seria covardia ir embora daquela maneira, sair de fininho ao amanhecer em meio àquela névoa fria, de volta a um lar que não era um lar e nunca mais o fora desde o dia em que Charles interrompera brutalmente o curso espontâneo, clandestino e deliciosamente promíscuo de sua vida e a chamara de puta? Seria covardia ir embora antes que alguém o achasse e lhe pedissem para identificar seu troféu? Ir embora com o mesmo medo, a mesma falta de conclusão, a mesma vergonha, de volta para a mesma vida irremediavelmente destruída?

Ela fechou a porta do carro amassado deixando suas coisas dentro dele. O carneiro Harry baliu, contente. Não havia pressa, afinal de contas.

Ela andou em direção à aldeia, ouvindo o gorgolejar da água invisível. Passou pelo cais e entrou no passadiço. Mal se via o teto vermelho do posto salva-vidas e a sirene que, tendo dado o alarme contra o nevoeiro, estava em silêncio. Sarah parou, voltou-se, esquadrinhou o cais. Era pequeno e acessível, inofensivo. Ela via as portas retráteis do fliperama meio abertas e um homem que limpava as janelas sem entusiasmo e depois se afastava. Em seguida, um raio de luz penetrou a névoa, iluminou as vidraças das janelas e desapareceu tão subitamente quanto aparecera, como um sinal. Sarah soube com uma certeza absoluta e inabalável onde Charles Tysall estava. Começou a andar na direção de onde viera, olhando os próprios pés, sentindo aumentar a dor em suas entranhas e ouvindo os pedidos de vingança do próprio coração.

13

Por um minuto ficou escondida atrás da barreira formada pelos carros que pareciam fazer parte do estacionamento, pela caminhonete dos mariscos e por um caminhão de transporte de alimentos cujo ronco, embora baixo, soava agourento em meio ao silêncio. Quando Malcolm chegou ao cais, para o encontro que marcara com Rick e contando que este iria se atrasar, Sarah já se fora. Vinha se aproximando um homem velhusco, o rosto endurecido pelo rancor, mascando alguma coisa, um boné caindo-lhe sobre um dos olhos.

"Por favor, o senhor viu um sujeito chamado Rick? Ele trabalha aqui?"

Aquilo lhe pareceu uma acusação: o pai de Rick foi evasivo.

"Negativo."

"É que eu fiquei de me encontrar com ele aqui", Malcolm disse, sentindo-se como se estivesse sobrando.

O velho riu nervosamente. "O nosso Rick não gosta de acordar cedo. Ele me disse que eu é que devia limpar as janelas, não ele. Imagine que ele arranjou uma mulher para limpá-las. Eu a vi. Um mulherão."

"Onde está ela?"

"Acho que atrás de Rick. Elas sempre fazem isso." O pai de Rick riu, orgulhoso daquilo. Talvez ele se divertisse um pouco com as conquistas do filho.

"Onde está ela?", repetiu Malcolm pacientemente.

O pai de Rick não estava pensando em nada; pouco a pouco começou a compreender, reminiscências de outra conversa voltaram a povoar o seu cérebro sonolento, lembrando-o de que o objetivo que se tinha naquele momento era encontrar um fantasma homem, não uma mulher. Ele imaginava que as duas coisas estavam relacionadas, não sabia por que, mas apostou naquilo meio às tontas para agradar e se livrar daquele sujeito.

"Acho que acabei de ver alguém subindo a rua principal."

Ambos olharam, hesitantes, naquela direção.

Primeiro Sarah sentiu o cheiro, um animal na toca, em meio ao fedor de fezes e medo. Ele estava deitado, encostado numa das máquinas mortas, apoiando-se nela. Primeiro surgiu sua patética silhueta à meia-luz do ambiente, depois os detalhes. Os botões do abrigo tinham se soltado enquanto ele se arrastava pelo chão, as mãos finas apertavam o abdômen acima dos genitais que pendiam num patético esplendor. Bem-dotado feito um jumento. Seu rosto ostentava o esgar de um sorriso, um rosto sujo, vincado de lágrimas.

Ela tentou dar à própria voz um tom áspero, evocando o ódio.

"Foi alguma coisa que você comeu", disse ela de pé, ao lado dele, desejando que ele a olhasse com os olhos fixos, que em vez disso olhavam para a luz. "Que vergonha, Charles Tysall, você me fez roncar como um porco e agora está parecendo um porco."

Um insulto patético. De repente ela começou a chorar. Ele fora um homem elegante, elástico feito um tigre, longilíneo, ombros largos, um gracioso animal à espreita, um predador, um homem tão bonito, orgulhoso de seu corpo e de suas obsessões, desdenhoso, perverso, mas ainda assim belo. Nunca um homem para rastejar: aquilo tinha tão pouco a ver com ele quanto com um tigre ferido, um elefante selvagem sem nenhuma noção da angústia humana. Ela pensou nos anzóis que não destruiriam um homem mais jovem, mais forte, mas que arruinaram a matéria mais fraca desse fugitivo macilento e faminto em cujos penetrantes olhos azuis ainda havia um brilho terrível. O ricto mudou-se num sorriso reconhecível. Ele estendeu sua mão, os dedos longos e elegantes dobrados, trêmulos, tentando retomar com um pequeno gesto alguns resquícios da antiga arrogância.

"Nem tão pura, nem tão boa", sussurrou ele. "Olhe para mim, Elisabeth. Está satisfeita?"

Ela lembrou-se das mãos, finas, bem cuidadas, acariciando seu corpo, abarcando seu pescoço, a fivela do seu cinto roçando sua espinha, a maciez de seus testículos, uma almofada encostada em sua bunda antes do vidro se quebrar fazendo desaparecer todos os limites daquela selvageria calculada. Sentiu o último acesso de raiva contra ele, lembrando-se da tortura; depois, ainda com os próprios gritos ressoando nos ouvidos, a raiva passou. Ela tentou reavivá-la, manter a vontade de vingança, mas sentiu-a escapulir enquanto olhava, com um misto de asco e compaixão, e a traiçoeira e estapafúrdia piedade que sentia por ele acabou falando mais alto. O corpo era apenas um homem, uma coisa, contorcendo-se e fazendo caretas, tentando naquele momento erguer as calças, patético ensaio de recato. Ela se inclinou, indiferente ao cheiro doce, azedo e rançoso, e ajudou-o. Ele estava quente e pegajoso, gritou quando ela o tocou e nem aquilo lhe trouxe satisfação.

Seus lábios estavam cobertos de espuma: ela não queria que ele fosse visto naquele estado, partilhando com ele por um instante o orgulho que o levou ao desejo de se cobrir, mas quando ela se levantou para ir à pia ele soltou um gemido de desespero. Ela umedeceu um pedaço de pano na torneira da outra sala; quando se ajoelhou novamente e aplicou o pano sobre seu rosto, ele gemeu de novo, dessa vez de prazer, e sugou o pano com a avidez de um bebê no peito da mãe.

Os dois ficaram calados, ela segurando-lhe os ombros, sentindo-lhe os ossos, mantendo o pano em seu rosto, sussurrando nada, perguntando-se o que iria fazer em seguida, as lágrimas rolando-lhe pelas faces e caindo sobre a pele dele.

"Você me perdoa, Porphyria?", soou sua voz, ecoando, num borbulhar, no peito.

Ela não podia dizê-lo, não podia nem mesmo emitir uma palavra. Ela não podia perdoá-lo, não apenas por ela, mas também por sua amiga Elisabeth, embora não suportasse vê-lo sofrendo.

A porta do quintal se abriu com um rangido; ouviram-se passos vagarosos, um par de tênis, a luz da sala aumentou e então uma comprida sombra se projetou sobre eles. Charles tomara sua mão, o braço dela cruzava seu peito; ela apertou com mais força, sentiu a pele finíssima da palma de sua mão; enquanto ouvia o suspiro de raiva, sentiu a tensão de músculos e ossos, o suspiro fundo que precede a ação, o cheiro do ódio devastador que nunca deixaria Charles. Puxou-o para mais perto, levantou os olhos como um animal feroz. Malcolm estava de pé a seu lado, punhos cerrados, pernas dispostas como que para lutar, um lutador pronto para atacar. Ele falou entre dentes cerrados.

"Sarah? Esse aí é o Charles? O que há com ele? Nossa, parece ter envelhecido dez anos. Está ferido? Filho da puta. O que você está fazendo? Largue-o, pelo amor de Deus."

Ela lhe lançou um olhar vazio, como se a presença dele ali não tivesse nenhuma importância, e disse calmamente:

"Se tocar nele, eu te mato."

Ouviu a própria voz como se viesse de longe, seguida da tosse que traía o esforço de Malcolm para controlar a própria voz, que se reduziu a mero murmúrio, sufocada pela emoção lancinante que sentia. Ele dormira com aquela mulher. Ela o tocara. E agora vejam com quem ela está, com a mesma intimidade.

"Ora, Sarah, minha querida. Como você pode fazer isso? Não existe nada que você não queira tocar? Ninguém a quem você despreze? Como pode fazer isso?"

Ela não podia expressar seu desprezo. Não podia dizer: "Olhe, isto não passa de um homem que está sendo caçado, que está morrendo, sofrendo, e essa é a única coisa que consigo ver". Em seu desprezo pelos inúteis punhos cerrados de Malcolm, não conseguia dar voz a sua recusa.

A dor diminuiu e ela continuava segurando aquela mão de forma protetora, lembrando-se apenas de que um dia fora o belo e orgulhoso Charles Tysall que segurara a sua como um talismã. Sabendo que não podia fazer nada senão segurá-la e lhe transmitir um pouco de calor. Ninguém deveria morrer sozinho.

Depois que a sala se encheu de gente, ficando mais segura, e o arfar de sua garganta morreu, ela largou a mão dele devagar, olhando seu rosto perder a cor, adquirindo a palidez da cera, as marcas da idade e da dor amenizando-se à aproximação da morte. Ela saiu do fliperama passando por uma pequena multidão de homens da cidade e pelos da equipe de busca, cada um olhando-a de forma mais acusadora. Passou pelo corredor polonês de cabeça erguida, a neblina anelando seus cabelos desarrumados, as mãos e as roupas sujas de sangue. Passou pela multidão murmurante, pela maré montante que ia enchendo os canais, pelos graciosos cisnes a nadar e, finalmente, fora do alcance de todos aqueles olhares, começou a correr. A névoa umedecia suas faces, os pássaros marinhos calavam, a terra estava silenciosa e sua marcha era acompanhada por fortes soluços.

O carneiro Harry ainda estava à porta, exibindo seus chifres desiguais e sua infinita docilidade. Ah, ser como um carneiro, dócil e sereno, satisfeito, até que a ponta de um chifre se metesse dentro dos olhos. Sarah colheu as rosas que estavam junto da porta, eles lhe deviam aquilo, e colocou-as na parte de trás do carro. Vasculhou a mala, que estava no banco de trás, procurando roupas limpas, trocou de roupa ali mesmo, na escuridão do nevoeiro, limpando as mãos nas peças que estava tirando, abotoando uma blusa limpa com mãos trêmulas mas eficientes. Jogou para um canto a roupa suja, sempre desapegada de seus trajes, a despeito de quanto havia custado. Roupas não têm importância, nunca tiveram e nunca terão. Harry começou a comer sua segunda ração de roupas daquela semana.

Café da manhã atrasado na casa dos Pardoe, numa cozinha livre de equipamentos de pesca. Edward abandonara a pesca, iria embora. Para algum lugar, dissera ele. Há muito que Joanna dissera para si mesma que, fizesse ele o que fizesse, ele sempre achava que estava fazendo o melhor, embora sua noção de melhor não correspondesse mais à dela. Era mais difícil renunciar à adoração que ao amor, mas no final tudo daria certo.

Julian e Edward estavam discutindo, como antes, a não ser pelo tom e pelo teor; Edward mantinha aquela eterna nota de renúncia em sua voz, que nunca o abandonaria, e se algum dia ele descobrisse por que, ia se sentir ainda pior.

Tenho que dizer adeus, disse Sarah consigo mesma à porta, olhar Edward nos olhos para reafirmar minha ameaça. Julian estava discutindo num tom controlado. Joanna estava cozinhando no Rayburn, corada e tranqüila, com aquela ponta de ansiedade que sempre a acompanharia. Ratinho estava à cabeceira da mesa que agora estava livre das tranqueiras, comendo nozes à guisa de café da manhã, com um traje de banho sob o penhoar. Ela tinha coisas a fazer mais tarde; nunca faria concessões em matéria de roupas, nem compraria outras. Embora com relutância, abandonaria os chapéus.

O aparecimento de Sarah, fresca e pálida, radiosa e limpa, concentrou a atenção de todos e provocou um leve rubor de vergonha em suas faces. De início, Joanna foi a que menos corou, apenas por não prestar tanta atenção à convidada, preocupada que estava com seus próprios e terríveis dramas, mas logo sentiu-se culpada em relação àquela que fora apenas a "criada" e, muito brevemente, amiga exemplar a quem confiara seus segredos. Então sua pele ficou vermelha feito um morango maduro.

O rubor de Julian foi mais leve, subindo até seu cabelo cor de areia com o mesmo remorso que Jo sentia em relação à convidada enquanto tal, mas também por causa das confissões que fizera e de sua cura, por tudo o que dissera e fizera tão prazerosamente no meio da noite. O leve rubor da pele amarelada de Edward era mera conseqüência de seu temor de que a convidada viesse a falar dele, uma rápida sensação de pânico que logo desapareceu. O riso de Sarah, aquela alegria visível que fazia pensar na garota da casa vizinha mais que na presunção e no charme de uma todo-poderosa advogada cujos honorários eram pagos por dia, fez com que todos se sentissem mais à vontade. Parecia que ela nunca, em tempo algum, se ofenderia, parecendo alguém a caminho da quadra de basquete. Joanna ofereceu-lhe uma caneca de café e ela a recebeu agradecendo de forma quase exagerada. Todos começaram a relaxar. A não ser a mãe, que mantinha o nariz enfiado num jornal.

"Tudo vai às mil maravilhas", disse Sarah despreocupadamente, sem olhar para ninguém em particular, ignorando o nó na própria garganta. "Eles acharam o fantasma. Coitado, morreu nos fundos do fliperama. Alguma coisa que ele comeu."

De todos os cantos da mesa ouviram-se suspiros de alívio. O olhar de Julian cruzou o seu e ele abriu-lhe um riso pleno de sedução. Sarah gostaria de se permitir desgostar da mera fraqueza, mas isso, assim como o ódio e a ponderação, era um luxo.

Agora vou para casa, ela estava prestes a dizer, quando o pregão do carro de sorvete soou, primeiro ao longe, depois com toda a força: Béim, béim, béim! Cada vez mais alto, correndo não para a porta da frente da velha e feia construção, mas para os fundos, próximo ao canteiro de repolhos, o furgão permitindo-se uma nova intimidade com esse terreno. Eles não seriam mais os proprietários Pardoe por muito tempo. Todos seriam bem-vindos.

"Ernest vai mandar a conta", gritou Sarah para Julian em meio ao arrastar de cadeiras e à correria em direção à porta, com a mãe à frente, todos querendo um pouco de distração.

"Claro. Obrigado por tudo", foi o que ele disse.

Quando o carro vermelho com o pára-choque amassado afastou-se lentamente da frente da casa, o pregão do carro de sorvete ainda estava tocando como os sinos de uma igreja num casamento, o arauto das boas-novas, tão insistente que ninguém ouviu o som de um motor se afastando. As notícias trazidas por Rick seriam repetidas milhares de vezes, como o som do pregão. Stonewall de volta ao caminho da vida e do amor, pedindo um vídeo, será que ele podia levar o carneiro emprestado para uma visita? Que tipo de cachorro eles deviam arranjar? E Rick sabia exatamente o tipo de cachorro que lhe serviria. E aquele outro sacana, o fantasma, estava bem morto mesmo. Dessa vez.

Meia hora depois da chegada triunfal do carro de sorvete, um outro carro, pequeno, azul, inteiro, bem cuidado, estacionou hesitantemente em frente à casa. Malcolm Cook estirou seus membros compridos e foi andando em direção àquele som festivo. Ninguém desligara o som do pregão do carro de sorvete; aquilo lhe feria os ouvidos. Rick estava cheio de café e de vinho, moroso nas apresentações. Por um instante o homem alto e moreno, tão atento na caça como bom corredor, não passava de mais um estranho.

"Vim para levar a senhorita Fortune", disse ele num tom meio de desculpa, meio agressivo, típico dos motoristas de táxi.

"Ela foi embora", alguém disse, ele não saberia dizer quem. "Você chegou tarde." Rick o olhou de esguelha, perguntando-se, pela primeira vez, quem seria ele afinal de contas.

"Tarde demais", recitou, de forma bem semelhante a Stonewall.

Já estava bem longe da cidade, na estrada que margeia a costa, andando rápido até achar a bifurcação e dar de cara com o caminho em que estivera antes. Ela dirigiu o carro para o ponto exato em que os seixos encontravam a areia naquela costa plana. A névoa era uma coisa típica da região: quinze quilômetros depois do cais de Merton ela não existia. Olhou para o mar recuado, a faixa de areia morna, permaneceu dentro do carro, com o bordel na parte de trás, o xale para enfeitar um quarto, a virtude para enfeitar uma vida, o carregamento avulso de álcool, uns restos de medo por entre as roupas, e não sentia mais atração pela água. Pensou na lápide de Elisabeth Tysall com uma longínqua satisfação. Quem te ama, minha bela? Eu te amo.

Pensou em si mesma, um ano atrás, em seu apartamento, na frente do espelho, suplicante, diante de Charles Tysall que a acusava. "Você não tem nenhuma virtude a preservar, tem?", dissera ele rejeitando o corpo que ela lhe oferecera em troca de sua vida. Você não é nada: uma mulher não é nada sem virtude. Fitando o mar, Sarah lembrava-se do que respondera então e que diria agora: "Claro que tenho minha virtude. Eu não torturo nem maltrato ninguém. Vou embora quando não sou bem-vinda. Não invado a casa nem tiro nada de ninguém, a não ser o que me é devido, e que nem sempre é dinheiro. Guardo todos os segredos que me são confiados. Não sei o que significa maldade. Gosto de viver sem me submeter a regras, só isso, e essa é uma espécie de virtude que ninguém valoriza".

Mas de qualquer forma, virtude. Ela deixou o desamparo da areia morna com todas as suas tentações e deu as costas para a praia. Encontrou uma alameda deserta, cheia de rainhas-dos-prados em tão grande profusão, tão preservadas de mãos humanas, que escondiam o carro. Apanhou uma garrafa de champanhe quente da parte de trás do carro e uma caneca do porta-luvas. Depois de ajeitar as pernas confortavelmente através da janela, acendeu um cigarro e se perguntou: Para onde vou agora? O que vou ser agora que estou livre?

E não lhe pareceu que houvesse nada de mais em continuar a ser exatamente como era antes.

ESTA OBRA FOI COMPOSTA PELA HELVÉTICA EDITORIAL EM BASKERVILLE E IMPRESSA PELA GEOGRÁFICA EM OFF-SET SOBRE PAPEL PRINT-MAX DA VOTORANTIM PARA A EDITORA SCHWARCZ EM JANEIRO DE 1999.